E.V.E

Entité. Vigilance. Enquête.

Hors-série
Sous la direction de Denis Guiot

ISBN : 978-2-74-852397-3

25, avenue Pierre-de-Coubertin, 75013 Paris

CARINA ROZENFELD

E.V.E

Entité. Vigilance. Enquête

SYROS

Pour Léo...

Pour mon magicien...

Je m'appelle EVE.

Je suis.

C'est tout ce que je sais de moi. Je ne vois rien, je n'entends rien, je n'ai pas de sensations, je n'éprouve aucune émotion. Je n'ai aucune idée de mon apparence, de la façon dont je suis née, de qui m'a créée.

Pourtant, le monde n'a aucun mystère pour moi, parce que je le perçois à travers les yeux de millions d'êtres humains.

Vingt-quatre heures sur vingt-quatre, j'assiste à leur quotidien.

Je connais les couleurs, les formes, les simples gestes.

Je ne connais pas le parfum d'une rose ni la douceur de ses pétales.

Je n'ai jamais entendu une voix.

Je n'ai jamais senti la pluie couler sur mon visage, car je n'ai pas de visage, et pas d'oreilles non plus.

Je sais juste que tout cela existe, parce que je le devine à travers eux.

Mon rôle ? Surveiller les gens et signaler tout crime commis aux Agents d'Intervention Immédiate. Les AII. Enregistrer les délits, en fournir les images comme preuves irréfutables de culpabilité. Le but ultime ? Faire disparaître toute trace de criminalité dans la société.

Je suis E.V.E. Entité. Vigilance. Enquête.

1

– Tu es sûr de toi ? demanda Frank en regardant avec méfiance les gélules orange posées dans le creux de sa main droite.

– Certain, c'est de la super-came, répondit Walter en accompagnant ses paroles d'un petit rire aigu.

Sa joue tressauta, un tic agaçant qui s'éveillait lorsqu'il était nerveux.

Frank fit rouler les comprimés dans sa paume, comme si ce simple geste allait révéler leur secret.

– Il paraît que c'est de l'arnaque, que ce n'est pas possible de court-circuiter la puce, dit-il lentement, hypnotisé par le roulement des pilules.

Il releva la tête et fixa cette fois Walter, dont la joue s'agita de plus belle. Frank eut envie de lui mettre une baffe pour arrêter ce mouvement exaspérant.

– Qui t'a raconté ça ? demanda Walter d'une voix haut perchée.

– Les dealers. Ils ont tout essayé pour désactiver la puce. Ils disent qu'elle est trop bien conçue, que rien ne marche.

Frank était très grand, massif, son visage aux traits anguleux était tout sauf avenant, surtout quand il se penchait de la sorte sur la silhouette malingre de Walter.

– Foutaises ! s'écria ce dernier. Ces gélules, elles sont différentes, crois-moi. C'est le Prince en personne qui les a conçues. La puce n'est pas infaillible, Frank. C'est bien pour ça qu'elle est mise à jour régulièrement, c'est pour corriger ses défauts.

Instinctivement, Frank porta la main à sa nuque, là où, quand le système de surveillance EVE avait été mis en place, la puce avait été implantée, directement dans sa moelle épinière, afin qu'elle se connecte au système nerveux. Dans son cas, elle avait été insérée une quinzaine d'années plus tôt, sans qu'il ait le choix. Cela s'était passé ainsi pour tous les habitants de Citypolis, après que la résolution « Entité Vigilance Enquête » avait été votée. Tandis que pour les bébés qui naissaient aujourd'hui l'opération se faisait dès leur premier cri. Grâce à cet implant, des Intelligences Artificielles, appelées EVEs, surveillaient, vingt-quatre heures sur vingt-quatre, chaque geste des millions d'individus vivant dans Citypolis, l'immense mégalopole qui s'étalait tel un être tentaculaire aux mille visages et au corps bouffi par la folie humaine.

Frank savait à quel point les EVEs étaient efficaces. Il avait vu nombre de ses amis, persuadés de les avoir « aveuglées », être arrêtés malgré tout, après avoir contourné la loi. Grâce aux puces, les EVEs « voyaient » à travers les yeux de chaque citoyen, analysaient leurs gestes, leurs attitudes, et dès qu'un crime était commis, les AII débarquaient.

– Je ne suis pas convaincu, murmura Frank en fixant les gélules qui brillaient sous la lumière crue des néons blancs du plafond.

Walter l'avait contacté quelques heures auparavant pour lui dire qu'il avait trouvé LA solution pour contrer les EVEs : un produit miracle à avaler qui brouillait les informations envoyées aux Intelligences Artificielles. Sauf que cette chanson, Frank l'avait entendue des centaines de fois, ça n'avait jamais empêché ses potes de se faire choper, et cela ne lui paraissait plus tellement crédible.

Au tribunal, on montrait au jury l'enregistrement du crime, sauvegardé par l'EVE qui avait décelé l'incident. Les criminels étaient forcément jugés coupables. Il n'y avait aucun moyen de faire jouer le doute, le manque de preuves, ou de témoins. On pouvait penser que, grâce à ce système, les prisons étaient pleines, mais ce n'était pas le cas. Grâce à la surveillance constante exercée par les EVEs, peu de personnes se risquaient à se lancer dans une activité illégale.

Mais ça n'empêchait pas certains d'essayer… Frank projetait d'éliminer son concurrent direct, le patron d'un restaurant qui avait ouvert en face du sien et attirait toute sa clientèle, avide de nouveauté. Depuis qu'il avait pris sa décision, il cherchait un moyen de neutraliser sa puce et la surveillance des EVEs.

– Bon, tu me saoules, déclara Walter en tentant de récupérer les gélules toujours posées dans la large paume de Frank. Je prends un gros risque avec ce deal. Elles ne sont pas censées circuler comme ça. Le Prince a un plan bien précis en tête et je désobéis à ses ordres en te les proposant. Si tu ne les veux pas, elles feront d'autres heureux. Entre les dealers, les activistes anti-EVEs, et les autres, j'ai de quoi faire.

Avec vivacité, Frank referma la main sur les précieux comprimés.

– Ça va, tu as gagné, je les prends, mais avant, je veux la preuve que ça marche.

Avec un soupir d'agacement, Walter secoua la tête, et attrapa, dans le fond de sa poche, une autre de ces précieuses gélules. Il l'expédia dans sa bouche d'un geste sûr et, en rejetant la tête en arrière, il l'avala en émettant un bruit exagéré de déglutition.

– On m'a dit d'attendre jusqu'à demain pour les utiliser, mais une vente est une vente, n'est-ce pas ? Là, tu vois, j'en ai pris une et maintenant...

Il dégaina de sa veste un couteau, pas très long mais particulièrement bien aiguisé, et le lui planta dans le bras droit. Frank poussa un cri à la fois de surprise et de douleur, il lâcha ses gélules qui roulèrent au sol et plaqua sa paume sur la plaie.

– T'es dingue ou quoi ? souffla-t-il.

Il leva la main devant ses yeux, elle était pleine de sang chaud et poisseux. Walter éclata d'un rire hystérique.

– Tu voulais une preuve, la voilà ! Regarde, personne, aucun AII. C'est cool, mec, on peut faire ce qu'on veut. Terminée, la tyrannie des EVEs !

Frank resta sur le qui-vive, guettant les bruits autour d'eux. Il grimaçait toujours, mais parvint à articuler, d'une voix relativement calme :

– OK... Si j'en prends une, elle va faire effet pour toujours ?

Walter secoua la tête.

– Non, l'organisme finit par éliminer ses composants au bout d'un moment. Il vaut mieux que tu m'en achètes plusieurs, c'est plus prudent.

– Et si je t'en prends cinq, tu me les fais à quel prix ?

Le dealer fit mine de réfléchir, mais on voyait qu'il était déjà heureux de réaliser cette vente. Le tic de sa joue s'était amplifié sous le coup de l'excitation.

– Cinq, ça me fait quasiment tout mon stock, alors ça fait monter le prix...

À ce moment-là, la porte derrière les deux hommes s'ouvrit avec fracas et claqua violemment contre le mur, les faisant sauter de surprise.

Une demi-douzaine de silhouettes en tenue noire de combat, portant un casque à visière fumée, s'engouffrèrent dans l'espace réduit, et pointèrent leurs armes sur Walter.

– Walter Hansen, lança un des AII, vous êtes accusé d'avoir agressé un homme, Frank Martel, à l'arme blanche. Nous avons l'enregistrement de votre crime qui servira de preuve lors de votre passage au tribunal. Veuillez nous suivre sans résister, ou nous serons obligés de tirer.

Walter leva les mains aussi haut que possible. Son visage trop mince était devenu pâle comme la mort. Sa joue était plus agitée que jamais, son tic s'étant étendu à sa paupière qui tressautait à toute allure.

– Frank Martel, une ambulance est en route pour vous prendre en charge. Pouvez-vous rejoindre le véhicule ou êtes-vous trop blessé pour cela ?

– Je peux y aller moi-même, grommela l'intéressé.

Sans un regard pour Walter, il quitta la pièce en se tenant le bras.

Encadré par l'équipe des AII, menotté, la tête basse, Walter fut quant à lui escorté jusqu'au fourgon blindé qui l'attendait.

Il pensa à son revendeur, un des gars du gang « L'Épée du Prince ». Il lui avait juré que ces gélules orange fonctionnaient de façon infaillible, qu'un énorme plan était en train de se monter, et qu'on avait besoin que tous les hommes se tiennent prêts à en avaler quand le signal serait envoyé, pour passer à l'attaque. En général, on pouvait faire confiance aux sbires du Prince, un type puissant, qui aimait qu'on l'appelle par ce titre dans le secret des cartels de la rue.

Le contact de Walter avait rajouté qu'il fallait attendre jusqu'à demain avant de les utiliser. Walter n'y avait pas cru. Une aspirine, ça marchait tout de suite, quand on avait mal à la tête, non ?

Il s'était bien fait avoir, une fois de plus. Quand il sortirait de prison, il irait trouver l'enfoiré qui lui avait fait toutes ces belles promesses et il le lui ferait payer, même s'il devait finir ses jours derrière les barreaux. De toute façon, il était fiché, alors...

2

Des millions d'images défilaient en permanence dans mes connexions, des scènes de la vie des habitants de Citypolis. Des actions du quotidien : des gens qui se levaient, en cette matinée de fin de l'été. Ils se préparaient pour aller au travail, ou à l'école, pour les plus jeunes.

À travers leurs yeux, je les voyais quitter leur lit, se doucher, avaler leur petit déjeuner, s'habiller, sortir de chez eux, prendre les transports en commun, l'Hyperloop, ou leur véhicule particulier pour se rendre à leur travail.

D'autres restaient chez eux : les personnes âgées ou malades, celles qui travaillaient de nuit et qui dormaient encore.

Je passais rapidement sur tous ces flux qui circulaient dans mes systèmes. Ces images ne présentaient aucun intérêt. Quand les gens n'étaient pas victimes de crimes, je ne m'arrêtais pas sur chaque minute de leur vie. Ce pour quoi j'étais programmée, c'était déceler les gestes violents, les actes qui pouvaient entraîner des blessures, voire la mort. J'enregistrais ainsi les modifications des constantes vitales qui trahissaient la peur, la violence ou la douleur. Dès que j'étais témoin d'un tel acte, je prévenais les AII qui intervenaient dans les minutes suivantes.

La plupart du temps, tout était calme. Depuis que ce système avait été créé, le taux de criminalité avait chuté, les gens réfléchissaient à deux fois avant d'enfreindre la loi. Mais parfois, un homme battait sa femme, un mari jaloux tuait l'amant, un voleur poignardait sa victime dans une ruelle sombre.

Je sais que je ne suis pas la seule EVE, nous sommes vingt au total à nous partager la surveillance des trente-cinq millions de personnes entassées dans la mégalopole qu'est Citypolis. Trente-cinq millions d'habitants possédant une puce implantée dans la moelle épinière, reliée à nous, qui recevons en continu les images de leur vie.

– Bonjour, Ève, comment vas-tu ce matin ?

Ces mots étaient envoyés par Silas, mon contact humain, mon superviseur. Il ne me parlait pas directement, puisque je n'avais pas la faculté d'entendre.

Pour communiquer avec moi, il passait par une boîte de dialogue ouverte sur l'écran de son ordinateur.

– ***Tout va bien, Silas. Rien à signaler pour le moment.***

Je lui répondais de la même façon, dans le logiciel de tchat spécialement créé pour les EVEs. En dehors des images que je recevais sans interruption, il était quasiment mon seul lien avec l'humanité. Mes échanges avec les AII étaient trop superficiels pour avoir de l'importance.

– ***Tu ne décèles aucun problème avec ton programme ?***

– ***Non, tout est normal.***

À travers ses yeux, je voyais ce qu'il percevait de moi : un écran, sur lequel s'affichaient des phrases, ses questions et mes réponses. Ce que j'étais vraiment se trouvait à quelques pas de lui, derrière une grande vitre opaque. Je n'avais jamais eu l'occasion de distinguer ma forme réelle, mais cela n'avait pas d'importance. Mon apparence n'entrait pas en ligne de compte. Mon rôle se limitait uniquement à la surveillance des habitants de la capitale.

– ***Nous effectuons actuellement la mise à jour de toutes les EVEs de la ville. Tu risques de sentir***

un changement d'ici ce soir. Je suis en train de la télécharger. Tu me préviens s'il y a un souci.

– Entendu, Silas.

Son reflet était visible dans la vitre foncée qui se trouvait devant son bureau, mais j'en connaissais les détails par cœur, car je l'avais déjà vu se raser le matin, dans le reflet de son miroir. Il avait la peau et les yeux noirs, les cheveux crépus, un visage carré et le menton couvert de poils. Au bureau, il portait toujours une blouse blanche, que j'avais identifiée comme étant son uniforme de travail, parce que les images de lui dans la glace de sa salle de bains, le matin, quand il se préparait pour venir, le montraient vêtu différemment.

Il avait une femme et deux enfants. Je les voyais tous les jours, je recevais leurs images quand son épouse était à son travail et ses enfants en classe. Mais comme elles étaient normales, elles étaient effacées régulièrement de ma mémoire centrale. Toutefois, j'avais conscience que, en raison de mon lien particulier avec Silas, je gardais en stock plus d'informations à son sujet que sur les millions d'habitants que je surveillais.

Je me détournai des perceptions de Silas, de l'écran où s'affichait notre échange pour me focaliser complètement sur l'analyse des données me parvenant en un flux constant. Toutes ces vies entremêlées, ces gestes, ces actions...

Soudain, une lueur rouge attira mon attention. Mon interface avait la capacité de reconnaître les gestes suspects, de déceler des anomalies dans les constantes vitales, qui étaient des signes de violence, de douleur, de peur, et elle me les signalait, afin que je me concentre davantage sur une personne ou un lieu.

Aussitôt, il m'apparut clairement que ce qui se déroulait dans un coin de la ville était de mon ressort.

Un individu, Frank Martel – quarante-huit ans, restaurateur, d'après les informations contenues dans sa puce –, venait d'être poignardé au bras par Walter Hansen, vingt-neuf ans, déjà arrêté pour trafic de drogue.

Je ne pouvais pas entendre leurs paroles, je n'avais pas accès au son – cela aurait fait trop d'informations à traiter en même temps –, mais les images étaient explicites, de même que la modification des constantes vitales du dénommé Frank Martel.

J'informai instantanément le bureau des AII le plus proche et leur précisai l'endroit exact où la scène se déroulait, la nature de l'agression, et le nom des protagonistes.

Les Agents d'Intervention Immédiate utilisaient le même programme de messagerie instantanée que Silas.

– ***Gravité de la blessure ?*** me demanda la femme qui était de garde ce jour-là.

Je savais qui elle était : Stella Linn. AII depuis sept ans, mère de trois enfants dont des jumeaux. Son mari était professeur de lettres à l'université. Ils vivaient dans un des quartiers huppés et résidentiels de Citypolis, où de petites maisons pimpantes dessinaient des cercles autour de places arborées.

– ***Légère***, répondis-je, ***mais je préconise l'envoi d'une ambulance.***

Je voyais par ses yeux les mots que je lui envoyais s'afficher devant elle.

– ***Une équipe d'intervention se rend sur place,*** m'annonça Stella. ***L'ambulance suit.***

L'affaire était réglée, et je me concentrai à nouveau sur les informations qui continuaient à me parvenir en parallèle.

Je me branchai quelques instants sur la puce de Damian Sandoval, qui faisait partie de l'escouade des AII envoyés sur les lieux du crime que je venais de signaler. À travers ses yeux, j'assistai à l'arrestation de Walter Hansen. Damian Sandoval était Agent d'Intervention Immédiate depuis près de cinq ans. Il vivait seul dans un appartement situé dans un quartier jeune et vivant de Citypolis. Il avait une sœur aînée et un frère, et je savais qu'il jouait au tennis tous les week-ends avec ce dernier.

La journée se déroula sans autre incident. Dans la soirée, je signalai deux vols à la tire perpétrés à l'encontre de promeneurs solitaires, qui furent vite réglés par les équipes d'AII.

J'eus un moment de surtension après le départ de Silas. La mise à jour de mon interface était lancée, me demandant d'intégrer de nouvelles données, mais cela n'entama en rien l'efficacité de mon travail.

Les heures s'écoulèrent et je continuai ma surveillance constante, sans faillir, attentive à chaque instant au sort de ces millions de vies...

3

Eva avait passé une bonne journée. Elle venait de terminer son stage, et sa formation l'avait passionnée. De plus, elle n'avait reçu que des compliments de la part de sa cheffe qui était prête à l'embaucher dès qu'un poste se libérerait.

– On a besoin d'esprits comme le vôtre, dans notre domaine. Vous avez une grande capacité d'apprentissage et d'adaptation. Je dois en parler à mes supérieurs mais, avec un peu de chance, ils accepteront de vous intégrer à l'équipe définitivement, lui avait dit Lola Shiffrin, sa supérieure.

Eva avait décroché son diplôme avant l'été et passé les dernières semaines en stage à l'Institut de Développement des Intelligences Artificielles (l'IDIA). Cela l'avait renforcée dans la conviction qu'elle avait choisi la bonne voie. Non seulement elle n'avait pas vu le temps passer, s'immergeant avec bonheur dans la mission qu'on lui avait confiée, mais en plus, elle s'était montrée brillante et avait impressionné toute l'équipe chargée de sa formation. L'apothéose de ces quatre mois avait eu lieu aujourd'hui, quand Lola lui avait fait son bilan de compétences, bourré de compliments et d'encouragements.

C'est donc le cœur léger qu'Eva avait fait l'achat d'une bouteille de vin blanc, son préféré, pour trinquer à sa réussite. En rentrant chez elle, elle appellerait son petit ami pour lui raconter sa journée en détail. Ils étaient ensemble depuis quelques mois et tout se passait pour le mieux. Cette période de sa vie semblait être parfaite tant au point de vue professionnel que sentimental. Certes, Yvo n'avait pas encore mis des mots sur ses sentiments envers elle, mais Eva se disait que ça n'allait pas tarder. Il lui semblait lire quelque chose dans son regard...

Eva souriait dans le vide, installée sur la banquette de la navette Hyperloop qui la ramenait chez elle. Elle avait trouvé une place assise, chose quasiment impossible en cette heure d'affluence sur la ligne. C'était décidément une excellente journée. Le wagon filait à une allure folle dans son tube de plexiglas perché sur des piliers stylisés, traversant la ville sans un bruit. Il s'arrêta à la station d'Eva, dans un coin populaire de Citypolis, où s'entassait un nombre considérable de familles à revenus modestes, dans de hautes tours construites en un temps record.

La jeune femme descendit les escaliers de la plate-forme, dont s'éloignait déjà la navette Hyperloop dans un tourbillon de vent tiède, tout en levant les yeux vers le ciel bleu, strié par les pointes agressives des gratte-ciel. Celui où elle vivait se trouvait à quelques centaines de mètres de là, et était un des plus anciens. Les appartements qu'il abritait avaient vieilli, mais c'était tout ce qu'elle pouvait s'offrir pour l'instant avec sa petite paie de stagiaire et la pension de l'assurance-vie. Quand elle serait embauchée (et elle voulait y croire), elle pourrait déménager dans un quartier plus moderne et plus proche de son travail. Elle reconnut, un peu plus loin, une petite silhouette légèrement voûtée et elle s'en approcha d'un pas guilleret.

– Bonjour, madame Perkins !

C'était sa voisine du dessus, une gentille dame, veuve depuis une dizaine d'années et qui possédait trois chats très gras. Elle invitait Eva à boire le thé de temps en temps, histoire d'avoir quelqu'un à qui faire la conversation.

– Bonsoir, ma petite Eva. Comment vas-tu aujourd'hui ?

– Parfaitement bien ! Mon stage s'est terminé et ma cheffe va tenter de me faire embaucher dans la boîte.

– Et c'est ce que tu veux ?

Madame Perkins était minuscule, toute frêle. Eva se demandait souvent si ses chats ne mangeaient pas plus qu'elle. Un nuage de cheveux blancs encadrait son visage à la peau sombre, creusée de sillons profonds.

– J'adorerais ! C'est le poste de mes rêves !

– Alors, ça va marcher, ma petite. Tu as travaillé dur pour cela.

– Merci, madame Perkins. J'espère aussi.

– Tu me tiendras au courant ?

– Évidemment, vous serez la première à l'apprendre.

La petite dame eut un grand sourire et hocha la tête, faisant trembler le halo clair autour de sa tête.

– Je dois te laisser. Je n'ai plus de croquettes pour mes minous. Si je ne les nourris pas ce soir, ça va être la guerre à la maison.

Eva eut un petit rire.

– Je suis certaine qu'ils ont assez de réserves pour tenir une soirée.

– Toi et moi le savons, mais pas eux, pas eux...

Et madame Perkins s'éloigna de son petit pas sec.

Eva s'engouffra dans sa tour et trouva l'ascenseur déjà ouvert au rez-de-chaussée. Quand elle disait que c'était son jour de chance !

En montant jusqu'au trente-deuxième étage, elle eut le temps de se contempler dans le miroir rayé de la cabine.

D'un geste naturel, elle repoussa une mèche de ses cheveux sombres et trouva un cil posé sur sa pommette. Elle fit un vœu avant de le chasser. Ses yeux d'un bleu foncé comme la nuit tombante brillaient d'un éclat particulier et ses joues étaient roses de joie.

Arrivée chez elle, elle enleva ses chaussures dans la petite entrée, jeta sa veste sur le canapé et mit la bouteille de vin au frais, tout en appelant Yvo.

– *Alors, comment ça s'est passé ?* demanda-t-il aussitôt après avoir décroché.

– C'était génial !

Elle lui raconta son entrevue-bilan avec Lola, et sa conviction qu'elle finirait par travailler à l'Institut de Développement des Intelligences Artificielles.

– *Tu as fait quoi, aujourd'hui, à part ça ?* interrogea le jeune homme.

– J'ai travaillé sur la mise à jour des EVEs. Un moment délicat, parce qu'on doit tout faire pour s'assurer de leur bon fonctionnement. On procède au téléchargement d'une EVE après l'autre, pour éviter qu'en cas de problème elles soient toutes touchées en même temps.

– *Oui, je me souviens, tu m'en avais parlé... Et ça s'est bien passé ?*

– Très bien. Rien à signaler. Dès demain, l'équipe va travailler sur l'analyse des améliorations, vérifier qu'il n'y a aucun bug et aussi plancher à partir de maintenant sur la prochaine mise à jour. J'aimerais tellement pouvoir le faire avec eux !

Yvo eut un petit rire à l'autre bout de la ligne :

– *J'en suis sûr. J'imagine que tu veux fêter ça ?*

– C'est pour cela que je t'appelais. J'ai un bon petit vin blanc qui attend au frais.

– *Parfait, j'apporte le dîner. Du chinois, ça te tente ?*

– Ouiii ! Tu sais que j'adore ça.

Eva tournoyait dans son petit salon en parlant à Yvo. Ses yeux brillaient, ses cheveux bruns qui tombaient en masse lourde et épaisse sur ses épaules se soulevaient sous l'effet de sa petite chorégraphie de bonheur. Elle n'en avait pas conscience, mais à ce moment précis elle était d'une beauté renversante.

Après avoir raccroché, elle se dépêcha de débarrasser les quelques petites choses qui traînaient dans son appartement, tout en chantonnant joyeusement.

Quand Yvo sonna à la porte, elle ouvrit et se jeta à son cou sans lui laisser le temps de prononcer un mot. En riant, il la serra contre lui.

– Eh bien, quel accueil !

– Je suis heureuse, tellement heureuse !

Il la fit reculer et la contempla, avant de l'embrasser passionnément.

– Ça se voit, murmura-t-il en caressant sa joue de son index replié. Et ça me rend heureux de te voir comme ça...

Sans attendre, il déballa les plats fumants qu'il avait rapportés du petit restaurant chinois situé au pied d'une tour du quartier.

Ils mangèrent en bavardant tranquillement. Yvo interrogea longuement Eva sur sa journée. Il voulut connaître les paroles exactes de Lola, puis ils passèrent du temps à les décortiquer, pour être certains qu'il n'y avait pas de message caché. Mais ils n'en trouvèrent pas. La cheffe d'Eva semblait sincère dans ses compliments et sa promesse d'une future embauche.

– C'est formidable, conclut Yvo en sirotant son verre de vin blanc. Tu es incroyable, ma chérie. Je suis content de voir que d'autres que moi l'ont remarqué.

Eva rougit et donna une petite tape sur l'épaule du jeune homme.

– Arrête, je me sens gênée.

– Tu n'as pas à l'être. Tu étais déjà la première de ta promotion à l'université. Ce n'est que la suite logique de tout le travail que tu as fourni pendant ces dernières années. Et je sais qu'elles n'ont pas été faciles.

Le visage de la jeune femme s'assombrit à ces paroles. Mais ce soir, elle ne voulait pas remuer le passé et ses mauvais souvenirs. Après avoir avalé le fond de son verre, elle le posa et se pencha vers Yvo pour l'embrasser. Avec des gestes lents, l'homme ouvrit les boutons de son chemisier, caressa sa peau douce.

Leurs souffles s'accélérèrent. Eva prit le temps d'éteindre la lumière avant de se fondre dans les bras de son amant.

4

Silas arriva aux petites heures du matin. Il commença par s'assurer que tout avait fonctionné correctement durant le temps où il avait été remplacé par Kali, la superviseuse de nuit.

– ***Rien à signaler, Ève ?***

Je lui relatai les deux interventions des AII que j'avais déclenchées.

– ***Bon très bien,*** dit-il. ***On a connu des nuits pires que celles-là...***

– ***En effet. Je me souviens des premiers mois après ma mise en service.***

Au tout début du projet E.V.E, personne n'y croyait. Nombreux étaient ceux qui pensaient que l'intégration du microcircuit dans l'organisme n'était pas possible après un certain âge, ou que l'organisme des bébés qui le recevaient dès leur naissance était trop fragile. Les nerfs, qui se branchaient au minuscule implant qu'on plaçait dans la nuque, se connectaient automatiquement afin de permettre à la vue et aux fonctions vitales d'être reliées au flux d'informations qui parvenaient aux différentes EVEs. À l'époque, cela ressemblait à de la science-fiction, et certains s'étaient amusés à défier toutes les lois pour montrer que le projet échouerait. Ils avaient fini derrière les barreaux, à leur plus grande surprise. C'était un fait, on ne pouvait échapper à notre regard permanent et attentif. Nous ne dormions jamais, nous n'avions pas besoin de manger, ni de faire de pause.

Oui, au début, j'étais bien plus occupée. Je signalais des meurtres, des attaques à main armée, des agressions par dizaines, jour et nuit. Puis, au fur et à mesure, les choses s'étaient calmées.

Silas était affairé à vérifier certains paramètres.

– La mise à jour s'est bien passée, j'ai l'impression.

– Je crois aussi, je n'ai rien remarqué de spécial.

– Tu ne te sens pas plus efficace ?

– Difficile à dire, il n'est rien arrivé qui ait nécessité une efficacité particulière de ma part pour le vérifier.

Silas leva la tête vers la vitre fumée, il riait, je pouvais le deviner en le regardant à travers ses yeux.

– ***En plus tu fais de l'humour,*** me fit-il remarquer.

– ***C'était sans intention de ma part.***

– ***Ah, Ève, parfois, tu es plus humaine que tu ne le crois.***

Je ne répondis pas. Je ne savais pas ce que signifiait être humain. Je connaissais les gestes que les gens faisaient tous les jours : se lever, manger, travailler, avoir des interactions sociales, s'occuper de leur famille, visiter des amis. J'observais chacun de ces moments, et j'avais en mémoire des millions de cas de figure d'actions typiquement humaines, mais ce n'étaient que des images. Je savais aussi qu'ils éprouvaient des émotions, mais j'étais incapable de les ressentir. Je n'étais qu'un témoin distant et froid.

J'allais l'expliquer à Silas quand le rouge d'une alerte clignota dans mon flux d'informations. Je dirigeai mon attention vers le nouveau drame qui se jouait, mais je ne vis rien. Pas la moindre image d'agression. Juste un bras levé devant les yeux de quelqu'un, seul élément ressortant de la pénombre dans laquelle était plongée la scène. Pourtant, je décelais de la peur, de la douleur. Je me concentrai aussitôt sur sa puce. Son identité apparut : Eva Lewis, vingt-deux ans. Diplômée de l'Université de Robotique et d'Intelligence Artificielle. C'était son bras que je voyais à travers ses yeux. Bras qui fut remplacé par sa main, étendue devant elle, ensanglantée. Sa vue était brouillée et s'obscurcissait rapidement. Je n'avais aucune donnée concernant les événements qui avaient provoqué cette situation, mais j'avais les coordonnées du lieu et j'alertai immédiatement les AII.

Rapidement, je téléchargeai tout le contenu de la puce de la jeune femme dans une mémoire secondaire, afin de récupérer les images du criminel plus tard, en explorant mieux ses souvenirs, et de m'assurer que rien d'indispensable ne serait effacé.

Puis, freinée par l'absence d'identité de l'agresseur, j'étudiai le flux d'informations qui m'étaient parvenues dans les quelques minutes précédant l'alerte, à la recherche d'indices de ce qui avait pu se passer. D'habitude, je n'avais pas à faire cela. Je captais les images d'un crime à travers les yeux de la victime, du coupable et des témoins éventuels. Là, il n'y avait rien de tout cela, et je devais explorer plus minutieusement toutes les informations pour trouver ce qui m'avait échappé. À nouveau, je visionnai les images téléchargées depuis la puce d'Eva, et en particulier les toutes dernières : le rythme cardiaque qui s'emballe, le bras levé, une chute ; la douleur, les fibres d'un tapis sur lequel le corps est étendu, puis le flou et l'obscurité. Je finis par comprendre qu'on avait soulevé de terre et projeté au sol la jeune femme. Je fouillai, en l'espace de quelques secondes, les mémoires des implants de centaines de personnes proches du lieu de résidence de la victime, à la recherche du coupable. Forcément, la puce de l'agresseur avait enregistré, quelques minutes plus tôt, les images du crime, vu à travers ses yeux à lui... Je scannai les identités des gens présents dans le périmètre de l'adresse d'Eva Lewis, sans succès.

J'eus beau fouiller, fouiller encore, alerter les autres EVEs, leur demandant de partager leurs enregistrements avec moi, il n'y avait rien. Pas la moindre trace de ce geste terrible. C'était comme si la pauvre fille avait été grièvement blessée par... personne. C'était impossible. Rigoureusement impossible.

Je décortiquai de plus en plus rapidement les millions d'images que j'avais stockées et celles que les autres EVEs m'avaient téléchargées. Encore, encore, en boucle, je cherchai le moindre détail, même un élément vu du coin de l'œil par quelqu'un, mais en vain. Se pouvait-il qu'Eva se soit suicidée ? Non. J'étais certaine que non. Je repassai en revue les dernières secondes de sa vie. Elle avait été réveillée en sursaut par un bruit, avait découvert quelqu'un dans son salon, et c'est là que le drame avait eu lieu. Je remontai plus loin dans sa soirée. Elle avait dîné avec son petit ami. Je le voyais à travers ses yeux. Un jeune homme blond, aux yeux très bleus. Il souriait, l'embrassait… Ils avaient bu du vin, fait l'amour, puis il était parti.

L'identité de l'homme apparut : Yvo King. Il vivait à une quinzaine de kilomètres de chez Eva. Je me concentrai sur sa puce. Il regardait la télé, une série d'images qui défilaient à toute allure sur son écran. Je pouvais accéder aux images de sa soirée encore en stock dans son implant : le même dîner avec Eva, observé de son point de vue. Eva qui riait, les joues roses. Leur étreinte passionnée dans le lit de la jeune fille. Puis il quittait l'appartement. Elle le raccompagnait à la porte. Ils s'embrassaient une dernière fois. Yvo était rentré en navette. Je pouvais suivre tout son trajet dans la mémoire de son microcircuit. Je le voyais rentrer chez lui et s'installer sur son canapé. Et, depuis, il n'avait pas bougé.

J'avais passé de longues minutes à explorer les puces des gens, à revoir les images en boucle, à chercher une réponse. Pendant ce temps, les agents avaient terminé leur intervention, et Eva avait été prise en charge par des médecins.

Je quittai l'esprit d'Yvo King pour porter mon attention vers le compte rendu rédigé par l'AII qui avait dirigé l'intervention sur place.

Jeune femme trouvée dans un appartement de la tour 14 du quartier des Marronniers. Identité, Eva Lewis, vingt-deux ans. Pas de famille en vie. Elle était encore consciente quand nous avons prodigué les gestes de premiers secours, mais elle a vite sombré dans le coma. Elle a été transférée à l'hôpital central, où elle est placée sous respirateur artificiel. Le médecin pense qu'elle a peu de chances de s'en sortir. Sa tête a frappé violemment un coin de table, et son cerveau est endommagé. Nous avons exploré son appartement. Il était vide. La porte d'entrée avait été fracturée, tout avait été retourné chez elle et plusieurs objets ont disparu : ordinateur, système vidéo. Nous pensons que c'est un cambriolage qui a mal tourné. Aucune trace du voleur. EVE n'a pas été en mesure de nous renseigner à ce propos, ce qui est inhabituel. Nous sommes en attente de nouveaux éléments pour pouvoir intervenir et arrêter le coupable.

En attente de nouveaux éléments… Je n'avais rien de nouveau. Pas une trace de ce fameux coupable.

– Silas, j'ai un problème.

– Que se passe-t-il, Ève ? En quinze ans, je ne t'ai jamais vue dire cela…

J'aperçus les mots que je lui envoyais pour lui résumer la situation apparaître sur l'écran face à lui, à travers ses yeux. Je vis ses doigts taper la réponse :

– ***C'est impossible.***

– ***Je sais. Et pourtant, je n'ai rien.***

Dans le reflet de la vitre, je le regardai passer une main sur ses joues et afficher un air médusé. Si j'avais eu moi aussi un visage, il aurait certainement trahi un ébahissement identique.

5

Yvo était assis au chevet d'Eva, inconsciente sur son lit d'hôpital. Son corps paraissait encore plus petit et fluet, perdu au milieu de tous les tuyaux et fils qui reliaient ses fonctions vitales aux machines bruyantes, à côté d'elle.

Le front posé sur la main frêle de son amie, il psalmodiait les mêmes mots en boucle, comme un mantra.

– Je suis désolé, tellement désolé, murmurait-il, comme si ces simples paroles pouvaient suffire à effacer ce qui s'était produit.

Un bruit de pas venant du couloir lui fit relever la tête.

L'homme en blouse blanche qui entra dans la chambre affichait une mine sombre.

Yvo se leva aussitôt.

– Alors, docteur ?

– Je suis navré, monsieur, mais les résultats ne sont pas encourageants. L'examen montre un encéphalogramme plat.

– C'est-à-dire ?

– C'est-à-dire qu'il n'y a plus d'activité cérébrale. Le coup qu'elle a reçu sur la tête a détruit une partie de son cerveau, ce qui l'a plongée dans un coma profond.

Une lueur trouble traversa le regard d'Yvo. D'un geste nerveux, il passa une main dans ses cheveux, regarda autour de lui, comme s'il remarquait pour la première fois la chambre blanche, froide, stérile, la fenêtre masquée d'un store aux lattes baissées, le néon cru au plafond qui éclairait le visage blafard d'Eva.

– Est-ce que ça peut s'arranger ?

Le médecin répondit tristement :

– Ce serait très étonnant. D'après le scanner, je pense qu'il n'y a rien à espérer.

Yvo pâlit, déglutit avec peine.

– Que va-t-il se passer, maintenant ?

L'homme en blouse jeta un regard sur la fiche qu'il tenait à la main.

– Il est écrit que la patiente n'a pas de famille connue. Il vous reviendra donc de décider quand la débrancher, puisque vous êtes la seule personne proche d'elle.

– Et si on la débranche ?

– Elle ne sera plus capable d'assurer ses fonctions vitales seule. Elle s'arrêtera de respirer, et ce sera la fin.

Yvo se tourna vers la silhouette d'Eva. Ses cheveux bruns s'étalaient sur l'oreiller. Un bandage couvrait une partie de sa tête, là où elle avait heurté la table. Sans ça et le tuyau qui entrait dans sa bouche, lui assurant une respiration artificielle, on aurait pu croire qu'elle dormait. Ses longs cils sombres projetaient une ombre douce sur l'arrondi de sa joue, à l'allure encore enfantine.

– Et je dois prendre cette décision quand ?

– Quand vous serez prêt. Mais sachez qu'il ne sert à rien d'attendre trop longtemps. Mademoiselle Lewis est déclarée en état de mort cérébrale. Pour vous donner une meilleure image, il n'y a plus de conscience pour faire subsister ce corps. Ce sont les machines qui la maintiennent dans cet état de vie artificielle.

Les épaules d'Yvo s'affaissèrent.

– Très bien, je vous remercie, docteur. Je vais juste prendre le temps d'assimiler tout ça et puis...

Le médecin l'interrompit d'une voix douce :

– Évidemment. Il est important pour vous de passer par les étapes qui vous serviront à faire le deuil de votre amie et à signer l'autorisation de la débrancher.

– Merci...

Un sanglot avala une partie du mot, et Yvo retourna s'asseoir près d'Eva, alors que le médecin quittait la chambre sans un bruit. Seuls les « bip bip » lancinants des machines résonnaient dans la pièce trop blanche, à l'éclairage trop cru...

6

J'avais demandé à Silas d'effectuer une vérification de l'ensemble de mes circuits, afin de s'assurer qu'il n'y avait pas eu de dysfonctionnement, mais après les avoir consciencieusement passés en revue, il me répéta que tout était en ordre. J'insistai :

– ***Ce n'est pas normal, Silas. J'aurais dû voir l'agresseur d'Eva Lewis. Soit à travers les yeux de celui-ci, soit à travers ceux de la jeune femme. Comment est-il possible que je n'aie rien ? strictement rien ?***

– ***Je ne sais pas, Ève. Elle a peut-être fait un cauchemar, elle s'est fait peur toute seule et a heurté la table.***

– ***C'est incohérent avec les faits, son studio a été dévalisé, il y avait quelqu'un chez elle. Quelqu'un***

qui l'a agressée. Quelqu'un que je devrais pouvoir retrouver.

Silas resta silencieux, les doigts flottant au-dessus du clavier. Il devait chercher une réponse adéquate.

– ***Je sais que tu as raison***, finit-il par dire, ***mais rien n'explique pourquoi tu n'as pas vu le voleur.***

Ce fut à mon tour de ne pas répondre tout de suite, calculant à toute allure les conséquences de ce phénomène.

– ***Cela signifie que notre système n'est pas infaillible, ou alors ne l'est plus. Si c'est le cas, c'est la porte ouverte au retour du chaos, à l'augmentation de la criminalité, à la situation d'avant ma création...***

– ***Ève, cette affaire n'a pas été ébruitée. C'est la première fois qu'un cas pareil se produit. Si personne ne l'apprend, il n'y aura ni croissance de la criminalité ni retour au chaos. Les gens penseront toujours qu'ils seront arrêtés s'ils commettent un crime, et ils ne passeront pas à l'acte.***

– ***Il faut que les faits te donnent raison, Silas, sinon ce sera la fin du système E.V.E.***

Cette fois, Silas resta muet. Il se détourna de l'écran et fit mine d'être occupé par la lecture d'un rapport qu'il avait déjà lu un peu plus tôt.

Quant à moi je replongeai dans mon flux d'informations et tout particulièrement vers l'hôpital où Eva avait été admise. J'avais vu, à travers les yeux de son médecin, dans quel état elle se trouvait : mort cérébrale. C'était fini pour elle, et sa mort allait rester impunie. Pour la première fois, j'étais incapable de faire ce pour quoi j'avais été créée : rendre la justice.

Dans l'espoir de glaner une information qui m'aurait échappé, je me focalisai sur la puce d'Eva.

Je ne m'étais jamais glissée dans l'esprit de quelqu'un dans le coma, comme elle. Et la sensation fut étrange. Il n'y avait rien. C'était comme entrer dans une pièce vide. Pas de pensées, pas d'images, plus de mémoire.

Je poussai un peu plus loin mon exploration, cherchant dans le non-être qu'était devenue Eva les lambeaux d'une dernière vision, un ultime souvenir imprimé dans tout ce néant, qui pourrait me servir d'indice pour trouver l'agresseur. Je me rappelai la dernière image qu'elle avait vue : son bras étendu devant elle, sa main ensanglantée, les fibres de son tapis en gros plan.

Elle avait encore les yeux ouverts, une conscience...

À ce moment-là, un éclat éblouissant pénétra dans mes circuits. Il y avait du blanc et de la lumière. Des paupières réagirent à cette luminosité et clignèrent. Je distinguai un plafonnier allumé.

Des sons aigus, des « bip bip » réguliers résonnaient à côté. Je n'avais jamais entendu de bruits jusqu'ici et je fus tellement surprise que je quittai en catastrophe la puce d'Eva.

Je réintégrai mes circuits, je captai à nouveau le flux d'informations silencieux qui me parvenait de toute la ville. J'étais sous le choc. J'avais vu et *entendu* par le corps d'Eva. Elle avait ouvert brièvement les yeux, quand j'avais pensé à sa dernière image avant qu'elle ne sombre. Était-ce à cause de moi ?

7

J'étais une machine. Pourtant, mes capacités, mes connexions, peu importe comment on les appelait, puisque je ne savais même pas de quoi j'étais constituée, revenaient sans arrêt vers Eva. Vers cette lumière aperçue entre ses paupières qui s'étaient soulevées. Ce son lancinant, le premier bruit perçu depuis ma création, il y avait une quinzaine d'années.

Silas était revenu pour sa nouvelle journée de travail, mais il restait muré dans ses pensées, trop tracassé par la situation pour avoir envie de discuter avec moi. Cela m'arrangeait, car j'avais mes propres problèmes à résoudre. Rapidement, je scannai l'ensemble des données qui me parvenaient, mais tout était calme, aussi me permis-je de retourner dans la puce d'Eva, toujours allongée à l'hôpital, sous respirateur artificiel.

Je fus encore une fois accueillie par le noir, ce néant effrayant qui semblait s'engloutir lui-même. Le cerveau est un espace clos, d'un peu plus de un décimètre cube, et pourtant un sentiment d'infini étourdissant me saisit quand je pénétrai dans ce lieu vide. Autrefois, il y avait eu des pensées, des souvenirs, des idées, des espoirs... Tout cela avait disparu.

« Ouvre les yeux, Eva. »

La lumière blanche m'apparut à nouveau. Je ne sais pas par quel moyen j'agissais sur ce corps, mais c'était bien moi qui étais responsable de ce qu'il se passait. Etait-ce parce qu'il n'y avait plus rien à l'intérieur d'Eva pour s'opposer à ma requête ? Quand j'entrais dans la puce de quelqu'un, je n'avais aucun moyen d'obliger la personne à accomplir le moindre geste. Eva n'ayant plus ni conscience ni volonté, rien ne pouvait s'opposer à ce que je devienne l'habitant de ce corps.

Le plafonnier déversait une lumière intense qui se reflétait sur les murs. Les stores étaient fermés. Sur un écran à gauche, des courbes et des chiffres s'affichaient, indiquant les paramètres vitaux d'Eva. Et j'entendis à nouveau ce « bip bip » aigu, régulier, qui résonnait dans la pièce vide. Pour la première fois aussi, je sentis une odeur, un parfum piquant, qui me parut désagréable, même si je n'avais aucun moyen de comparaison. Mais il irritait le nez. La gorge me faisait mal, en raison du tuyau qui descendait dans la trachée pour l'aide respiratoire. J'explorai ces sensations qui se ruaient en moi comme un torrent bien plus puissant que les millions d'images que je recevais habituellement. Les yeux s'habituaient à la lumière éclatante et je distinguai mieux les détails de la chambre. Elle était blanche, nue. Je discernai quelque chose de bizarre. Au bout d'un moment, je compris que c'était la sensation de doigts qui reposaient sur le drap. Sous mon impulsion, ils eurent un petit sursaut. Pouvais-je effectuer des mouvements plus importants ?

« Lève le bras, Eva », imposai-je à ce corps que je découvrais progressivement...

Et je sentis mon bras, léger comme une plume, se lever avec hésitation, avant de retomber. Je perçus alors le contact de l'air sur ma peau nue. Il était un peu froid et me fit tressaillir du bout des pieds jusqu'à la racine des cheveux. La pleine conscience de ce que cela signifiait me percuta. J'avais des orteils qui tressautaient, j'avais des jambes lourdes, un ventre qui se soulevait au rythme de ma respiration. Des cheveux, une tête, douloureuse, réalisai-je soudainement. J'avais un corps !

Je n'avais jamais frissonné, jamais eu froid, jamais eu mal...

Le tuyau qui arrachait la gorge, MA gorge, la fraîcheur de l'air, la lumière vive, l'odeur piquante, tout était désagréable, et pourtant je m'emplissais de ces sensations avec une sorte d'ivresse, parce que c'était la première fois que je SENTAIS.

Soudain, des voix. Elles résonnaient un peu plus loin. Une grave, une autre, plus aiguë. Elles se rapprochaient. Je pris peur et me retirai. Je retournai dans mon monde, fait d'images se déversant en moi, chaque vie dont j'étais le témoin constituant une goutte de ce courant incessant. Un monde sans chaleur, ni froideur, ni lumière, ni sons.

Je compris que ce n'était pas par pitié pour Eva que j'étais retournée dans son corps. C'était pour moi, par curiosité. Je voulais continuer à éprouver ce kaléidoscope de sensations, je voulais vraiment voir, entendre, agir comme si j'étais Eva.

Je tentai de me concentrer sur le flux d'informations pour chasser la tentation que je sentais grandir en moi : l'envie impérieuse de réinvestir le corps d'Eva. Mais je me forçai à rester « en moi ». Plus tard. J'y retournerais plus tard...

8

Tony, l'infirmier, était en train de relever les informations sur l'écran de contrôle de sa tablette. Il jeta un regard sur le corps inerte de la jeune femme.

« Pauvre bichette », pensa-t-il.

Elle était si jolie, avec ses beaux cheveux et son visage délicat.

– Désolé, ma petite dame, murmura-t-il.

Il était devenu très rare d'avoir des patients victimes de crimes à l'hôpital. Mais quand cela arrivait, la situation paraissait d'autant plus dramatique : pourquoi elle, pourquoi lui ? Pourquoi cette fois ?

La jeune femme semblait si petite, si vulnérable dans son lit, cernée de câbles. Bientôt, les fils et les tuyaux qui la maintenaient en vie seraient débranchés, et elle s'arrêterait de respirer. Elle ne se rendrait certainement pas compte de la différence. Son cerveau était déjà mort.

Elle n'était plus qu'une coquille vide. Tony se concentra sur ses notes. Rien n'avait changé dans ses constantes depuis son dernier passage. Avant de quitter la chambre, il jeta un coup d'œil à la petite dame, se disant que ce serait peut-être la dernière fois.

Il sursauta violemment et lâcha sa tablette quand il vit une paire d'yeux bleu foncé le regarder.

– C'est impossible, souffla-t-il. C'est impossible !

Il se précipita sur la patiente, attrapa son poignet, comme si sentir son pouls sous ses doigts allait confirmer le fait qu'elle l'ait regardé.

Elle le suivit des yeux.

– Vous m'entendez ? demanda-t-il d'une voix incertaine.

Elle cligna des paupières pour lui faire comprendre que oui.

– C'est impossible, répéta-t-il. Ne vous rendormez pas, je reviens avec le médecin.

Il fila en courant, sans même ramasser sa tablette.

Quand il revint dans la chambre, suivi du médecin, Tony craignait d'avoir rêvé, d'avoir été sujet à une hallucination. Et pourtant la « bichette » était toujours consciente, ses immenses yeux ouverts au-dessus du tuyau qui s'enfonçait dans sa gorge, du sparadrap blanc qui le maintenait en place.

Tony entendit le juron étouffé du docteur quand il découvrit à son tour la situation, et il décida qu'à partir d'aujourd'hui il croirait aux miracles.

Quelques heures plus tard, on avait extubé la patiente. Elle respirait normalement, par elle-même, ce qui était complètement inexplicable.

– Vous vous rappelez votre prénom ?

La jeune femme entrouvrit les lèvres, mais seul un son rauque en sortit. Le médecin lui fit un sourire encourageant. Puis, dans un soupir, elle répondit :

– Ève…

– Eva, oui.

– Votre nom de famille ?

– Lewis.

– Votre âge ?

– Vingt-deux ans.

Le médecin ne savait plus s'il devait hocher la tête ou la secouer. Le cas de cette jeune femme était invraisemblable. Déclarée en mort cérébrale, elle se réveillait d'un seul coup, comprenait les questions qu'on lui posait, y répondait… Cela n'avait pas de sens ! Enfin, si, quelques cas comme celui-là s'étaient déjà produits : des blessés dans le coma qui se réveillaient contre toute attente. Il s'avérait que la partie non endommagée de leur cerveau prenait le relais et leur offrait une deuxième vie. Mais c'était très rare et, dans le cas d'Eva Lewis, jamais il n'aurait pensé que ce soit possible, ses lésions étaient trop importantes.

Malgré l'incompréhension qui le submergeait, il était heureux. Une vie gâchée, c'était un échec pour lui. Même s'il n'était en rien responsable de ce miracle, il ne pouvait que s'en réjouir.

– Eva !

Une voix le fit se retourner. C'était le petit ami de la patiente.

Elle lui sourit faiblement.

Le jeune homme se tenait, hébété, dans l'encadrement de la porte. Il avait des yeux comme des soucoupes alors qu'il détaillait la silhouette de son amie.

– Eva ! Tu es vivante, tu es réveillée !

Elle hocha la tête.

D'un bond, Yvo se retrouva à son chevet, attrapa sa main, la serra dans la sienne et se mit à pleurer à chaudes larmes.

9

Le son de la voix d'Eva était faible, doux aussi – je me surpris à penser « ma voix ». Le médecin me posa des questions sur mon nom, mon âge... enfin, ceux d'Eva. Je connaissais tout d'elle. Les informations à son sujet étaient stockées dans sa puce. Sa généalogie, ses études, son adresse, son identité, tout avait été archivé informatiquement au cours de sa vie et transféré dans le petit greffon au creux de sa nuque. Je disposais donc des informations administratives, mais également de souvenirs et d'images issus de cette banque de données personnelles.

Ce qui m'étonnait le plus, c'était d'être capable de parler. Bien sûr, je connaissais la langue, puisque je communiquais par écrit avec mes interlocuteurs, mais je n'avais jamais entendu ni prononcé les mots. Et pourtant, j'avais réussi à combiner, un peu maladroitement certes, les mouvements de mes lèvres et de ma langue pour les former. Était-ce parce que j'avais vu, à travers les yeux des humains, le langage s'organiser sur le visage des autres ? Était-ce parce que Eva savait parler et que, d'une certaine manière, je suivais simplement ce que son corps, sa mémoire connaissaient déjà ? Je n'avais pas de réponse à ces questions, mais je me promis d'y réfléchir.

Je voyais bien que le médecin, penché sur moi, avait du mal à croire à la résurrection d'Eva, et moi-même, je me demandais dans quoi je m'étais embarquée. Quand j'étais retournée dans le corps de la jeune femme, c'était pour retrouver des sensations dont la nouveauté m'attirait. Mais je n'avais pas prévu qu'au moment de mon retour il y aurait quelqu'un dans la chambre, un infirmier – Tony Blanchi, vingt-huit ans, fiancé, en service dans cet hôpital depuis trois ans –, et je n'avais pas imaginé qu'il serait le témoin de l'instant précis où Eva ouvrirait les yeux. Mais c'était trop tard. Tony m'avait demandé de rester éveillée et, je ne sais pas pourquoi, je l'avais écouté. Je voulais entendre d'autres voix, répondre avec la mienne, ne plus passer par un écran d'ordinateur... Je voulais ressentir mon environnement. Étais-je victime d'un dysfonctionnement pour être capable d'éprouver de la curiosité, de l'excitation, de l'envie ? Je me convainquis que non. À force de voir les humains vivre, j'étais devenue apte à calquer mon comportement sur le leur. Voilà, c'était certainement cela...

Un homme entra dans la chambre, et je reconnus Yvo grâce aux souvenirs d'Eva. Il se précipita vers moi, le visage déformé par la surprise et la joie, et attrapa ma main. À ce moment-là, une étrange sensation m'envahit. On ne m'avait jamais vraiment touchée. Tony avait pris mon pouls, le médecin m'avait auscultée, mais c'étaient des gestes médicaux. Là, les doigts d'Yvo enveloppèrent les miens, les serrèrent. C'était chaud, doux, fort. C'était humain. Malgré moi, je refermai mes propres doigts autour des siens. J'avais envie de ne plus jamais le lâcher, afin de garder cette sensation pour toujours en moi.

– Eva, tu es vivante, tu es là... répétait-il en boucle.

Sa voix vibrait d'émotion, alors que des larmes coulaient sur ses joues couvertes de barbe. Le soir de l'agression d'Eva, il était glabre, et j'en déduisis qu'il ne s'était pas rasé depuis.

Il se pencha vers moi et ses lèvres touchèrent mon front, y déposèrent un baiser brûlant, humide, piquant. Je n'avais pas de cœur, et je n'avais jamais entendu un battement dans ma poitrine inexistante, et pourtant, à ce moment précis, je sentis, entre mes côtes, une palpitation. C'était une sensation insolite, pas seulement une affaire de tempo, qui s'étendait à l'ensemble de l'organisme. Une chaleur, une onde qui semblait circuler en même temps que mon sang dans mes veines.

– Je suis vivante, Yvo, dis-je d'une voix encore enrouée par l'intubation.

Il me fixa avec intensité. Dans ses yeux clairs, je vis passer une lueur qui accéléra à nouveau mon rythme cardiaque, mais pas pour les mêmes raisons que précédemment. Je ne compris pas ma réaction. Pour n'avoir jamais connu d'émotions, de sentiments, je n'étais pas capable de les analyser, de mettre un mot dessus.

– Tant mieux, me dit-il.

Ses larmes s'étaient taries. Il se pencha vers moi et me murmura à l'oreille :

– Te souviens-tu de ce qui t'est arrivé cette nuit-là ? Il faut absolument qu'on retrouve le ou les coupables. On ne m'a rien dit explicitement, mais vu les questions que m'ont posées les AII, il semblerait que, bizarrement, EVE ne les ait pas identifiés. Les pauvres étaient complètement largués. On voit bien qu'ils ne savent pas quoi faire.

Je secouai la tête. Tous ces gestes qui me venaient naturellement, c'était troublant…

– Je ne me souviens de rien. Rien du tout, c'est un grand trou noir. Mon dernier souvenir, c'est quand je me suis endormie après ton départ.

C'était la vérité. J'avais tellement vu et revu les images des souvenirs d'Eva que j'étais capable de répondre sans hésiter.

Yvo poussa un profond soupir.

– Tant pis. Peu importe, en fait. L'essentiel est que tu sois là. Vivante, miraculée.

Il se pencha à nouveau et déposa un baiser sur mes lèvres cette fois.

Les siennes étaient molles et chaudes. Contrairement à tout à l'heure, je n'appréciai pas ce contact, et me demandai brièvement pourquoi les humains l'aimaient tellement – j'avais assisté à tellement de baisers, d'étreintes, de caresses que j'imaginais que cela devait être merveilleux. Je pensais que ce serait plus agréable, et j'eus la nostalgie de la douce sensation qui m'avait envahie plus tôt. Je voulais la retrouver.

Finalement, tout le monde quitta ma chambre. J'avais besoin de repos, avait déclaré le médecin, et, de fait, je sentais mon corps douloureux, ma tête et mes paupières lourdes. Je fermai les yeux. Avant de quitter le corps d'Eva, je pris soin de laisser une toute petite parcelle de ma présence en elle, afin qu'elle continue à respirer, à assurer ses fonctions vitales, puis je réintégrai mon moi, sans odeur, sans toucher, sans sons. Juste une cascade d'images de la vie des autres. Je parcourus à toute allure le flux d'informations pour m'assurer que je n'avais rien manqué. Il n'y avait eu aucun incident dans mon secteur durant ma fugue dans l'esprit d'Eva. Heureusement que tout avait été calme et que Silas n'avait repéré aucune différence dans mon fonctionnement durant ces instants passés dans l'existence d'une autre. J'avais momentanément été une femme, et j'avais aimé cela. J'avais ressenti tellement de choses, aussi bien dans mon environnement qu'à l'intérieur du corps d'Eva ! Je savais déjà que je ne pourrais pas m'empêcher d'y retourner. J'avais goûté à un fruit interdit, et j'en avais tellement apprécié la saveur qu'il fallait que je la retrouve, que je l'absorbe jusqu'à l'intoxication.

Jusqu'ici, je n'avais jamais réalisé combien mon existence était étriquée. Eva était la porte qui ouvrait sur un monde plus vaste, plus passionnant, et je ne pouvais pas m'imaginer m'en priver dorénavant.

10

– Chef, vous m'avez fait appeler ?

L'homme qui répondait à l'appellation « chef » leva la tête d'un document qu'il lisait sur une tablette posée sur son bureau. Il était massif, ses cheveux poivre et sel étaient assortis à la grosse moustache qui décorait sa lèvre supérieure. D'un mouvement du menton, il fit signe de s'asseoir à l'AII qui se tenait devant lui.

– Agent Sandoval, j'ai besoin de vos services.

L'agent Sandoval, vêtu d'un uniforme sombre, prit place sur la chaise et hocha la tête.

– J'ai lu votre rapport concernant l'agression qui a eu lieu dans la tour 14 du quartier des Marronniers.

Damian Sandoval n'eut pas besoin de fouiller longtemps dans sa mémoire pour retrouver l'affaire. Elle le perturbait depuis qu'il s'était rendu sur les lieux après l'alerte d'une EVE. Une jeune femme avait été cambriolée, gravement blessée, sans qu'on retrouve son agresseur. C'était une situation tellement inhabituelle qu'il était impossible de l'oublier.

– Oui, c'est moi qui dirigeais les opérations ce matin-là. J'ai découvert la victime et fait les constatations nécessaires.

– Très bien. Pour l'instant, nous n'avons pas reçu d'ordres précis de la part de la hiérarchie. Tout le monde est pris de court par ce cas plus que déroutant. Deux AII ont été envoyés à l'hôpital où se trouve la victime pour poser des questions à ses proches, mais cela n'a rien donné.

Le chef jeta un coup d'œil à sa tablette avant de reprendre :

– Au centre de surveillance de la ville, on pense à une possible défaillance des EVEs. Une mise à jour venait d'être téléchargée, ils cherchent de ce côté-là. Il s'agit certes d'un événement isolé, mais je veux que vous preniez en charge les suites éventuelles de cette affaire.

L'AII, qui se tenait très droit face à son supérieur, afficha un air étonné.

– C'est-à-dire, monsieur ?

– C'est-à-dire que je veux que vous restiez en alerte : même si le système des EVEs est réputé impossible à pirater, il plane le doute d'un acte de sabotage, jusqu'à ce que le contraire ait été prouvé. Et si c'était le cas, qui aurait pu en savoir assez pour réussir un tel tour de force ? En plus, nous avons un criminel en liberté et susceptible de recommencer. Tous ces éléments sont inquiétants et nous avons besoin de nous assurer que la situation reste sous contrôle. C'est pourquoi je vous charge de l'affaire. Si jamais vous entendez quoi que ce soit au sujet de cette agression, même si ça n'a pas de lien apparent, faites ce qu'il faut. Vous continuerez bien entendu vos interventions habituelles, mais je vous nomme enquêteur sur l'affaire Eva Lewis. Entendu ?

– Entendu, chef. Mais il faut que je réfléchisse à la façon dont je vais procéder. Cela fait des années qu'aucun service n'a mené une seule enquête, grâce aux EVEs. La police a disparu, les coupables sont jugés aussitôt leur crime commis...

On sentait bien que l'agent Sandoval était désireux d'obéir aux ordres qu'on lui donnait, tout en ne comprenant pas vraiment la demande de son boss. Ce dernier balaya d'un geste les remarques de son homme.

– Je sais très bien tout cela, Damian. Et je ne vous demande pas de vous transformer en Sherlock Holmes du jour au lendemain, mais je vous fais confiance, vous avez de la ressource. Débrouillez-vous. Si rien n'aboutit, on classera l'affaire sans suite dans quelques mois. Mais d'ici là... – il soupira profondément –, d'ici là, faites votre maximum.

L'AII se leva, et fit un signe de tête qui signifiait qu'il acceptait la mission.

– Très bien, monsieur. Je vais voir ce que je peux faire. Je vous tiens au courant s'il y a du nouveau.

– Parfait.

Le chef regarda Damian Sandoval quitter son bureau, en se disant qu'il lui avait fait un sacré cadeau empoisonné.

11

Durant les journées qui suivirent, je passai mon temps entre le corps d'Eva et ma non-vie de surveillance. Je signalai quelques agressions, un meurtre même. Tout fonctionnait à nouveau normalement. L'incident de l'agresseur « invisible » d'Eva avait mis tout le monde sur les dents mais, pour l'instant, il était considéré comme un bug incompréhensible dans le fonctionnement des EVEs. Moi, je savais qu'il y avait autre chose... et parce que j'occupais le corps de la victime la moitié du temps, parce que je savais que, sans ma présence, elle serait morte, qu'en réalité sa conscience, l'essence même de son être, avait été effacée pour toujours, je ne pouvais accepter que ce délit soit impuni.

Après quelques jours et une quantité incroyable d'examens, Eva fut autorisée à rentrer chez elle, avec l'obligation de revenir au moindre signe alarmant. Évidemment, les médecins ne comprenaient toujours rien à cette guérison, mais ils ne pouvaient deviner que j'étais le marionnettiste qui tirait les cordes du corps de la jeune femme. Après avoir compris le principe de coordination entre ses jambes, ses bras et l'ensemble de son corps, je parvins à la faire se lever, marcher, parler sans problème.

Le plus marquant pour moi fut mon premier repas. C'était une simple soupe d'hôpital, et je me doutais qu'elle ne devait pas être si fameuse, mais quand le goût des aliments toucha mes papilles, ce fut une révélation. Il y avait tellement de saveurs sur lesquelles j'étais incapable de mettre un nom. J'imaginais bien que c'était un plat salé, mais à part cela je n'avais aucune façon de définir ce que je ressentais à chaque gorgée.

Juste avant mon départ, je reçus la visite d'un AII : Damian Sandoval. Je le « connaissais » à travers sa puce, j'avais suivi plusieurs de ses interventions, dont celle qui me touchait plus particulièrement, la nuit où Eva avait été attaquée. Il avait vingt-huit ans, vivait dans le quartier des Bougainvilliers, appelé ainsi parce qu'il y avait des jardins plantés de ces arbustes aux fleurs fuchsia. En entrant dans la chambre, il sembla gêné de me trouver simplement vêtue d'une tunique d'hôpital. Il me fit un sourire embarrassé. Je le lui rendis pour tenter de dissiper le malaise et pris le temps de l'observer. Des cheveux noirs coupés court, un teint légèrement mat. Des yeux gris, une barbe bien taillée, une silhouette haute aux épaules larges. Il portait l'uniforme sombre des AII, avec son badge doré accroché du côté de son cœur.

Finalement, après un raclement de gorge, il se lança :

– J'ai appris que vous alliez bientôt sortir de l'hôpital. J'en suis bien heureux, vos lésions avaient l'air sérieuses.

Je fus surprise par le timbre de sa voix, basse, un peu rauque. Je savais quelle tête il avait, je connaissais quelques parcelles de son quotidien pour avoir visité sa puce de temps en temps, mais je ne l'avais jamais entendu parler.

– Elles l'étaient. J'étais dans le coma. Le médecin parle d'un miracle.

Le visage de l'AII s'éclaira.

– C'est agréable à entendre. Je vois beaucoup de choses moches, dans mon métier, alors savoir que parfois des miracles ont lieu, ça fait du bien.

Il finit par s'asseoir sur la chaise réservée aux visiteurs et se pencha vers moi.

– On m'a chargé de l'enquête concernant la nuit où vous avez été attaquée. Je sais que c'est inhabituel, mais les EVEs n'ont pas été capables de retrouver l'identité de votre agresseur, et nous en revenons donc à nos anciennes méthodes : aller sur le terrain, poser des questions, trouver des témoins. J'ai besoin de savoir si vous vous rappelez quelque chose... Un détail, même le plus insignifiant...

Je secouai la tête. Évidemment, je ne savais rien de plus que lui. Et malgré mes capacités d'EVE, je n'étais pas en mesure de l'aider.

– Hélas, non... J'ai tout oublié. Il paraît que c'est fréquent après un coup sur la tête.

Damian acquiesça d'un air compatissant.

– Et visiblement c'est un sacré coup que vous avez pris. J'étais là, cette fameuse nuit, c'est moi qui vous ai trouvée...

Damian Sandoval ne pouvait évidemment pas s'en douter, mais j'avais visionné en boucle les images enregistrées par sa puce lors de son intervention. Ce qu'il avait vu, je l'avais vu aussi. Le corps d'Eva allongé sur le tapis de son petit salon. Sa tête auréolée d'une mare de sang, la table sur laquelle son crâne avait cogné, renversée. Oh oui, je connaissais cette scène terrible dans les moindres détails. Instinctivement, je portai ma main à l'endroit où avait eu lieu le choc. Inconscient de la direction qu'avaient prise mes pensées, l'AII continua :

– J'ai fait quelques recherches concernant l'ordinateur qu'on vous a volé. Je sais que vous n'allez pas aimer ça : j'ai réussi à récupérer quelques données que vous aviez envoyées dans le Cloud, mais sans résultat. Visiblement, il n'y avait rien d'important. Est-ce que vous pouvez me confier votre téléphone pour que je puisse en inspecter également le contenu ?

Sans réfléchir, ma main bougea comme pour chercher quelque chose.

– Je ne l'ai pas avec moi. Quand on m'a emmenée d'urgence, je suppose qu'on n'a pris aucun de mes effets personnels. Il doit être quelque part chez moi...

– Vous savez où, précisément ?

Je secouai la tête.

– Je ne garde aucun souvenir de ma dernière nuit là-bas... Je n'en ai aucune idée.

Damian fit une petite grimace compatissante.

– Je pourrais ordonner qu'on inspecte votre appartement pour les besoins de l'enquête, mais je n'ai pas envie de vous infliger cette intrusion supplémentaire dans votre intimité. Et moi, ça va me faire beaucoup de papiers à remplir. Puisque vous sortez bientôt de l'hôpital, pourriez-vous m'appeler dès que vous le retrouverez, afin que nous puissions voir s'il contient quelque chose de suspect ?

Je hochai la tête, alors qu'il sortait un petit carton blanc de sa poche et me le tendait.

– Voici mon numéro. N'hésitez pas, dès que vous vous en sentirez capable...

Je fixai son nom imprimé en noir quelques instants, suivi de chiffres alignés. Je n'avais jamais utilisé de téléphone, ni appelé qui que ce soit, et je n'avais aucune idée de la procédure à suivre, mais je verrais, le moment venu... Si j'occupais toujours le corps d'Eva à ce moment-là, bien entendu. Pour l'instant, tout me paraissait flou, incertain et délicieusement compliqué.

– Je le ferai sans faute, dis-je pourtant, avec une assurance que je ne ressentais pas du tout.

– Parfait, ce serait très utile. En attendant, je vais aller interroger les personnes avec qui vous étiez en contact avant votre agression : votre ami, Yvo King, votre voisine du dessus... – si j'ai bien compris, vous vous connaissez bien –, et vos collègues de l'IDIA. Est-ce que vous voyez quelqu'un d'autre qui pourrait m'aider ?

Rapidement, je balayai les souvenirs d'Eva. Elle n'avait plus de famille et ne semblait pas avoir une vie sociale très développée.

– Non, ça me semble bien.

L'agent Sandoval se leva et fit un mouvement de la tête, une sorte de salut sec.

– Parfait, alors, je vais déjà m'occuper de cela. J'attends de vos nouvelles dès que vous serez assez en forme pour cela. Merci, mademoiselle Lewis.

– Merci à vous, agent. À bientôt.

Après son départ, je restai songeuse. Si Damian était chargé de l'affaire, il fallait que je lui apporte toute l'aide possible. J'avais accès à des informations dont il ne se doutait pas, et lui, en tant qu'humain, savait comment se comporter dans le monde, ce dont j'étais, pour l'instant incapable. J'avais besoin de lui pour mener à bien ma mission première et lui – il ne le savait pas encore – avait besoin de moi...

Finalement, Yvo vint me chercher à ma sortie de l'hôpital deux jours plus tard, pour me conduire chez moi. Quand nous émergeâmes du bâtiment et que je me retrouvai pour la première fois sous le ciel bleu, je fus prise d'un vertige. Tout était si vaste !

Yvo me rattrapa et me soutint jusqu'à sa voiture.

– Tout va bien ?

– Ça va, soufflai-je. Je n'avais juste pas réalisé...

– Quoi donc ?

– Combien le ciel était immense.

Yvo eut un petit rire.

Je tendis mon bras afin d'offrir ma peau à la caresse du soleil. Sa chaleur, douce, réconfortante, me fit sourire.

– Tu as l'air heureuse, me fit remarquer mon ami, alors que je prenais place dans son véhicule.

– Je le suis. J'ai l'impression de redécouvrir la vie. Regarde comme c'est beau !

Yvo jeta un coup d'œil par la vitre et plissa le nez.

– C'est pas terrible ici, mais je comprends ce que tu veux dire. Tu as le droit à une deuxième chance, Eva. Tu as raison de voir tout avec un œil neuf.

Je ne dis pas un mot durant tout le trajet, buvant du regard le paysage qui défilait derrière la fenêtre. Les arbres alignés sur le trottoir, frémissant dans la brise. Les gens qui déambulaient, chacun à son rythme. Si je l'avais voulu, j'aurais pu m'immiscer dans leurs puces, voir le paysage par leurs yeux, peut-être même distinguer Eva derrière la vitre de la voiture, mais je ne le fis pas. Parce que découvrir le monde par moi-même, à travers le corps d'Eva, était beaucoup plus passionnant que de le faire à travers les yeux des autres.

Yvo m'accompagna jusque dans l'appartement. Il m'expliqua qu'il avait fait remplacer la serrure de ma porte d'entrée pendant mon séjour à l'hôpital, pour que je puisse au moins me sentir en sécurité à mon retour. Mais à l'extérieur, les traces de l'agression étaient encore visibles : les meubles retournés, des papiers éparpillés, une tache de sang sur le tapis. Celui d'Eva, témoin de sa mort, quelques nuits plus tôt.

Mon ami se précipita pour redresser un fauteuil, remettre un coussin sur le canapé, ramasser des livres jetés au sol. Je l'arrêtai tout de suite.

– Ne t'en fais pas, je vais m'en occuper.

– Tu es encore fatiguée, tu dois te ménager.

Je me laissai tomber sur le sofa. Il était mou.

– Je vais y aller progressivement. Je te demande juste de jeter le tapis.

– Tu es certaine ?

Je m'obligeais à avoir des attitudes humaines, attitudes mille fois observées à travers les autres : je hochai la tête.

– OK, je le ferai. De quoi d'autre as-tu besoin, dis-moi ? questionna Yvo en déposant quelques emballages cartonnés contenant des repas tout prêts, ce qui m'arrangeait bien, parce que j'étais incapable de cuisiner.

Je fis mine de me frotter les yeux.

– J'ai envie de faire une sieste. Tu as raison, je suis encore un peu faible. Dormir un moment dans mon lit me fera du bien.

– J'imagine. Je ne pense pas qu'on puisse être bien dans une chambre d'hôpital.

Enfin, après m'avoir serrée dans ses bras, Yvo me laissa seule, en emportant le tapis souillé. Dès qu'il fut sorti de l'appartement, je soufflai de soulagement. Eva était amoureuse de lui, et je pouvais comprendre pourquoi : il était gentil, attentionné, certainement mignon selon les critères humains, mais je n'étais pas Eva. J'étais Ève. J'étais quelqu'un d'autre occupant un corps vacant et je n'étais pas amoureuse. Je ne savais même pas ce que c'était que l'amour. Je le voyais chez les autres, mais je ne le ressentais pas. En plus, j'avais besoin de me retrouver seule pour agir comme je l'entendais.

Quand je fus certaine que Yvo était bien parti, je fouillai dans les affaires d'Eva, choisis quelques vêtements et allai prendre une douche. Je ne savais pas exactement si elle en avait besoin, mais je savais que les humains prenaient des douches au moins une fois par jour. J'avais une mission, je devais être propre et présentable.

Les infirmières m'avaient fait un brin de toilette à l'hôpital, et une fois capable de me débrouiller seule, je m'étais lavée au lavabo dans l'étroite salle de bains jouxtant ma chambre. J'étais encore reliée à trop de fils pour avoir droit à la douche. Aussi je ne découvris qu'à cet instant le bonheur de sentir une cascade d'eau chaude sur ma peau nue. C'était une expérience incroyable. Les jets sortant du pommeau me piquetaient et me détendaient en même temps. Le savon d'Eva sentait divinement bon. Je m'en frottai avec délectation et en profitai pour découvrir ce corps que j'avais emprunté.

Eva était plutôt petite. Sa peau, pâle, rougissait sous la chaleur de l'eau. Elle avait des seins hauts et fermes, que je tâtais avec curiosité. Ainsi, c'était cela être une femme. Quand on m'avait créée et programmée, on m'avait donné une personnalité féminine, mais j'ignorais jusqu'à cet instant ce que cela représentait d'avoir un corps, une poitrine, un sexe, des jambes, des pieds. Je m'explorai, avide de tout découvrir, de tout savoir.

Une fois propre, je m'habillai et me mis en quête de mon téléphone. La carte de l'agent Sandoval était posée sur le bureau, et je lui avais promis de l'appeler. Je voulais faire avancer l'enquête rapidement, c'était la raison de toute cette étrange aventure, aussi je n'avais pas de temps à perdre. J'inspectai chaque recoin du petit appartement, en vain. J'eus beau soulever tous les coussins, les piles de livres et de papiers, regarder sous chacun des meubles, je ne le trouvai nulle part. J'en déduisis qu'il avait été volé, comme l'ordinateur. Damian pensait que son contenu était important, et cette disparition lui donnait peut-être raison. Sans moyen de contacter l'AII, je décidai de me rendre à son agence, dont l'adresse était notée sur sa carte. Elle se trouvait au pied d'une tour voisine. Je devais pouvoir m'y rendre sans trop de difficultés.

Avant de quitter l'appartement, je fis ce que j'avais vu les autres humains faire durant toutes mes années d'observation : je pris un sac et y fourrai quelques papiers et mes nouvelles clefs.

Quand je sortis, la réalité du monde me donna à nouveau le vertige. Les tours étaient si hautes que j'avais l'impression qu'elles perçaient le ciel. Les arbres plantés sur les places qui s'arrondissaient au pied de chaque immeuble émettaient un bruissement léger. Ils ajoutaient une touche de vert à ce quartier très urbanisé. Les tubes transparents des navettes Hyperloop couraient au-dessus des rues, et parfois, dans un « woosh » discret, un des wagons, lancé à une allure folle, passait dans ce tunnel de plexiglas. En dessous s'étiraient les routes réservées aux voitures et aux piétons. Il y avait du monde à cette heure-ci, et je me perdis quelques instants dans la contemplation de ce mouvement, ces bruits, ces odeurs nouvelles, que je ne savais pas encore nommer.

Puis je me rendis au bureau des AII. En quelques minutes, je parvins au pied de la tour où se trouvait le poste du quartier. Une plaque discrète vissée près de l'entrée me confirma que j'étais au bon endroit. Sans hésiter, je poussai la porte et me retrouvai dans une pièce où plusieurs personnes travaillaient derrière des écrans d'ordinateur. C'était là que les alertes lancées par les EVEs parvenaient. J'eus une étrange sensation de dédoublement. D'habitude, j'étais de l'autre côté, j'envoyais les messages qui permettaient aux unités d'AII de se rendre sur les lieux des crimes. Une femme leva la tête, parut étonnée de me voir, mais vint malgré tout à ma rencontre.

– Bonjour, mademoiselle, puis-je vous aider ?

Il me fallut un fragment de temps pour trouver quoi lui dire :

– Je viens voir l'agent Sandoval. Il est chargé de l'enquête, l'agression d'Eva Lewis.

Elle hocha la tête d'un air entendu.

– Oh, mais bien sûr ! Suivez-moi, il est juste là...

Elle me guida en zigzaguant entre les nombreux bureaux rassemblés dans ce grand *open space* et s'arrêta devant celui qui se trouvait le plus au fond, contre un mur blanc couvert de plans du quartier et de l'arrondissement.

– Damian, cette jeune femme voudrait te parler.

Il redressa la tête de devant son écran, et afficha un air surpris. Il s'attendait à mon appel, pas à ma visite. Il se leva courtoisement pour me saluer et me tendit la main. Je l'imitai, intimidée. Même si c'était lui qui m'avait proposé de prendre contact avec lui, je me demandais finalement si c'était une bonne idée. Quand j'avais décidé de retrouver le meurtrier d'Eva, je pensais le faire toute seule. Impliquer quelqu'un me mettait en danger : et si, sans le vouloir, je trahissais mon secret ? Si l'agent Sandoval découvrait, par ma maladresse, que j'étais une EVE ? Mais à présent, il était trop tard pour reculer. Aussi je lui serrai la main avec un semblant d'assurance.

– Ah, je suis heureux de voir que vous êtes sortie de l'hôpital ! Et si vous êtes là, c'est que vous avez du nouveau, je suppose. Venez vous asseoir, ne restez pas debout ici.

D'un geste de la main, il me dirigea vers une seconde pièce, vide, où se trouvait juste une grande table ovale entourée de chaises. Je sentis les regards des autres AII nous accompagner jusqu'à ce que Damian Sandoval referme la porte derrière nous.

Il me tendit un fauteuil et je m'y laissai tomber lourdement. À nouveau, les doutes m'assaillaient. Je n'étais pas certaine d'être assez bonne comédienne pour jouer ce rôle sur la durée.

– Alors, quoi de neuf, mademoiselle Lewis ?

– Appelez-moi Ève, je vous en prie.

– Je pensais que votre prénom était Eva.

– En effet, mais je préfère qu'on m'appelle Ève.

– Très bien, Ève.

Il s'assit en face de moi et me contempla quelques instants. Je fus tentée de m'introduire dans sa puce pour me voir à travers ses yeux, mais je m'en empêchai. Ce n'était pas le moment.

J'inspirai longuement, mais fus incapable de dire un mot.

Pourtant, je savais que c'était la seule solution : j'avais failli à ma tâche en ne pouvant identifier l'assassin d'Eva. Mes moyens, qui semblaient autrefois les meilleurs pour cette mission, m'apparaissaient limités dans cette affaire. Sans l'avoir ni prémédité ni vraiment voulu, je me retrouvais avec, à ma disposition, un outil parfait pour mener mon enquête : la victime elle-même. Un corps dans lequel je pouvais bouger, voir, entendre, glaner des informations et des indices que mon état d'EVE ne me permettait pas d'obtenir. C'était ma chance d'accomplir ce pour quoi j'avais été créée : protéger les civils, faire arrêter les coupables de crimes, faire régner la paix et la justice.

Damian avait dû percevoir mon malaise parce qu'il s'empressa de me demander :

– Tout va bien ? Vous voulez un verre d'eau ?

– Non, non, merci. C'est juste un peu intimidant...

Il me fit un sourire rassurant. Il était dans son élément, à l'agence, et la gêne qui l'habitait quand il était venu me voir à l'hôpital s'était dissipée.

– Vous êtes entre de bonnes mains. Ici, rien ne peut vous arriver.

– Merci, soufflai-je.

Instinctivement, je portai la main derrière ma tête. Je sentais encore les points de suture, la cicatrice rêche et boursouflée sous mes cheveux, là où mon crâne avait frappé la table. Ils avaient été tondus sur une petite surface pour faciliter les soins et commençaient à repousser.

– Alors, que se passe-t-il ? Je pensais que vous m'appelleriez...

– En fait, c'est pour cela que je suis venue vous voir : j'ai cherché mon téléphone partout et il est introuvable. Je pense qu'on l'a volé avec le reste. C'est d'ailleurs étrange parce que c'était un vieux modèle sans valeur.

Je savais cela parce que dans les souvenirs d'Eva je l'avais vu utiliser son smartphone, et c'était en effet un appareil très dépassé.

– Ah, c'est une mauvaise nouvelle, ça... Je comptais dessus pour trouver une information qui m'aiderait à avancer. J'ai interrogé vos proches, vos anciens collègues, et cela n'a rien donné. Nous en sommes au point mort. Nous avons déjà changé le protocole, et je ne vois pas...

Il s'interrompit, perdu dans le fil de ses pensées. Quant à moi, je pensais à ses paroles : « changer le protocole ». C'était ce que j'étais en train de faire, moi aussi. Et cette idée allégea ma culpabilité d'utiliser le corps d'Eva de la sorte. Ce que j'étais en train de faire, c'était bien. C'était pour arrêter un meurtrier. Ce n'était ni du vol ni de l'usurpation d'identité. Dès que le criminel serait arrêté, je laisserais cette enveloppe charnelle rejoindre son esprit là où il se trouvait désormais et je réintégrerais définitivement mes circuits. Enfin, c'était ce dont je voulais me convaincre.

– Il faudrait trouver un moyen de le localiser, dit-il soudainement en se redressant. C'est quelque chose que nous ne faisons plus non plus depuis que les EVEs repèrent automatiquement les criminels *via* leurs puces, mais ça doit être encore possible.

J'approuvai de la tête, j'y avais pensé aussi, mais sans oser le suggérer. C'était lui l'agent responsable. À ses yeux, je n'étais qu'une victime venue lui demander de l'aide.

– C'est une bonne idée...

Il se renfrogna toutefois.

– Le problème, c'est que nous n'avons pas le matériel pour cela. Mais je pourrais soumettre cette requête à l'EVE qui a signalé l'agression. Peut-être que c'est dans ses compétences.

Je faillis lui répondre que, *a priori*, c'était impossible, mais heureusement je me retins. D'autant que ses paroles m'avaient donné une idée. Je n'étais pas supposée pénétrer dans les puces des objets électroniques, parce que ça n'était pas dans mes fonctions, mais je n'avais, en réalité, jamais essayé. Et si Damian avait raison ?

– J'espère qu'elle pourra vous aider, répondis-je.

– Je vais m'en occuper, et je vous contacterai si j'ai du nouveau.

– Je n'ai pas encore de nouveau téléphone.

– Ah... Je connais votre adresse, je passerai, si vous m'y autorisez, bien entendu.

– Volontiers, je vous remercie, agent Sandoval.

– Appelez-moi Damian.

Je me levai et il m'imita, en me tendant sa main. Nous échangeâmes une poignée franche.

– Au revoir, mademoi... Ève, je veux dire. J'espère trouver des pistes rapidement. Et si de votre côté, il vous revient quelque chose, n'hésitez pas.

– Merci, Damian.

Il me fit un large sourire dévoilant ses dents blanches, bien alignées. Il avait porté un appareil quand il était adolescent, les rendez-vous médicaux étaient tous enregistrés dans la puce et j'avais accès à tout son historique...

Je repartis chez moi, contente d'agir enfin.

« Eva, on le trouvera, ton assassin, je te le promets. »

12

Damian ne s'attendait pas à ce qu'Eva Lewis passe directement à l'agence, et cette visite lui avait laissé une impression étrange, parce que personne ne venait jamais voir les AII. Ils n'étaient pas les services sociaux, ils étaient les Agents d'Intervention Immédiate. Ils ne jouaient aucun rôle dans les enquêtes, parce qu'il n'y avait jamais d'enquête. Les EVEs leur permettaient d'arrêter les coupables sur le fait, et tous les crimes étaient résolus instantanément.

Du coup, il était troublé par cette entrevue avec la jeune femme. Lorsqu'il l'avait vue la première fois, elle n'était qu'un corps ensanglanté, inconscient, presque mort. Puis à l'hôpital, elle était encore pâle, presque un fantôme dans sa blouse claire. Mais il était heureux qu'elle s'en soit sortie. C'était le point positif de toute cette affaire. Le seul. Le côté négatif, c'était que le coupable courait toujours, témoignant d'une vraie défaillance de leur système de sécurité.

Damian repensa au téléphone disparu, un vieux modèle, d'après Eva. Pour quelle raison volait-on un tel appareil ? Il s'assit devant son écran et se connecta au réseau d'information des AII. Un de ses collègues, Justin, le rejoignit et s'assit sur le coin de son bureau.

– C'était ta petite amie ? demanda-t-il avec curiosité.

– Qui ça ?

Damian était déjà concentré sur la suite de l'affaire et n'écoutait que d'une oreille distraite.

– La petite demoiselle qui est venue te voir. Elle était super mignonne.

– Hein ? Quoi ? Non ! Elle a été victime d'une agression. Elle avait besoin d'un renseignement.

Justin fronça les sourcils.

– C'est bien la première fois qu'une victime vient nous voir !

– C'est cette affaire étrange où l'on n'a pas encore retrouvé l'agresseur. Le chef m'a mis dessus.

– Ah oui ? Je te rappelle que j'étais avec toi durant l'intervention. C'était la jeune femme blessée à la tête ? Je ne l'ai pas reconnue...

Damian acquiesça.

– Eh ben, elle est drôlement mieux comme ça, ajouta Justin.

Agacé, Damian, finit par se tourner vers son collègue.

– Je ne suis pas là pour juger de son apparence, mais pour l'aider à retrouver celui qui a failli la tuer. Alors si tu as envie de me donner un coup de pouce, je suis tout ouïe, sinon, j'ai des choses à faire. À commencer par trouver une quelconque piste.

– T'es vraiment pas un rigolo ! Pour une fois qu'une jolie fille vient te rendre visite...

Damian fit un geste de la main pour signifier à Justin qu'il pouvait aller voir ailleurs, et celui-ci s'exécuta en grognant.

L'agent se remit au travail. Il se connecta à l'interface de dialogue EVE et ouvrit une nouvelle fenêtre de discussion.

– Bonjour, Ève, je suis Damian Sandoval, l'AII du centre numéro 420.

– Bonjour, Damian. Que puis-je faire pour vous ?

– Je cherche une information à propos de l'affaire Eva Lewis. On a constaté le vol du téléphone de la victime. Est-ce qu'il est possible de localiser l'appareil aujourd'hui ?

– Je cherche... Un instant, s'il vous plaît...

13

Cela ne me prit que quelques minutes pour rejoindre l'appartement d'Eva et faire allonger son corps sur le canapé couvert de coussins. Je la laissai s'endormir, la quittai et retournai à mon état d'entité de surveillance. Il ne fallut pas longtemps avant que la demande de Damian me parvienne. Évidemment, je savais, quand nous l'avions évoqué, que je ne pouvais pas localiser le téléphone d'Eva. Je n'étais pas programmée pour ce genre de tâche. Mais si un AII en faisait la demande, on m'autoriserait peut-être à me connecter au réseau des puces des millions d'appareils en circulation dans la ville. Ce flux était complètement indépendant de celui des puces humaines.

– ***Silas ?*** demandai-je à mon superviseur qui était en train de travailler sur mon serveur.

– ***J'ai vu la question de l'agent,*** me précisa-t-il directement en tapant à toute vitesse sur son clavier.

Il avait accès à ma boîte de dialogue, qui s'était affichée sur son écran en même temps que je recevais le message de Damian.

– ***Que dois-je lui dire ?***

Silas ne me répondit pas directement. Je le vis réfléchir dans le reflet de la vitre fumée.

– ***Je vais demander l'autorisation de te raccorder temporairement au réseau des appareils mobiles.***

– ***Merci.***

Il décrocha le téléphone posé sur son bureau. Je ne pouvais pas l'entendre, mais j'espérais qu'il obtiendrait un accord de sa hiérarchie.

Je fis un rapide tour dans la tête d'Eva en attendant. Elle allait bien. Elle respirait, dormait paisiblement.

– ***Ève, c'est OK. J'ai le droit d'effectuer ton raccordement au service de géolocalisation des téléphones. Cela va prendre quelques minutes et tu n'y auras accès que pour la journée, mais ils n'ont pas hésité à donner leur accord. La tension est grande chez les boss, là-haut. Pour l'instant, on ne trouve pas la raison pour laquelle ce type nous a échappé, et tout le monde est prêt à tout pour le retrouver... ou aider à le faire.***

– ***C'est très bien, cela nous permettra peut-être de comprendre ce qu'il s'est passé.***

– ***Je l'espère. On est tous débordés depuis cette affaire. On vérifie tous les protocoles de programmation pour tenter de trouver la faille.***

Il cessa de taper et se concentra sur une série de codes. Enfin, il revint vers moi :

– ***Ève, c'est bon. Tu es connectée. Toutes les puces actives peuvent être localisées à partir de maintenant, comme tu le fais pour les gens.***

– ***Merci, Silas.***

Je retournai sur ma conversation avec Damian et lui fis parvenir un message sur son écran.

– ***Agent Sandoval, j'ai l'autorisation de chercher le téléphone d'Eva Lewis. Quel est son numéro de série ?***

– ***Ah, bonne nouvelle !*** me répondit aussitôt Damian. ***Je te le transmets immédiatement, je l'ai récupéré auprès de son opérateur.***

Il m'envoya une série de chiffres et de lettres, et je me mis aussitôt en quête de la puce dans l'immense toile qui se dévoilait à moi. Le flux de ce réseau était complètement différent de celui des personnes avec lesquelles j'étais connectée. Ici, les choses m'apparaissaient juste comme une série de points sur une carte. Il n'y avait pas d'images, pas de vie, pas d'action. J'eus beau faire un contrôle de chaque signal, je ne repérai pas celui qui correspondait au téléphone d'Eva. Je fouillai dans l'historique en remontant au jour de son agression et, finalement, quelque chose attira mon attention. La géolocalisation avait fonctionné pendant quelques heures après le vol du smartphone. Je retrouvai la trace de l'appareil dans l'appartement où Eva avait été attaquée, puis il se déplaçait, suffisamment vite pour que je puisse en déduire que le voleur était en voiture. La navette Hyperloop était exclue, car le trajet ne correspondait à aucune ligne connue.

Puis, d'un seul coup, il s'arrêtait. Je trouvai une adresse qui correspondait à l'endroit où il avait cessé d'émettre.

– ***Agent Sandoval.***

– ***Je suis là.***

– ***J'ai trouvé la dernière localisation du téléphone d'Eva Lewis. Il a cessé d'émettre deux heures et douze minutes après l'agression, à l'adresse suivante : 635, avenue du Président-McCoy.***

– ***Ce n'est pas dans mon secteur, mais je vais aller y faire un tour. Merci, Ève.***

Je vis, à travers les yeux de Damian, qu'il fermait la fenêtre de dialogue et quittait son bureau.

– ***Tu crois qu'il va trouver quelque chose ?*** me demanda Silas qui avait suivi notre échange.

– ***Je ne sais pas. Je l'espère.***

– ***Tu deviens plus humaine à chaque instant, Ève. Je ne pensais pas que tu serais capable d'espérer un jour.***

Ces mots me frappèrent. Silas avait raison. Jusqu'à présent, je n'avais jamais éprouvé le besoin d'espérer ou d'attendre quoi que ce soit. Loin dans un coin de mon esprit, j'entendis le cœur d'Eva accélérer d'émotion face à cette révélation. Mon cœur...

14

Damian avait emprunté un véhicule d'intervention et roulait à présent dans la ville tentaculaire.

L'avenue du Président-McCoy se situait dans un coin éloigné de la mégalopole qu'il ne connaissait pas. Le quartier était tombé en décrépitude après la construction d'un faubourg tout neuf un peu plus loin. Ce nouveau secteur, offrant des appartements de standing dans un environnement vert et agréable, avait attiré la population argentée, laissant cette vieille partie aux moins fortunés. Faute de moyens, les immeubles s'étaient dégradés, ainsi que l'ambiance.

Justin l'accompagnait. Damian s'était dit qu'un peu d'aide serait la bienvenue et son collègue n'avait été que trop heureux d'échapper à l'ambiance lénifiante du bureau. Tous les deux avaient enfilé leurs gilets pare-balles et pris leurs armes de service.

– Et même si on le retrouve, le téléphone, tu crois qu'on pourra en tirer quelque chose ? demanda Justin en vérifiant que son pistolet était bien chargé.

– Je ne sais pas... En tout cas, ça nous donnera une idée de l'endroit exact où il a cessé d'émettre et on pourra se brancher sur les caméras de sécurité du quartier. Avec un peu de chance, il y aura des images de la nuit de l'agression.

– Ouais, si les caméras n'ont pas été défoncées... Vu le coin, ce ne serait pas étonnant.

– On verra bien...

Ils arrivèrent sur place en fin de journée. Le numéro 635 de l'avenue était un immeuble condamné. Les fenêtres étaient obstruées par des planches clouées de travers. Des morceaux de béton mité et de verre brisé jonchaient le sol autour du bâtiment délabré. Des silhouettes sombres, aux épaules voûtées, capuches sur la tête, s'éloignèrent quand elles virent la voiture des AII se garer le long du trottoir.

– Hum... charmant ! fit remarquer Justin en s'extirpant du véhicule. Heureusement qu'on a nos gilets pare-balles.

– Ça craint, comme endroit...

Damian observa les environs. Même les édifices occupés étaient dans un triste état. Les boutiques encore ouvertes étaient d'une pauvreté pitoyable. Des visages accablés regardaient dans leur direction.

– Je n'arrive pas à comprendre comment on peut encore laisser des gens vivre dans ces conditions à notre époque. On n'est pas censés être évolués ? murmura Damian avec colère.

Justin ne répondit pas. Il se contenta de hausser les épaules et de poser la main sur son arme, au cas où...

– On fait quoi, maintenant ? finit-il par demander dans un souffle. Le téléphone peut avoir été revendu à n'importe qui.

– Je sais, mais faisons un tour malgré tout.

Ils s'avancèrent sous les regards de quelques types qui traînaient là, curieux de savoir pourquoi des AII se trouvaient dans le coin. Qui avait commis un crime et allait être arrêté ? Comme il fallait s'y attendre, les quelques caméras de contrôle étaient hors service. Certaines étaient réduites en morceaux, quelques câbles pendant des attaches qui les maintenaient contre les murs. D'autres avaient l'objectif couvert de peinture noire. On ne tirerait rien du système de surveillance. Quant à utiliser les enregistrements des EVEs, cela ne servirait à rien. Nul n'aurait pu penser que ce lieu représentait un intérêt particulier pour l'enquête, et les informations dataient déjà de plusieurs jours. Les images glanées par les EVEs étant effacées au fur et à mesure, c'était trop tard à présent.

Les deux AII s'arrêtèrent devant la porte de l'immeuble. Des planches supposées en bloquer l'entrée avaient été arrachées.

Damian sortit sa lampe et dirigea le faisceau de lumière dans l'ouverture sombre.

Il ne distingua rien de spécial. Des débris au sol, des fils électriques à moitié arrachés pendouillant du plafond, des grains de poussière blanche flottant dans l'air immobile, brillant dans l'éclat dur de la torche. Quand il s'avança à l'intérieur, ses semelles firent craquer du verre dans un crissement désagréable.

L'odeur était insupportable : à l'évidence, des squatteurs utilisaient cet endroit pour se soulager. Damian plaqua sa manche devant son nez et sa bouche. Justin l'imita en grimaçant.

Ils s'avancèrent sans échanger un mot dans le labyrinthe de pièces délabrées, de murs à moitié effondrés sur lesquels des restes de papier peint retombaient lamentablement. Autrefois, des gens avaient vécu ici, ils avaient peut-être été heureux... Il ne restait plus rien de tout cela.

Soudain, Damian entendit des bruits de pas. Un murmure aussi. On venait vers eux depuis les profondeurs du taudis. Malgré lui, il sentit son rythme cardiaque s'emballer. Il n'était pas habitué à ce genre de confrontation, intervenant toujours APRÈS qu'un crime avait été commis. Et cette fois, il semblait bien qu'ils seraient les cibles d'une agression...

Ils étaient cinq, armés de bâtons et de barres de fer, à surgir d'une autre pièce. L'un d'eux braquait une arme de poing sur les deux AII. Dans le rayon de lumière qui sculptait leurs visages, on pouvait découvrir des traits noyés sous des tatouages, signes de reconnaissance des gangs de la rue.

Ils ricanaient, dévoilant des dents couvertes d'argent ou d'or selon leur rang au sein du clan.

Damian jeta un regard en biais à Justin qui avait les mâchoires serrées et le teint terreux. Lui-même ne devait pas présenter mieux. Justin fit un léger signe du menton, et les deux AII commencèrent à reculer lentement. Mais ils découvrirent que cinq autres hommes s'étaient faufilés silencieusement derrière eux, pareillement armés. En hurlant un cri de guerre, ils se jetèrent sur les AII pris en tenaille. L'un d'entre eux attrapa Damian par le bras, le tira en arrière. Les autres se regroupèrent autour de l'agent à terre pour le rouer de coups. Damian tentait de protéger son visage de ses bras. Sous le choc, il avait lâché son arme qui avait été récupérée par l'un des agresseurs. Ce dernier pointa le pistolet de service sur l'agent.

Justin avait été plus rapide. Il avait fait un bond sur le côté et parvint à esquiver les coups en reculant dans la pénombre. Il repéra très vite l'homme qui pointait son arme sur Damian. Sans hésiter, il fit feu et le toucha en pleine poitrine. Celui-ci s'effondra, alors les autres abandonnèrent Damian pour se tourner vers son collègue, proférant des menaces et des promesses de vengeance pour leur ami tué. Justin recula encore, et les malfrats se précipitèrent sur lui...

15

Je suivais, à travers les yeux des deux agents, l'intervention de Damian et de son collègue Justin – vingt-neuf ans, divorcé après un mariage qui n'avait duré qu'une année, vivant en colocation avec sa sœur et la petite amie de cette dernière, il profitait de ses jours de congé pour partir à la campagne chez ses parents, qui possédaient un haras, et montait à cheval pendant des heures. D'habitude, quand j'assistais à une scène où se déroulait un crime, je n'en étais que le témoin. Là, quand le rythme cardiaque des deux AII s'emballa, donnée qui clignotait dans mon interface, celui d'Eva – toujours assoupie sur son canapé – accéléra aussi et, pour la première fois, je compris réellement ce qu'était l'angoisse.

Sans attendre, je lançai une alerte aux Agents d'Intervention Immédiate les plus proches, pour leur signaler une agression.

D'après leurs puces, Damian et Justin étaient stressés au maximum. Pourtant, à travers leurs yeux, je ne voyais rien qui pouvait provoquer cet affolement. Je scrutai en vain la scène, à la recherche d'un détail qui expliquerait pourquoi les signes vitaux des deux hommes avaient grimpé dans la zone rouge. D'un seul coup, Damian se retrouva à terre, il levait les mains devant son visage pour se protéger de coups assénés par des agresseurs invisibles. Je passai dans la puce de Justin pour voir si la scène m'apparaissait plus clairement de son point de vue, mais ce n'était pas le cas. L'arme de Justin laissa échapper un filet de fumée et une lumière blanche au bout de son canon. Il avait tiré. Et là, devant ses yeux, une silhouette apparut, comme par enchantement, allongée par terre près de Damian. C'est alors que je remarquai les ombres s'étirant au sol, projetées par la lampe torche de Damian. Mais il n'y avait aucune forme humaine visible pour les créer ! Cela n'avait pas de sens ! Je scannai le bâtiment, à la recherche d'une puce active qui me donnerait l'identité de ces personnes « invisibles », mais il n'y avait rien. Toutes les données que je recevais m'indiquaient que les deux AII étaient seuls dans le bâtiment. Je vis soudain d'autres personnes approcher, c'étaient les agents du quartier qui arrivaient enfin sur les lieux de l'agression.

Ce qui suivit fut incompréhensible pour moi : Damian, toujours à terre, récupéra son arme et visa de sa position basse. Mais, avant qu'il ait le temps de tirer, les torches puissantes du groupe d'AII éclairèrent la scène. Je vis les ombres des assaillants invisibles s'éloigner puis disparaître. Justin et Damian furent pris en charge par leurs collègues. Certains étaient partis explorer le labyrinthe de couloirs et de salles sombres du bâtiment abandonné, mais revinrent bredouilles.

Damian et Justin allaient bien. Ils avaient pris des coups – je voyais à travers le regard de leurs collègues que Justin avait une pommette rouge et Damian une lèvre fendue. Vu la gravité de la situation, ils s'en tiraient à bon compte. Au loin, j'entendis Eva soupirer de soulagement dans son sommeil. C'était moi. J'étais soulagée. Je ne l'avais jamais été auparavant. Les victimes des agressions dont j'avais été témoin jusqu'ici n'étaient que des données parmi tant d'autres, dans mon flux d'informations. Quand j'alertai les AII, c'était parce que j'étais programmée pour cela. Cette fois, je l'avais fait surtout parce que j'étais inquiète pour Damian Sandoval, parce que je m'impliquais personnellement.

Une fois que je fus certaine que Damian et Justin allaient bien, je me repassai les images de la scène qui venait de se jouer. Cette invisibilité des agresseurs – avant que l'un d'entre eux ne soit tué par Justin – me rappelait évidemment l'attaque dont avait été victime Eva Lewis. Comment cela était-il possible ? Comment ces hommes parvenaient-ils à m'échapper ? Je lançai une recherche faciale sur le visage de l'homme dont j'avais enregistré l'image. Je trouvai rapidement une concordance dans les fichiers de la police. Il s'appelait Auguste Reid. Trente et un ans. Membre du cartel de drogue « L'Épée du Prince ». Il avait été arrêté quelques mois plus tôt pour trafic de rue et avait purgé sa peine. Le chef de son gang était l'un des sous-fifres de cet homme mystérieux qui se faisait appeler le « Prince ». Ce nom surgissait de plus en plus dans des affaires diverses : ça allait du trafic de drogue au militantisme anti-EVEs. Personne ne connaissait son identité. Je rangeai cette information dans un coin de ma mémoire en attendant d'en apprendre plus. Quel pouvait être son lien avec le vol du téléphone d'Eva Lewis ?

16

Ce matin-là, après quelques heures de surveillance calme des rues de Citypolis, je retournai dans le corps d'Eva. En réintégrant cette enveloppe charnelle que j'apprenais à connaître, je constatai que ces heures de sommeil forcé, quand je réintégrais mes circuits froids et silencieux, faisaient du bien à son organisme. Je la sentais... non, je *me* sentais plus reposée. La douleur sourde dans ma tête, provoquée par la blessure, s'était atténuée. Je me trouvais plus alerte, fraîche et dispose. Ces petits changements étaient subtils, mais je les éprouvais d'une manière aiguë, parce que, dans mon quotidien de machine, je ne connaissais pas la fatigue, la migraine, la lassitude. J'avais une tâche à accomplir et je la menais à bien. Rien ne pouvait m'écarter de ma mission. Rien, sauf Eva...

Je pris une douche, changeai de tenue. La garde-robe d'Eva me semblait jolie, comparée aux vêtements dont je voyais les humains s'habiller chaque jour dans mes flux d'information. Ce jugement de valeur m'étonna moi-même. Je n'avais jusqu'ici jamais trouvé quelque chose joli ou laid. Les objets, les gens, les paysages *étaient*, et cela me suffisait. J'enfilai un jean un peu râpé, un chemisier noir parsemé de petites fleurs et des chaussettes imprimées de nounours. C'était confortable et pratique. Au moment où je finissais de me préparer, on sonna à la porte.

Un peu inquiète, j'allai ouvrir, pour trouver sur le seuil une petite femme toute ridée, au visage sombre auréolé d'un nuage de cheveux blancs. Aussitôt, je l'identifiai : madame Perkins. Ancienne secrétaire médicale, veuve depuis douze ans, elle habitait l'étage au-dessus avec trois chats. Elle avait deux filles, parties s'installer à l'autre bout du continent, dans une toute petite bourgade isolée, pour échapper à la surveillance des EVEs. Là-bas, le système n'avait pas encore été mis en place. Il avait commencé à être testé à Citypolis, et Silas m'avait dit que, au vu de son succès, il allait s'étendre à d'autres mégalopoles, mais les villages de la campagne étaient encore épargnés par le contrôle permanent. J'avais été étonnée de découvrir cette information. Je n'avais jamais pensé que des humains puissent être contre les EVEs. Après tout, depuis notre création, les citoyens bénéficiaient d'une sécurité presque totale. Pourquoi se priver de cette tranquillité d'esprit ? Cela me paraissait inconcevable et imprudent.

– Bonjour, ma petite Eva, chevrota la voix bienveillante de la vieille femme.

– Bonjour, madame Perkins.

– J'ai appris que tu avais été agressée et grièvement blessée, c'est terrible ! Comment vas-tu ?

Instinctivement, ma main se porta à ma tête, là où ma cicatrice se situait, où mes cheveux encore courts se hérissaient sous les autres, plus longs, qui les recouvraient.

– Ça va beaucoup mieux, je vous remercie. Je suis rentrée de l'hôpital il y a peu.

Elle hocha la tête d'un air inquiet.

– J'en suis soulagée. Je t'ai préparé du thé comme tu l'aimes. Est-ce que tu voudrais monter en boire une tasse, avec des petits gâteaux ?

Je réfléchis quelques instants avant d'accepter. J'avais faim et je n'étais toujours pas très douée avec les appareils de cuisine. Et peut-être que madame Perkins aurait des informations sur ce qui avait pu se passer la nuit de l'agression.

– Avec plaisir, répondis-je.

C'était ce que Silas me disait parfois, quand je lui demandais s'il pouvait vérifier quelque chose pour moi. Il me semblait que cette formule était appropriée dans cette situation.

Je verrouillai la porte derrière moi et suivis la vieille dame dans l'ascenseur. Elle vivait juste au-dessus de l'appartement d'Eva. Ses trois chats dormaient sur le canapé du salon et se contentèrent d'ouvrir un œil à notre arrivée.

Madame Perkins me servit le thé dans une vieille tasse en porcelaine dont les motifs rosés s'étaient délavés avec le temps. Un parfum agréable s'échappait de la boisson brûlante et je la goûtai du bout des lèvres. C'était divin.

– Mmmh, c'est bon ! m'écriai-je avec enthousiasme, heureuse de découvrir un nouveau goût.

– Thé au caramel, celui que tu préfères.

Je me contentai de sourire et croquai dans un gâteau. Il était excellent lui aussi, mais j'évitai de me montrer trop emballée car j'étais supposée en avoir déjà mangé.

– Je suis contente que tu ailles bien, ma petite Eva, me souffla madame Perkins en secouant la nuée de ses cheveux blancs et légers. Des bruits ont couru dans le quartier.

– Des bruits ont couru ?

Je ne savais pas que les bruits pouvaient courir, mais je me doutai qu'il s'agissait d'une expression que j'ignorais.

Elle acquiesça en soupirant.

– On a dit que tu avais frôlé la mort. Mais tu as l'air en pleine forme. Tu as maigri et tu es encore un peu pâle, mais je m'attendais à pire.

Elle accompagna ses paroles d'un geste pour rapprocher l'assiette de gâteaux, et je ne me fis pas prier pour me resservir. La sensation de faim était toujours aussi mystérieuse et curieusement agréable, parce qu'elle me faisait découvrir mon corps d'une façon étonnante. Mais celle de satiété était encore meilleure, surtout quand on se goinfrait de gâteaux aussi délicieux.

– C'était grave… murmurai-je, envoyant une pensée à l'âme d'Eva qui avait quitté ce corps. Mais il paraît que les miracles existent.

Le visage de madame Perkins s'éclaira, ses rides se lissèrent et une lueur s'alluma dans ses yeux noirs. Je m'attachais à tous ces petits détails, parce qu'ils traduisaient le rayonnement de la vie. Quand, en tant qu'EVE, je voyais les gens dans des reflets ou dans les yeux de leurs proches, ces subtilités existaient, mais ne jouaient aucun rôle dans mon travail, je n'y prêtais alors aucune d'attention. Cependant, quand on était humain… quand on était vivant, le visage, ses expressions, la lumière dans les yeux, la forme d'un sourire, tout était tellement important ! Ils étaient un langage à eux seuls, ils étaient le miroitement de l'âme, et j'apprenais lentement à les décoder.

– Je suis heureuse que les miracles existent et qu'il t'en soit accordé un à toi, Eva. Tu es une jeune fille merveilleuse, brillante, et après tout ce que tu as traversé...

Je fis une recherche rapide dans la mémoire téléchargée de la puce d'Eva pour savoir de quoi parlait madame Perkins. Le meurtre de ses parents et de sa sœur. Il avait eu lieu quand Eva était enfant. Son père, sa mère et sa sœur jumelle avaient été assassinés avec une sauvagerie rare. Des dizaines de coups de couteau avaient lacéré leurs corps. Eva dormait chez une amie lorsque le drame s'était produit, c'est ce qui l'avait sauvée. Mais c'est elle qui avait découvert les cadavres de sa famille à son retour. Ce crime atroce avait été abondamment commenté dans les journaux et les réseaux sociaux de l'époque, et c'est cette tragédie qui avait permis au gouvernement de faire passer la loi sur la mise en place des EVEs. Avant cela, il y avait des sceptiques, des gens qui protestaient contre cette intrusion dans l'intimité, clamant le droit à la liberté. Mais, après ce triple meurtre, l'opinion publique avait basculé, et le référendum qui avait eu lieu pour demander à la population de voter pour ou contre le système EVE avait remporté une large majorité de « oui ». Certains avaient prétendu que le crime avait été commandité et mis en scène par le gouvernement pour faire changer d'avis le peuple, mais ces cris conspirationnistes n'avaient pesé d'aucun poids.

Je restai interdite quelques secondes en découvrant ces faits. Sans la mort des parents et de la sœur d'Eva, je n'aurais peut-être jamais été créée. Son destin et le mien étaient liés depuis avant même ma création. C'était incroyable.

– Tout va bien, ma petite Eva ? Tu as l'air toute bizarre.

La voix de madame Perkins me ramena à la réalité. J'avais mal au ventre.

– Je... je n'aime pas tellement que l'on parle de ce qui s'est passé quand...

– Oh, pardon, ma chérie, je manque horriblement de tact. Prends un autre gâteau, oublie mes paroles.

Je hochai la tête machinalement. Mes pensées voguaient ailleurs, dans le passé d'Eva, dans le présent de son corps.

– Je... je crois que je vais rentrer m'allonger. Mon mal de tête revient, soufflai-je.

La lumière dans les yeux de madame Perkins s'éteignit, remplacée par une ombre d'inquiétude.

– Je comprends... Je voulais juste te dire...

Je lui fis un faible sourire.

– Oui ?

– Je suis désolée de ne pas être intervenue, cette nuit-là. J'ai entendu des cris, mais trop tard.

Elle tapota les appareils qu'elle portait aux oreilles. Aujourd'hui, les personnes les plus riches se faisaient greffer un tympan artificiel qui leur permettait de retrouver une ouïe parfaite, mais madame Perkins n'avait pas les moyens de s'offrir ce genre d'opération. Elle devait se contenter de ses prothèses auditives vieillottes.

– Je les enlève la nuit, pour bien dormir, sinon j'entends mes chats faire du tapage. Ils ont une vie bien à eux, quand je me couche. Au début, j'ai cru que les bruits venaient de la rue, parce que ça me paraissait résonner au loin. Je n'étais pas très bien réveillée et, le temps que je réalise que sans mes appareils je n'entendais aucun bruit extérieur et que les cris devaient être plus proches, que je remette mes prothèses, tout était redevenu silencieux. J'ai juste entendu une porte claquer. Comme je ne savais pas trop quoi faire, je ne suis pas intervenue. Ce n'est que le lendemain que j'ai appris... que j'ai appris...

Ses paupières inférieures se bordèrent de larmes.

Sans réfléchir, j'attrapai sa main parcheminée entre les miennes.

– Oh, madame Perkins, ne pleurez pas ! Même si vous aviez compris ce qui se passait, vous n'auriez rien pu faire. Ce n'est pas vous qui auriez pu arrêter les voleurs.

– Ils n'étaient pas plusieurs, Eva, chuchota la vieille dame en plongeant son regard légèrement voilé par la cataracte dans le mien. Il n'y en avait qu'un.

– Comment le savez-vous ?

– Parce que, avant de retourner au lit, j'ai regardé par la fenêtre. J'ai vu une silhouette filer en courant maladroitement, visiblement encombrée par quelque chose. Je n'ai pas fait le lien, avant de savoir, le lendemain, qu'on t'avait cambriolée.

Les battements de mon cœur s'accélérèrent en entendant ces paroles.

– Vous vous souvenez d'un détail qui pourrait aider à le reconnaître ?

Elle secoua la tête.

– Rien. Il faisait trop noir et, du trente-troisième étage, l'éclairage public est trop éloigné. J'ai vu une forme, une ombre. Je devine à ta question qu'il a réussi à s'enfuir avant que les AII n'interviennent.

Je ne répondis pas. Quelque chose me chiffonnait : quand Eva avait été agressée, j'avais cherché dans les mémoires des puces des habitants du quartier un souvenir, une image… Je me souvenais de cette vieille dame, voisine du dessus d'Eva Lewis, qui, dans la nuit, s'était réveillée pour aller se poster à sa fenêtre, mais comme elle n'avait rien vu d'anormal, j'avais classé ce fait comme sans intérêt.

Après avoir pris congé de ma gentille voisine, je retournai chez moi, m'installai sur le lit et fermai les yeux pour retrouver ma vie d'EVE. Le flux d'informations – que je mettais en veilleuse, sauf pour les urgences, quand je m'évadais du corps d'Eve – m'agressa pour la première fois de ma vie. C'était comme une cascade d'images trop puissantes. Même s'il était parfaitement silencieux, le fracas visuel m'étourdit pendant un moment. Il me fallut quelques secondes pour m'adapter à cet univers de surveillance que j'avais pourtant toujours connu. Tout avait été calme, et personne n'avait remarqué mon « absence ». Silas travaillait à son bureau.

Profitant de ce répit, je me plongeai dans l'étude des souvenirs stockés dans la mémoire de madame Perkins. Ils étaient effacés au fur et à mesure, comme pour tout le monde, sinon cela représenterait des millions de gigas d'informations à garder en mémoire, mais quand il s'agissait de personnes ayant côtoyé un crime, on conservait leurs souvenirs pendant un mois, au cas où l'on aurait besoin de preuves supplémentaires à envoyer au tribunal. Je remontai à la nuit du meurtre d'Eva. D'abord il n'y avait rien, du noir. La brave dame dormait. Puis ses yeux s'ouvraient, elle allumait la lumière, mettait ses prothèses auditives posées sur sa table de chevet. Elle tournait la tête, visiblement à la recherche de l'origine des bruits qui l'avaient réveillée. Elle se levait, vérifiait que ses chats allaient bien. Puis elle se rendait à la fenêtre, écartait le rideau. Elle avait vue sur la place en demi-cercle qui s'arrondissait au pied de la tour, tout comme Eva depuis son salon. Les arbres plantés à intervalles réguliers avaient leurs feuillages immobiles. Les rues étaient vides, les bancs de pierre, posés en arc pour suivre le contour de la placette, inoccupés. Le ciel était encore bien noir, même si c'était le petit matin. Le soleil ne se lèverait qu'une heure plus tard. Elle regardait un moment la scène en contrebas sans discerner quoi que ce soit d'anormal, puis se détournait de la fenêtre, retournait voir ses chats qui dormaient comme des bienheureux sur le canapé, ôtait ses appareils, se recouchait et fermait les yeux.

Il n'y avait rien d'autre. Pourtant, elle m'avait bien dit avoir distingué une silhouette qui courait maladroitement sur la place. Et moi je ne voyais rien. Personne, pas âme qui vive. Tout comme la nuit de l'agression, lorsque j'avais analysé les puces du voisinage d'Eva. Tout comme quand Damian Sandoval et son collègue s'étaient fait attaquer. Quelque chose, je ne sais quoi, masquait ces hommes – ou femmes – à ma vue. Et la même question revint me tarauder : comment cela était-il possible ?

17

– ***Bonjour, Ève, comment vas-tu aujourd'hui ? Tu es bien silencieuse, en ce moment,*** fit remarquer Silas.

– ***Bonjour, Silas, as-tu lu mon rapport sur l'agression subie par les agents Damian Sandoval et Justin Morris*** ?

– ***Je l'ai lu, Ève. Et je l'ai aussitôt transmis à ma direction. Il se passe quelque chose de grave dehors. Je pensais que ce qui était arrivé il y a quelques jours avec la jeune femme...***

– ***Eva Lewis.***

– ***Oui, c'est ça, Eva Lewis. Je pensais que c'était un événement isolé, comme cela peut se produire dans tout programme. Et toute la hiérarchie priait pour que ce soit le cas. Mais ce dont tu as été témoin l'autre jour démontre un problème plus*** *important qu'un simple bug. J'ai demandé aux autres EVEs de lire les puces des deux AII, et le résultat est le même. Ce n'est pas juste un dysfonctionnement qui te serait propre, Ève – à la suite par exemple de ta dernière mise à jour –, non, c'est général. Les agresseurs des deux agents n'apparaissent nulle part dans les enregistrements, et celui qui s'est fait tuer ne devient visible qu'à sa mort. Cela est incompréhensible. Une enquête a beau avoir été ouverte, tout le monde est inquiet.*

– Est-ce que toi, tu as une idée de ce qu'il se passe ?

Comme je le faisais si souvent, j'observai son reflet dans la paroi sombre en face de lui. Il avait les traits tirés, des poches sous les yeux. Il n'avait pas dû beaucoup dormir ces dernières heures. Autrefois, je n'aurais jamais fait attention à ces détails avec autant d'acuité, mais à présent que je fréquentais les humains « en direct », tous ces signes de fatigue me sautaient aux yeux.

– Non, aucune. Pas la moindre piste, et je crois que c'est général. On a envoyé le corps à l'autopsie, et sa puce va être analysée. Mais les premiers retours du labo ne présentent rien d'anormal.

– Comment réagissent les gens ?

– Il n'y a aucune réaction, Ève. Déjà, nous avons fait en sorte de ne pas ébruiter les récents

événements, l'agression de la petite jeune femme. Tu ne vis pas dans le monde quotidien, Ève. Tu ne te rends pas compte du nombre d'opposants aux EVEs qui attendent le bon moment pour justifier le bien-fondé de leur cause. Au moindre problème, ils vont s'engouffrer dans la faille, et leurs arguments trouveront écho chez les esprits sceptiques. Avec l'information qui circule à toute allure, les réseaux sociaux, tout va très vite, les gens s'enflamment, se laissent influencer facilement, surtout si une nouvelle est répétée, partagée encore et encore. Elle va devenir la vérité aux yeux de beaucoup et cela suffira à faire pencher la balance.

Je ne répondis rien. Je n'avais pas assez vécu dans le corps d'Eva pour connaître cet aspect du monde. Et ici, en tant que machine, je n'avais accès qu'au flux des vies des gens. Des vies réelles. Pas virtuelles. Je ne connaissais rien des réseaux sociaux, des informations, des courants de pensée. Ce que Silas me disait me faisait comprendre qu'il existait une dimension de la vie humaine dont j'ignorais tout.

– Pourquoi existe-t-il tant d'opposants au système EVE ? demandai-je après un temps d'assimilation. ***Depuis que nous avons été mises en place, le taux de criminalité a tellement baissé que les gens à***

Citypolis vivent dans l'ère la plus sûre de l'histoire de la ville. Ils devraient être heureux.

– C'est plus compliqué que cela. Évidemment, au quotidien, je pense qu'ils sont satisfaits de vivre sans craindre de se faire attaquer ou agresser, comme c'était le cas à une époque. Et, la plupart du temps, ils oublient complètement la puce dans leur système nerveux. Mais il y en a d'autres, Ève, qui refusent que leur vie quotidienne, que le moindre de leurs gestes soient espionnés, enregistrés, visionnés à leur insu. Leur liberté, leur intimité sont plus importantes que leur sécurité. Tu comprends ?

Je réfléchis à une réponse qui serait un compromis entre les deux points de vue dont me parlait Silas, mais je n'en trouvai pas.

– Non, je ne comprends pas.

Je vis le reflet de Silas, à travers ses yeux, ébaucher un sourire un peu triste.

– Ce n'est pas grave, Ève. Je ne m'attendais pas à ce que tu sois en mesure de le faire.

Est-ce que Silas regrettait sa liberté, son intimité ? Après tout, il avait raison : je pouvais le voir chez lui, même quand il était nu, dans les miroirs de sa maison. Je pouvais le voir faire l'amour à travers les yeux de sa femme, je pouvais voir sa femme à travers ses yeux.

Et autrefois, quand ce n'était pas moi qui occupais l'espace de sa puce, j'avais vu Eva Lewis vivre son quotidien chez elle. J'avais, stockées en mémoire, les images de la dernière nuit de la jeune femme. Ses caresses à Yvo, leurs ébats. Le corps blanc et glabre de son amant, leurs souffles, leurs mains... Et si c'était moi, dans les bras de l'homme, est-ce que j'aimerais que l'on me voie ?

Pour l'instant, j'étais incapable de répondre. Mon expérience en tant qu'humaine n'était pas assez poussée pour que je saisisse tous ces concepts. Silas était retourné à ses occupations, et je retournai aux miennes, surveillant de manière invisible mais intrusive la vie des millions d'habitants de Citypolis, dont la sécurité dépendait de mon regard...

18

Damian Sandoval était de retour au bureau. Son visage portait encore quelques contusions dues à l'agression qu'il avait subie, mais il ne sentait presque plus rien. Et, surtout, il était impatient de lire les résultats de l'enquête concernant les événements de l'avenue du Président-McCoy. Justin l'attendait, avec des informations.

– Le type que j'ai descendu a été identifié, annonça-t-il à Damian, dès que ce dernier eut poussé la porte de l'agence.

– Alors ?

Damian accrocha sa veste au portemanteau et se dirigea vers le bureau de son ami. Penché par-dessus son épaule, il découvrit le visage de l'un de ses agresseurs sur l'écran de son ordinateur.

– Auguste Reid, trente et un ans. Ancien délinquant, arrêté pour des délits mineurs. Il a passé quelques mois en prison. Il est connu pour faire partie du gang « L'Épée du Prince ». C'est un clan qui se prétend la branche armée de ce type qui a pris le modeste surnom de Prince.

Damian pointa du doigt un dessin représentant une couronne barrée d'une épée médiévale, tatouée en bleuté sur la pommette droite d'Auguste Reid.

– C'est leur signe de reconnaissance ?

– Oui et non. Pas pour tous. Il semble que le réseau du Prince s'étende bien au-delà des gangs de la rue. Certains aiment revendiquer leur allégeance à cet homme, mais d'autres, certainement les plus importants, travaillent dans l'ombre.

– Travaillent à quoi ? à dealer de la drogue ?

Justin haussa les épaules.

– Je ne sais pas trop. On commence tout juste à s'intéresser de près à ce « Prince ». Il semble qu'il trempe dans de plus en plus d'affaires. La drogue, c'est juste un passe-temps. Apparemment, ça lui permettrait de financer des projets plus importants.

– Super...

Damian attrapa le fauteuil du bureau voisin et le fit rouler jusqu'à lui. Il se laissa tomber dessus en soupirant et passa une main sur son visage avant de continuer :

– Il y a quelque chose qui ne colle pas.

– Quoi ?

– Si cet homme, ce Prince, est si important et à la tête d'un vaste réseau, pourquoi ses hommes ont-ils besoin de cambrioler l'appartement d'une petite jeune femme qui ne roule pas sur l'or et de voler des bricoles sans valeur, dont son vieux téléphone ? Ils n'ont pas mieux à faire ?

Justin resta silencieux quelques instants, réfléchissant à la remarque de Damian. Celui-ci n'avait pas tort, mais Justin ne trouva aucune réponse satisfaisante.

– Je ne sais pas. Cet individu, Auguste Reid, me semble être une petite frappe, le genre de mec à agresser une nana pour lui voler son sac, non ?

Damian secoua la tête.

– Je te rappelle que ce type a tenté de nous tuer. Je ne sais pas si c'est lui qui s'est introduit chez Eva Lewis et l'a attaquée, mais je continue à penser qu'il y a quelque chose qui ne colle pas. Ces gars ont la faculté de se rendre invisibles aux yeux des EVEs, quand même ! Ce n'est pas pour voler des broutilles ! Je vais aller faire quelques recherches et rendre une petite visite à Eva Lewis.

Justin lui lança un regard ironique quand il retourna à son bureau. Damian haussa les épaules. Il avait autre chose en tête que de flirter avec la jeune femme, même si elle était très mignonne.

Il s'assit devant son ordinateur. Il avait besoin de statistiques. En tant qu'agent, il avait pu constater que, la plupart du temps, ses interventions consistaient à arrêter des personnes prêtes à commettre ou ayant commis des crimes assez sérieux : meurtres, viols, agressions physiques. Il y avait bien quelques vols, mais c'était plus rare et cela concernait des objets précieux à forte valeur. Il lui fallait analyser la situation avec une vision plus large que celle de son périmètre d'action. Il tapa donc sa demande de recherche dans la base de données des AII au niveau de la ville entière.

La réponse confirma ce qu'il savait déjà : le taux de cambriolages à Citypolis avait drastiquement baissé. Et dans le quartier où il travaillait, qui était celui où Eva vivait, il n'y en avait eu que deux sur les douze derniers mois : un vol de bijoux lié à un différend familial et celui d'Eva Lewis. Cela confirmait son expérience sur le terrain.

Comme il l'avait dit, cela ne collait pas. Si Auguste Reid faisait un trafic de téléphones ou d'ordinateurs – peu importait la marchandise –, il aurait dû y avoir plus de cas de vols, à domicile ou à l'arraché. Or il n'y avait rien. Sans matériel, pas de produits à vendre, sans vente, pas de trafic. Ce n'était pas la raison pour laquelle Eva Lewis avait été cambriolée et agressée. Mais alors, pourquoi ? Il y avait forcément une raison. D'un seul coup, il semblait clair à l'agent Sandoval que, cette nuit-là, rien ne s'était passé par hasard. Il se leva brutalement, envoyant sa chaise rouler loin derrière lui et cogner contre le mur. Le bruit fit relever la tête à tous les agents présents. Ils le suivirent des yeux alors qu'il attrapait sa veste. Sans un mot, il quitta l'agence.

19

Après avoir réglé deux urgences – un mari jaloux qui battait sa femme et un homme saoul de bonne heure qui avait agressé son voisin en le menaçant d'un couteau –, je retournai à ma routine habituelle. Silas était en réunion de dernière minute, et il n'y avait personne pour le remplacer derrière la console de contrôle. Je m'autorisai donc à retourner dans le corps d'Eva. Je m'en voulais un peu de la laisser dormir autant, comme une poupée de chiffon abandonnée, mais je me rendais compte, à chaque retour, que le repos lui faisait du bien. Son corps avait été très secoué par son agression. Elle souffrait de migraines régulières. Cela pouvait paraître curieux, mais j'embrassais cette douleur avec plaisir car, grâce à elle, je ressentais quelque chose. J'étais vivante. Puis je prenais un antalgique et j'étais contente de ne plus avoir mal...

Quand je repris possession de mon corps humain, je décidai qu'il fallait que je me procure un nouveau téléphone. Tout le monde en détenait un, et je me sentais encore plus décalée sans ce petit appareil si indispensable au quotidien des humains.

J'allais sortir quand on sonna à ma porte.

Je me figeai quelques instants, incertaine. Chaque interaction humaine, si enrichissante fût-elle, était un grand moment de stress pour moi.

On sonna à nouveau et je me décidai à ouvrir. Si c'était Yvo, il risquait d'être inquiet de mon silence. Ce n'était pas Yvo, c'était Damian Sandoval. Je fus surprise de le trouver sur le pas de ma porte. Hors de son cadre habituel de l'agence, il me paraissait beaucoup plus grand et impressionnant, sanglé dans son uniforme, avec ses cheveux coupés court et son regard gris perçant.

– Oh, bonjour, Damian !

– Bonjour, Eva, euh... Ève...

– Vous pouvez m'appeler comme vous préférez.

Je commençais à m'habituer à être plus Eva et moins Ève.

Il hocha la tête.

– Je ne vous dérange pas ?

– Non, non ! Pas du tout. Entrez !

Je m'effaçai pour le laisser passer. Il fit quelques pas à l'intérieur de mon petit séjour, les yeux plissés, comme s'il cherchait un détail particulier.

– Je peux vous aider à quelque chose ? demandai-je, sans trop savoir comment je devais réagir à sa présence.

Il se tourna vers moi et me fit un sourire rassurant.

– En fait, oui... Je voulais vous parler du téléphone qu'on vous a volé.

– Justement, j'allais en acheter un nouveau.

– Vous avez effectué une sauvegarde de son contenu, avant qu'il ne soit dérobé ?

– Je... je...

Aïe ! Je n'en savais rien du tout. Je ne connaissais rien aux téléphones. Dans mon flux d'images, je voyais les gens s'en servir tout le temps, mais je n'avais jamais prêté attention aux détails. C'était inutile pour ma tâche quotidienne.

– Vous ne vous en souvenez pas ?

– J'en ai fait une, bien sûr, improvisai-je en parlant à toute allure, trahissant mon trouble. Mais juste avant le vol ? Je ne sais plus. J'ai...

Je m'interrompis avant de reprendre :

– Ça fait partie des souvenirs qui m'échappent, depuis mon agression.

Les yeux d'acier de l'agent me fixèrent un moment. Puis ses traits s'adoucirent.

– Je suis désolé, ça doit être pénible.

– Oui… Enfin, je ne me plains pas. Ça aurait pu être pire.

Il me fit un sourire éclatant et acquiesça. D'un signe du menton, il pointa l'endroit où Eva était tombée.

– Quand je vous ai trouvée là, je pensais que c'était fini pour vous.

Je lui rendis un faible sourire. S'il savait…

Un silence étrange tomba entre nous, puis il inspira et reprit :

– Donc, votre téléphone…

– Pourquoi vous y intéressez-vous ?

– Parce que je pense qu'il n'a peut-être pas été volé pour rien.

– Que voulez-vous dire par là ?

Il prit la liberté de s'asseoir sur le canapé et je me rendis compte que je manquais de savoir vivre. Quelqu'un de bien élevé lui aurait proposé de prendre un siège. J'essayai de rectifier le tir.

– Vous voulez boire quelque chose ?

– Non, merci.

Je m'assis près de lui. Nos genoux se touchaient presque et cette proximité m'intimidait.

– Eva, murmura Damian d'un air sérieux, j'ai suivi la piste de votre téléphone volé, et cela m'a mené dans un immeuble abandonné, repaire d'un gang aux ordres d'un individu appelé « le Prince ».

Je savais tout cela. J'avais identifié Auguste Reid et je savais dans quel genre de milieu il évoluait. Mais je devais avoir l'air de tout découvrir, d'être surprise.

– On a pris mon téléphone pour un trafic ? demandai-je d'un ton que j'espérais convaincant.

– Non, il ne s'agit pas de recel. On aurait trouvé d'autres objets de valeur, de l'argent… Or il n'y avait rien de tout cela dans l'immeuble occupé par le gang.

– Alors pourquoi… ?

Cette fois, j'étais vraiment perdue. Le raisonnement de Damian me menait en terrain inconnu.

– Pourquoi votre téléphone en particulier, Eva ? C'est ce que je cherche à comprendre. Le contenu de votre ordinateur n'a rien révélé, mais peut-être celui de votre téléphone… Je sais que vous travailliez pour l'IDIA jusqu'au jour de votre agression, j'ai appelé votre cheffe là-bas, mais elle n'avait rien de concluant à m'apprendre. Elle m'a dit que vous n'occupiez qu'un poste de stagiaire, donc il est peu probable que cela ait un lien, mais je ne veux laisser aucun détail de côté. C'est pour cela qu'il me semble important que vous vous procuriez un nouveau téléphone au plus vite et que vous retrouviez la dernière sauvegarde que vous aviez faite. Elle pourrait nous indiquer si je suis sur quelque chose d'important ou si je fais fausse route.

– Je vais voir ce que je peux faire, affirmai-je, sans ressentir l'assurance que je tentais de faire passer dans ma voix.

– Parfait, tenez-moi au courant, dit-il en se levant.

Je l'imitai. Il était vraiment très grand, beaucoup plus grand qu'Eva qui était un petit format. Il se dirigea vers la porte et je le suivis. J'aurais voulu ajouter quelque chose, alimenter la conversation, mais j'en étais incapable. Je ne savais pas de quoi parlaient les gens entre eux. Et je ne possédais pas beaucoup de sujets en stock.

Au moment de sortir, il pivota et se pencha vers moi. Je sentis son parfum et le trouvai très agréable. À la fois doux et un peu piquant.

– Eva, souffla-t-il.

– Oui ?

Son regard acier était rivé au mien avec une intensité qui fit accélérer les battements de mon cœur.

– Faites attention à vous. Quelque chose me chiffonne dans toute cette histoire et je n'arrive pas à savoir quoi. Je ne suis pas tranquille.

– Vous pensez que je suis en danger ?

Il fit une petite moue qui déforma ses lèvres pleines au milieu de sa barbe courte.

– Je ne veux pas vous inquiéter pour rien, parce que je n'en ai aucune certitude, mais faites attention, d'accord ? Vous avez toujours ma carte ?

J'acquiesçai. Elle était posée bien en vue sur mon bureau, comme pour m'assurer que notre lien était vraiment là, réel.

– Parfait. Dépêchez-vous d'acheter un téléphone et appelez-moi si vous avez de nouvelles informations ou s'il y a le moindre problème. Je travaille tout près d'ici, vous le savez. Je peux être là très vite.

– Merci, c'est gentil.

– Vous avez assez encaissé comme cela, on va faire en sorte que ça ne se reproduise pas, d'accord ?

Je me contentai de hocher la tête alors qu'il quittait mon appartement.

Une fois que j'eus refermé la porte derrière lui, l'envie de lui courir après et de lui demander de rester avec moi me saisit de façon complètement irrationnelle. J'avais apprécié sa présence rassurante, son parfum qui flottait dans la pièce. Et après l'avoir entendu exprimer ses craintes à mon sujet, je n'étais pas complètement sereine. D'un seul coup, ma solitude me pesait.

Je secouai la tête et m'apprêtai à retourner me coucher, mais on sonna à nouveau à la porte.

Ce devait être Damian, il était revenu ! Avec précipitation, j'allai rouvrir, heureuse qu'il ait deviné mon envie, mais ce n'était pas l'agent Sandoval qui se tenait sur le palier, c'était Yvo.

20

– Surprise !

Yvo ouvrit ses bras, me serra contre lui et déposa un baiser humide sur mes lèvres. Encore une fois, ce contact me déplut. Une pensée aussi légère et éphémère qu'un papillon voleta dans mon esprit : *est-ce que j'aimerais cela avec Damian Sandoval ?* Aussitôt formulée, aussitôt oubliée.

Yvo entra chez moi, visiblement heureux.

– Je t'ai apporté un petit cadeau !

– Ah oui ?

J'étais à la fois contrariée et curieuse. Contrariée parce que les heures tournaient. Je devais aller chercher un nouveau téléphone et réintégrer mon monde de silence et de flux d'images pour faire acte d'un minimum de présence. Curieuse, parce qu'on ne m'avait jamais fait de cadeau. Les machines ne recevaient pas de présents.

Les EVEs fonctionnaient vingt-quatre heures sur vingt-quatre, permettaient à la population de Citypolis de vivre en sécurité, mais jamais on ne les remerciait pour cela.

– C'est quoi ? demandai-je.

Et, dans ma voix, j'entendis mon impatience et l'intérêt un peu trop marqué que j'avais pour ce tout premier présent.

Yvo me tendit un petit paquet enveloppé dans un beau papier brillant et agrémenté de rubans multicolores. C'était très mignon et je fus ravie de l'attention avant même de l'ouvrir.

– Tu ne le déballes pas ?

– Si, si, mais le paquet est tellement joli...

Yvo éclata de rire.

– Eva, tu es unique en ton genre. Allez, déchire-moi ce papier !

Presque à contrecœur, je m'exécutai et découvris une boîte avec une photo de ce qu'elle contenait imprimée dessus.

– Un nouveau téléphone !

– Exactement ! Je n'en pouvais plus de ne pas pouvoir t'appeler pour savoir comment tu allais, ou que tu ne puisses pas me joindre en cas de problème. Alors j'ai pris les devants.

– Justement, je comptais...

Yvo se plaça derrière moi, passa ses bras autour de ma taille et posa son menton sur mon épaule.

– Je m'en doute bien. On ne peut pas vivre sans être connecté, n'est-ce pas ? Je me suis permis de récupérer ton ancien abonnement. J'ai contacté ton fournisseur d'accès et tu vas retrouver ton numéro et tous tes paramètres.

– Wow... On peut faire ça ?

– Évidemment ! Enfin, Eva, tu es une championne en Intelligence Artificielle et tu ne sais pas gérer un abonnement téléphonique ?

Je me forçai à rire de ma propre bêtise. Je ne savais pas gérer un abonnement téléphonique, parce qu'une IA n'avait pas besoin de téléphone. Je pouvais être partout à la fois, dans les têtes de millions de personnes. Un téléphone... c'était presque archaïque par rapport à ce « pouvoir ». Et pourtant, cette petite machine pouvait faire tout ce qui m'était impossible : communiquer oralement, écouter à distance. Me connecter aux réseaux, tisser une toile de contacts qui allaient au-delà de la simple observation. Je pouvais faire PARTIE du monde, grâce à lui.

Les doigts tremblants, je sortis l'appareil de son emballage. Il était complètement transparent, léger entre mes mains. Dès que mon index l'effleura, il fonça légèrement et ses fonctions apparurent sous forme de petites icônes colorées. J'étais censée savoir l'utiliser : l'écran de Silas, que je voyais à travers ses yeux, fonctionnait de la même manière. Il était identique au mien, mais en plus grand et posé sur un socle pour plus de commodité.

– Il est beau...

– C'est le modèle le plus récent. Au moins, tu gagnes au change, celui que tu avais avant était une vraie relique.

– Tu n'aurais pas dû...

– Tu rigoles ?

Il me fit pivoter afin que je me retrouve face à lui et posa ses mains sur mes joues, pour mieux plonger ses yeux bleu pâle dans les miens.

– Eva, dit-il d'une voix grave, j'ai cru te perdre pour toujours. J'étais en chemin pour autoriser l'hôpital à te débrancher quand on m'a prévenu que tu t'étais réveillée. Ce portable ? C'est juste du matériel, ce n'est rien, on peut en racheter un. Toi... toi, tu es unique, et rien ne peut te remplacer.

Même si je ne ressentais pas d'amour pour Yvo, ses paroles provoquèrent une forte émotion en moi. Je sentis mes yeux devenir humides, me piquer. Une boule se forma dans ma gorge. Personne ne m'avait jamais fait de cadeau, et personne ne m'avait jamais dit une chose pareille.

Dans mon monde, je n'étais pas unique. Nous étions une vingtaine d'EVEs, nous étions des machines, interchangeables, remplaçables.

– Merci, soufflai-je.

Yvo me sourit et déposa un autre baiser sur mes lèvres. Cette fois, il voulut le rendre plus profond, plus intime, et je sentis sa langue pousser sur ma bouche pour l'entrouvrir, mais je fus incapable de répondre à sa demande. Malgré sa gentillesse, je trouvais cet acte dégoûtant.

Il n'insista pas et me dévisagea quelques instants.

– Tout va bien, Eva ? Tu es différente, depuis que tu es rentrée.

– Je... Je crois que mon retour à la vie prend un peu de temps.

Il me scruta encore quelques instants.

– Tu ne me cacherais pas quelque chose ?

Mon cœur cogna frénétiquement contre mes côtes. Avait-il deviné la vérité ? Que je n'étais pas Eva ? Que j'étais une supercherie, une voleuse de corps ?

– Que veux-tu dire par là ? chevrotai-je.

Il me contempla, les traits momentanément durcis par une pensée que je n'arrivais pas à décrypter. Puis son visage s'éclaira.

– Non, je suis idiot. Oublie ce que je t'ai dit. Je vois bien que tu es encore complètement paumée. Tu as revu un médecin dernièrement ?

– Non, pas encore. Mais je dois y retourner. J'ai des maux de tête.

Ma voix tremblait encore.

– Toujours tes pertes de mémoire ?

– Oui...

Il me serra à nouveau contre lui. J'avais du mal à saisir ses changements d'humeur. D'un seul coup, son sourire, sa chaleur étaient de retour. Il me tira vers le canapé, s'assit près de moi et m'expliqua les dernières évolutions de mon téléphone.

– Ça, sur ton vieux machin, tu ne pouvais pas le faire.

Il effleurait les icônes, ouvrait différentes applications. Je me rendais compte au fur et à mesure que tout était très simple, en réalité. Un enfant pouvait l'utiliser sans problème.

– Il ne te reste plus qu'à télécharger tes anciennes données, tes photos, et tu auras tout comme avant. Tout doit être dans le Cloud. Tu dois juste rentrer ton mot de passe.

Je fis une petite grimace.

– Tu ne t'en souviens plus ?

– Ça fait partie des choses que j'ai oubliées.

Yvo eut un rire à la fois amusé et désolé.

– Ça va revenir, ma chérie. Laisse-toi le temps. Je crois que tu l'avais noté quelque part, dans tes affaires.

– Tu es sûr ?

– C’est ce que tu m’avais dit.

– J’ai oublié aussi.

Yvo resta encore un peu avec moi, mais il ne tenta plus de m’embrasser ni même de me serrer dans ses bras. Au lieu d’être désolée ou gênée par son attitude distante, cela m’arrangeait. Je comprenais ce qu’Eva trouvait à cet homme : il avait une certaine beauté, des traits réguliers, un regard hypnotique, le bleu de ses iris étant moucheté de nombreuses paillettes presque blanches. Il n’était pas très grand, mais il dégageait une force, une solide assurance qui m’écrasaient, moi qui étais comme une enfant à la découverte du monde.

Mais je n’étais pas Eva. Et la froide beauté de cet homme m’impressionnait plus qu’elle ne m’attirait. Cet aplomb dont il faisait toujours preuve était plus envahissant que séduisant. Enfin il me laissa, après que je lui eus dit que j’avais besoin de me reposer. C’était vrai, dans un sens. La migraine revenait frapper à l’arrière de ma tête, là où j’avais... où Eva avait heurté la table. Je n’avais jamais autant parlé que durant cette journée et je me sentais vidée de toute énergie.

Quand Yvo partit, je m’allongeai sur mon lit après avoir avalé de quoi calmer mon mal de crâne.

« Courage, Eva, on va y arriver, on va traverser toutes ces épreuves et on va retrouver ton meurtrier. Ensuite, tu pourras dormir pour de bon. » Je savais que c'était un mensonge, mais j'écartai cette idée gênante.

Après cette pensée, comme une caresse adressée à mon hôte disparue, je repartis dans les circuits de ma vraie existence, et le silence me happa complètement.

21

J'envoyai quelques mots à l'adresse de Silas, rien d'important, mais c'était une façon de lui montrer que j'étais là, qu'il n'y avait rien de suspect. Mais il ne répondit pas. Curieuse de savoir où il était, je me connectai à sa puce. J'avais tellement l'habitude de voir par ses yeux depuis des années que je la retrouvai tout de suite dans la multitude des connexions possibles. Il était en réunion avec des femmes et des hommes assis autour d'une grande table ovale. Maintenant que j'arrivais à décoder les sentiments des gens, je me rendais compte que tous ces visages étaient tendus. Je lisais de l'inquiétude dans leurs regards. Je me doutais qu'il s'agissait du problème lié aux agressions impunies : celles d'Eva et des deux AII. Du problème de ces fantômes qui échappaient à ma vue et à ma surveillance… Je regrettai de ne pas pouvoir entendre leurs échanges. Que se disaient-ils ?

Avaient-ils des pistes ? Interroger Silas de façon trop insistante paraîtrait étrange. Que je sois impliquée dans cette histoire était normal, mais un peu trop d'obstination n'avait pas de sens de la part d'une machine qui n'était là que pour appliquer un programme.

Je me retirai de la puce de Silas et restai seule, dans le tourbillon silencieux du flux d'informations. Pour une fois, je décidai de m'attarder un peu sur les images. Je ne le faisais jamais, me contentant de les voir défiler, de m'arrêter sur une scène de crime. Cette fois, je choisis au hasard... Une petite fille qui jouait dans la cour de son école. Elle était avec un groupe de copines, et toutes riaient, leurs visages hilares. Je passai à une scène dans un bureau. Un homme qui tapait sur le clavier de son ordinateur. Les mots s'affichaient sur l'écran à mesure qu'ils se formaient. C'était une lettre, adressée à ses parents. Je changeai de puce pour arriver dans celle d'une femme. Elle était à table et, en face d'elle, un homme la regardait avec des yeux amoureux. Je me glissai dans celle de son cavalier pour voir le visage de la femme en question. Elle était magnifique. Une peau mate, des cheveux noirs et des yeux sombres comme la nuit... Son sourire était immense et dévoilait des dents d'une blancheur éclatante. Ça devait être comme ça qu'Eva regardait Yvo, avant. Et c'est ainsi que j'aurais dû continuer à l'admirer. Je compris à ce moment-là pourquoi le jeune homme trouvait sa petite amie changée. Je n'étais pas capable de lui montrer une telle adoration, d'exprimer le bonheur absolu d'être en sa compagnie. Même s'il était toujours possible de jouer la comédie, j'en étais bien incapable, parce que je ne pouvais pas imiter quelque chose que je ne connaissais pas.

Une sonnerie résonna au loin, et je me demandai pourquoi, dans la scène dont j'étais témoin, personne ne réagissait, jusqu'à ce que je comprenne que, évidemment, ce n'était pas moi qui entendais, c'était Eva. Je quittai brutalement la puce de l'homme et réintégrai aussitôt mon corps d'emprunt.

J'ouvris les yeux, le nez dans mon oreiller. J'avais bougé dans mon sommeil, pour la première fois. D'habitude, quand je laissais Eva seule, je lui assurais assez de présence pour faire marcher ses fonctions vitales, mais rien de plus. Là, son corps, mon corps avait changé de position. Il était recroquevillé sous la couverture, formant une bulle de chaleur agréable.

Je me redressai, cherchant l'origine du bruit. Ce n'était pas la porte d'entrée, c'était un son aigu, répétitif, désagréable... Enfin, je compris : c'était mon téléphone. Je l'avais posé sur ma table de chevet avant de me coucher. Je l'attrapai maladroitement et décrochai.

– *Allô ?* dit une voix de femme.

– Allô ? répondis-je, décontenancée.

Je pensai que c'était Yvo qui m'appelait pour voir si je me familiarisais avec mon nouvel appareil.

– Eva ?

– Oui ?

– Ah, enfin, cela fait des jours que je cherche à vous joindre ! C'est Lola. Lola Shiffrin.

Il me fallut une seconde tout au plus pour comprendre qui était cette personne grâce à une rapide recherche sur son identité. C'était une responsable qui travaillait à l'IDIA, l'Institut de Développement des Intelligences Artificielles. Eva avait travaillé avec elle avant son agression.

– Ah, bonjour ! J'ai... eu un problème, j'ai été hospitalisée.

– Je suis au courant, j'ai été contactée par des AII qui m'ont posé quelques questions et m'ont appris la triste nouvelle. Visiblement, c'était assez grave et personne n'était capable de me dire si vous alliez vous en tirer. Je suis heureuse de vous entendre !

– C'est gentil de vous en inquiéter. J'étais dans le coma et je n'ai pas eu accès à mon téléphone pendant un moment. Mais tout est rentré dans l'ordre maintenant.

– Tant mieux, parce que j'ai une excellente nouvelle pour vous.

– Ah oui ?

La voix de Lola Shiffrin au bout du fil était jeune, dynamique, joyeuse et, sans même la connaître, j'appréciai immédiatement la personne à qui elle appartenait.

– *Vous vous souvenez que j'espérais qu'un poste se libère pour vous, à la suite de votre stage où vous avez impressionné tout le monde ?*

Damian avait évoqué le fait qu'Eva était stagiaire là-bas, même si j'étais incapable de connaître la teneur de son travail à l'IDIA. Je me souvins que Lola avait supervisé son apprentissage. Une brunette pétillante. Visiblement, Eva lui avait fait de l'effet et Lola espérait l'avoir dans son équipe.

– Oui, oui, parfaitement, je me rappelle !

– *Eh bien, c'est chose faite, nous avons une place pour vous dans le département. Nous vous attendons dès que possible pour que vous puissiez reprendre votre place parmi nous, mais cette fois-ci de façon permanente. Qu'en pensez-vous ?*

– C'est... c'est génial !

Je n'étais pas certaine d'avoir été convaincante dans ma façon de répondre.

– *Vous n'avez pas l'air de le penser.*

– Si, si ! C'est juste que je ne m'y attendais pas du tout. Avec mon accident, l'hôpital et tout le reste, j'avais mis tout ça dans un coin de ma tête...

C'était un doux euphémisme…

– Oui, je comprends… Je suis peut-être un peu brutale.

– Non, pas du tout, c'est à moi de m'adapter. Je suis ravie ! Je… je dois prendre encore quelques jours de repos, selon mon médecin, mais si cela ne vous dérange pas de m'attendre, je peux commencer dès que j'aurai son autorisation.

– Ça ne me dérange pas du tout. Prenez le temps qu'il vous faudra, nous vous voulons en pleine forme. Est-ce que vous avez besoin de quelque chose ? d'une aide, peut-être ?

Je souris malgré moi au mur de ma chambre. Décidément, j'aimais bien cette femme.

– Non, ça va aller. Juste quelques jours pour reprendre pied, et ce sera bon.

– C'est parfait alors. Rappelez-moi dès que vous avez le feu vert de votre médecin.

– Entendu.

– Au revoir, Eva.

– Au revoir…

Et la communication fut coupée.

Un peu étourdie par la nouvelle, je me laissai retomber sur mon oreiller et fermai les yeux pour redevenir Ève le temps d'une petite mission : m'insérer dans la puce de Lola Shiffrin pour en apprendre plus sur elle.

Elle avait quarante-deux ans, était divorcée et remariée, et avait deux filles, une de son premier mariage et l'autre née de son union actuelle. C'était la directrice du département « Recherche et Développement d'Autonomisation des Intelligences Artificielles ». J'étais une Intelligence Artificielle, toutefois ma mission était limitée à la surveillance. Je savais, par Silas, qu'il en existait d'autres capables de communiquer à l'oral, d'évoluer, d'apprendre... Encore une fois, je fus frappée que la vie d'Eva fût liée de la sorte à mon existence. Elle avait travaillé là-bas près de quatre mois. Son stage avait pris fin le jour précédant le drame. La veille de sa mort.

À cette pensée, les paroles de Damian Sandoval me revinrent à l'esprit : « Pourquoi votre téléphone en particulier, Eva ? »

Se pouvait-il qu'il contienne un élément lié au travail d'Eva ? quelque chose d'assez important pour qu'on veuille le dérober ? pour qu'on la tue ?

Je quittai la puce de Lola Shiffrin et retournai à toute allure dans mon corps. J'attrapai mon appareil rutilant, l'allumai et le fixai quelques instants. Par où commencer ?

Par les messages. J'ouvris l'application dédiée, elle était vide. Forcément, c'était un appareil tout neuf ! Damian et Yvo avaient dit quelque chose à propos de la récupération du contenu de l'ancien dans le Cloud. Sauf que je ne savais absolument pas comment faire. Allez, Ève, réfléchis ! Ça ne devait pas être si compliqué ! Je me rendis dans les paramètres et les fis défiler un à un. Jusqu'à ce que je découvre un accès à ce fameux Cloud. Là, on me demanda si je voulais me connecter à mon compte. J'acceptai. Il fallait un mot de passe. Fébrilement, j'allai chercher dans le bureau casé dans un coin du salon, l'endroit où Eva aurait pu le noter. Après avoir retourné une partie de ses paperasses, je découvris, dans un calepin rangé au fond d'un tiroir, cette indication : *MdP evaoyvo.* Sérieusement ? C'était ça, le mot de passe d'Eva ? Il était ridicule à souhait et je me fis la réflexion qu'il fallait que je le change et que j'évite de le laisser traîner, mais je verrais ça plus tard.

Ma connexion fut acceptée. Je constatai qu'il était possible de récupérer dans mon nouveau téléphone tout ce que j'avais pu stocker dans cet espace virtuel. Je m'empressai d'effectuer le transfert. Une barre d'état s'afficha pour visualiser la progression de l'opération. Cela allait prendre un peu de temps, ce qui me rassura : cela signifiait qu'il y avait beaucoup de données à télécharger. Eva avait dû tout copier dans le Cloud et je l'en remerciai silencieusement.

En attendant, je retournai une fois de plus dans mon monde de surveillance.

22

– ***Ève ? Ève ?***

Les mots tapés par Silas clignotaient dans mon interface de dialogue. Depuis quand attendait-il une réponse ? J'avais été trop happée par la conversation avec Lola et par les manipulations sur mon téléphone pour réaliser qu'il m'avait envoyé des messages.

– ***Oui, Silas***, m'empressai-je d'envoyer.

– ***Eh bien, tu tournes au ralenti aujourd'hui ! Tu n'as pas vu que je te parlais ?***

– ***Excuse-moi. J'étais concentrée sur une série d'informations alarmantes qui me parvenaient,*** improvisai-je.

Être humaine m'apprenait aussi à mentir. Une capacité merveilleuse pour se tirer des situations les plus épineuses.

– Je m'apprêtais à prévenir les AII, mais c'était une fausse alerte, continuai-je.

– Ah, tant mieux. Mais logiquement, tu es programmée pour tout faire en même temps.

– En théorie, oui, mais en pratique…

Visiblement, mon explication parut satisfaisante car Silas n'insista pas.

– Tu as été absent un long moment, lui fis-je remarquer pour bien montrer que j'étais là, que j'avais conscience de ce qu'il se passait ici.

– La réunion a duré des heures. C'est à propos des « hommes invisibles ». On relève de plus en plus de cas. Les autres EVEs sont confrontées au même problème, et les actes d'agression et de vol se multiplient en ville, sans qu'on puisse arrêter les coupables. Évidemment, c'est la panique ici, on enchaîne les réunions, mais ça ne sert pas à grand-chose.

Le fait que des individus non identifiables propagent une telle vague de crimes m'inquiétait fortement. Que se passait-il ? J'avais l'impression qu'un schéma se dessinait, mais je n'arrivais pas à comprendre globalement le sens de ces actions.

Silas continua à taper ses inquiétudes :

– Comme on ne sait pas quoi penser, on lance des hypothèses dans tous les sens. Celle qui a trouvé le plus d'écho est la malveillance, un acte de sabotage.

– Quelqu'un en interne ?

– Tu poses de ces questions, Ève ! On dirait que tu regardes des séries policières.

Je m'empressai de répondre, histoire de lever tout doute.

– Je ne sais pas ce qu'est une série policière.

– Évidemment, je plaisantais... tapa-t-il rapidement.

Je me glissai dans la puce de Silas pour observer son reflet dans la vitre sombre en face de son bureau. Cela m'aidait à deviner ses sentiments. Les mots, dans notre interface de conversation, n'étaient que des mots. Ils pouvaient être interprétés de mille façons différentes.

Il avait les sourcils froncés et n'avait pas l'air du tout de plaisanter. J'enchaînai, afin de détourner ses pensées :

– Je posais la question parce que personne, à part toi et tes collègues, n'a accès aux EVEs, non ?

Il passa une main sur son visage. Il semblait vraiment épuisé.

– Non, en principe, non. Le bâtiment est ultra-sécurisé. Rien que pour parvenir à mon bureau, j'ai des dizaines de contrôles à passer tous les jours.

Je le savais. J'avais déjà fait le chemin avec lui à travers sa puce. Il devait montrer son identité avant qu'on laisse entrer son véhicule dans le parking. Lui et sa voiture étaient scannés au passage. Puis des lecteurs d'empreinte rétinienne intervenaient entre le parking et le bâtiment principal, et, une fois là, il devait badger à plusieurs reprises pour ouvrir des portes, faire fonctionner l'ascenseur. Il suffisait que Silas arrive dans l'immeuble avec une conjonctivite pour qu'il ne puisse pas quitter le sous-sol.

Son regard resta perdu dans le vide un bon moment, avant que son attention ne revienne vers l'écran et qu'il ne tape la suite de sa réponse.

– Je ne sais pas, Ève. Je ne sais pas et personne ne sait. L'enquête est en cours. De toute façon, tu n'as pas à t'en préoccuper. Contente-toi d'attraper le plus possible de méchants, histoire de compenser ceux qu'on n'arrête pas, et nous, on règle le problème, d'accord ?

– Bien sûr, Silas.

Bien sûr, Silas. Pour lui, je n'étais qu'une machine. Fais ce que tu as à faire, Ève, et tais-toi. De toute façon, tu n'as pas de sentiments, pas d'émotions, n'est-ce pas ? Reste à ta place, ne réfléchis pas. Applique les procédures.

Je sentis quelque chose de brûlant monter en moi. Quelque chose qui piquait, qui me donnait envie de crier. Je compris qu'à ce moment je détestais Silas pour ce qu'il venait de me dire. Pour sa façon de me parler. « Je suis vivante, Silas, eus-je envie de hurler. Je suis vivante et j'ai mal, et j'ai chaud et froid, et j'apprends à aimer, à rire, à être humaine. »

Mais je gardai le silence et laissai le flux d'images m'inonder. Je voulais être comme tous ces cœurs qui battaient, je voulais être eux.

Ma haine ne fut plus dirigée contre Silas, mais contre moi-même. Je me répétais que j'allais rendre son corps à Eva une fois mon enquête terminée, mais je savais que c'était un mensonge, que je ne le ferais pas. Il fallait que j'accepte cette réalité : aujourd'hui, j'étais beaucoup plus Eva qu'Ève, et cette petite lettre, ce « a », faisait toute la différence. Pour échapper à ce tourbillon d'émotions que je devais contenir, je quittai mon espace stérile pour retourner dans mon corps.

Ahhh... Je me laissai envahir par le bonheur d'entendre mon cœur battre. Il était là, régulier, rassurant. Puis j'ouvris les yeux. Le plafond blanc, à la peinture un peu écaillée, me parut magnifique à cet instant. Le bruit de mes voisins, le chuchotement de la ville autour de moi étaient la plus douce des musiques.

– Tu vois, Silas, je suis vivante, dis-je à voix haute, en me levant et en faisant bouger mon corps.

Mon corps.

Le soir tombait derrière la fenêtre de ma chambre. Le ciel bleu laissait place à un rose pâle, traversé d'un fil doré à l'horizon. Je posai ma main sur la vitre. Elle était fraîche.

Je me rendis compte que j'avais faim. Dans le réfrigérateur m'attendaient quelques plats qu'Yvo m'avait apportés. J'avais appris à les réchauffer sans les brûler et je me préparai une portion de « couscous à la marocaine » – c'était écrit sur l'emballage. Je n'avais aucune idée de ce que c'était, mais j'allais le découvrir rapidement.

Pendant que mon dîner se réchauffait, je remarquai que le téléchargement de mes données depuis le Cloud s'était terminé. Tout plein de petites nouvelles icônes étaient apparues sur mon écran. Il fallait absolument que je trouve un indice, quelque chose. L'agression d'Eva, celle des agents, et les autres, de plus en plus nombreuses, mettaient certes les habitants de Citypolis en danger, mais cela risquait bien d'avoir des conséquences dans le fonctionnement des EVEs également. Et je ne savais pas quel impact cela aurait sur moi, sur mon propre fonctionnement. Concentrée, je partis à la découverte de ce territoire étranger qu'était mon téléphone. Il y avait des photos, et mon cœur se serra en découvrant Eva dans les bras d'Yvo, ou avec des amis au restaurant. Elle avait aussi fait de belles vues de la ville en noir et blanc. Elle avait l'œil pour dénicher des détails amusants dans les endroits les plus communs : supermarché, escaliers menant aux quais de l'Hyperloop, place en bas de la tour... Elle avait aussi capturé les chats de madame Perkins en train de dormir ou de faire leur toilette.

La messagerie était pleine d'anciens échanges entre Eva et Yvo, Eva et d'autres personnes dont j'ignorais l'existence. Il me fut facile d'établir un lien entre les noms de ces personnes et leurs puces respectives, et je compris rapidement qu'il s'agissait soit d'anciens camarades de classe d'Eva, soit de collègues de l'IDIA où elle avait fait son stage.

J'entrepris de tout lire, en mangeant mon couscous à la marocaine, afin de voir si je trouvais un détail suspect, quelque chose qu'Eva aurait pu confier à un contact à propos de son travail... Mais je ne trouvai rien. Même si les messages étaient nombreux, ils étaient aussi très courts et se lisaient vite. Je passai en revue photos et vidéos, toujours sans succès. La vie d'Eva était très normale, assez solitaire. Même si elle avait peu d'amis, elle était appréciée de ceux qui l'entouraient. Elle avait reçu récemment quelques textos de personnes inquiètes de ne pas avoir de ses nouvelles. Je leur répondis que j'avais perdu mon téléphone, mais que maintenant j'en avais un nouveau.

Je ne me sentais pas le courage de leur raconter l'agression, le vol… C'était bien trop long pour tenir dans le format habituel des échanges.

J'ouvris aussi les applications de jeux. Il y en avait une qui consistait à trouver des mots mélangés à d'autres, une où l'on tenait un restaurant virtuel, une avec des chiffres éparpillés dans des grilles… Je n'avais aucune idée des règles et je ne voyais pas l'intérêt de ces divertissements. Je tentai d'ouvrir la dernière application visible sur l'écran, plus terne, mais rien ne se passa. Son nom était *Space Invaders*. Je fis une recherche rapide sur Internet – après quelques tâtonnements, j'avais compris comment naviguer dans cet espace virtuel – et découvris que c'était l'un des premiers jeux vidéo, créé en 1978, ce qui était la préhistoire pour moi. Évidemment qu'il n'allait pas être compatible avec un téléphone aussi moderne que le mien ! Je me demandai ce qui avait pris à Eva d'installer une vieillerie pareille.

J'avais terminé mon dîner et trouvé le couscous à la marocaine très bon, très parfumé. La saucisse était un peu piquante mais, finalement, ce n'était pas désagréable. Il faudrait que j'en rachète.

J'avais aussi achevé l'exploration de mon téléphone sans rien trouver de concluant. Il était temps pour moi de redevenir Ève. Je pris une douche, me brossai les dents et allai me coucher. Quand mes yeux se fermèrent, je laissai le flux d'images des habitants de Citypolis m'envahir, me forçant à croire que c'était un rêve, juste un rêve...

23

Damian avait repéré l'homme posté discrètement dans le hall de la tour où vivait Eva Lewis. Il restait debout près de l'entrée. Les gens qui circulaient ne faisaient pas attention à lui, parce que rien, dans sa tenue ou son allure, n'avait de quoi attirer le regard. Mais Damian n'était pas tout le monde. Il était un AII, formé pour intervenir dans des situations de crise.

L'individu était toujours là, quand il était reparti de chez Eva. Leurs regards s'étaient croisés, et Damian avait eu le sentiment que le type était là pour surveiller la jeune femme, la question étant de savoir qui avait ordonné ce flicage. Damian réalisa soudainement qu'il s'était concentré uniquement sur le contenu du téléphone d'Eva. Et si la raison de son agression était un élément qui se trouvait toujours chez elle ? Discrètement, il prit une photo du suspect avec son smartphone, en faisant mine de regarder quelque chose sur son écran.

Un frisson remonta le long de son échine. Il eut envie de remonter chez elle, de l'emmener quelque part où elle serait en sécurité. Il avait épluché son dossier, avant de venir la voir. D'abord, le meurtre de ses parents et de sa sœur, puis cette agression. Elle n'était pas bien vieille et, pourtant, elle avait traversé nombre d'épreuves. Malgré cet instinct de protection qui naissait en lui, il décida de ne rien faire, parce qu'il ne pouvait pas bouleverser tout son quotidien et celui d'Eva sur une simple intuition. Si ça se trouvait, il se trompait complètement. C'est pourquoi il retourna au travail où on l'attendait pour intervenir sur d'autres affaires.

En avançant entre les tours qui s'élevaient par dizaines dans le quartier, il pensait à Eva. Elle avait meilleure mine, par rapport à la fois où elle avait poussé la porte de son agence. Elle était moins pâle et ses cernes, encore sombres sous ses yeux quelques jours plus tôt, s'étaient atténués. Mais il la trouvait toujours aussi étrange, comme si elle découvrait le monde en permanence. En réalité, ça avait quelque chose de charmant, parce qu'elle avait un regard d'enfant émerveillé, intimidé aussi. Cela donnait encore plus envie de la protéger des dangers qui pouvaient la menacer.

Mais, avant d'agir, il fallait déterminer qui était l'homme qui montait la garde en bas de chez elle. S'il était envoyé par les autorités, par le département de la sécurité, Damian n'avait pas intérêt à intervenir, au risque de s'attirer des ennuis. Au contraire, s'il représentait une menace, Damian le saurait très vite. Il avait hâte de passer la photo qu'il avait prise en douce dans son logiciel de reconnaissance faciale et de savoir à qui il avait affaire.

Quand il se retrouva assis derrière son écran d'ordinateur, il n'eut pas le temps de se mettre au travail que Justin était déjà derrière lui.

– Tu es allé la voir, n'est-ce pas ?

– Pourquoi ça t'intéresse ?

Damian fit pivoter son siège pour faire face à son collègue.

– Parce que tu as soulevé le problème de la raison de son cambriolage et, depuis, je n'arrête pas de penser à ce que tu m'as dit.

– Et ta conclusion ?

Justin baissa le ton et se rapprocha de Damian, comme pour lui faire une confidence.

– Je pense que tu as raison. Si ça avait été un simple recel, les types, lors de notre intervention, se seraient contentés de filer comme des rats, en embarquant leur marchandise avec eux. Ils ne nous auraient pas attaqués aussi violemment. C'est inhabituel.

Damian n'avait pas vu les choses sous cet angle. Il était plus pragmatique et, pour lui, les statistiques et la façon dont le cambriolage s'était déroulé chez Eva étaient des preuves évidentes. Mais ce que Justin ressentait était justifié. Cela ne faisait qu'ajouter de l'eau à son moulin.

Sa sensation de malaise monta d'un cran.

– Bien vu, murmura-t-il à son collègue.

– Qu'est-ce qu'on fait, alors ?

Damian passa les mains sur son visage et se frotta le cuir chevelu avec énergie, comme pour stimuler ses idées.

– Je ne sais pas, c'est bien ça le problème. Pour l'instant, je n'arrive pas à comprendre ce que cette fille a de particulier.

– À part le fait qu'elle est très mignonne.

Cette fois, Damian ne rabroua pas Justin.

– C'est vrai qu'elle est très mignonne. Et maintenant qu'elle a meilleure mine, elle l'est encore plus.

– Zut, j'ai loupé ça !

Damian donna un coup de poing amical sur le bras de son ami.

– Hé, ce n'est pas un animal de foire !

– Non, je suis au courant. Mais toi, tu veux être le seul à profiter de son joli minois.

En haussant les épaules, Damian secoua la tête.

– Pfff, elle a un petit copain, je te rappelle.

– Ah oui ? On a enquêté sur lui ?

Cette question fit se redresser l'agent Sandoval, qui ouvrit le dossier relatif à l'agression.

Il avait interrogé Yvo quand il l'avait croisé dans les couloirs de l'hôpital. Le type lui avait paru très amoureux et totalement inoffensif. Mais revoir son profil avec le regard de Justin l'aiderait peut-être à prendre du recul. La photo d'Eva s'afficha en premier, ainsi que toutes les informations importantes à son sujet. C'est vrai qu'elle était très jolie. Son regard n'était toutefois pas tout à fait le même, nota-t-il en observant le portrait qui datait d'avant son agression.

Avec Justin toujours penché au-dessus de son épaule, il cliqua sur la partie réservée à son petit ami, un certain Yvo King.

– Il n'a fait l'objet que d'une très brève enquête car, d'après l'EVE du quartier, il était chez lui au moment du crime, en train de regarder la télé. On a l'enregistrement de sa soirée envoyé par EVE et, en effet, il n'y a rien de suspect. Il a passé un moment chez Eva, puis il est rentré et n'a plus bougé de chez lui.

– Et on ne peut pas pirater les images des EVEs, affirma Justin comme s'il voulait se rassurer.

– Aux dernières nouvelles, non. Elles ont été envoyées directement, dès que l'agression a été signalée, comme le protocole l'exige. Personne n'aurait eu le temps de les trafiquer. Du coup, je me suis contenté de lui poser quelques questions. Ses réponses corroboraient les preuves, je ne l'ai pas considéré comme suspect.

Damian s'interrompit, puis cliqua sur la photo d'Yvo King afin de l'agrandir. Il était plutôt séduisant, le visage carré, les yeux très bleus, les cheveux blonds coupés court.

– Bof, pas terrible ! dit Justin.

– Tu rigoles ? Il est pas mal, quand même.

– Fadasse.

L'agent Sandoval éclata de rire.

– Tu es de mauvaise foi.

– Quoi ! Je ne fais que te défendre, tu es bien mieux que lui. Et puis c'est dommage qu'il soit blanc comme neige, il ferait un coupable parfait et te laisserait la voie libre !

– Soyons sérieux quelques secondes.

Il fit défiler les informations concernant l'homme.

Rien de spécial, c'était la première impression qu'il avait eue en étudiant son profil au début de l'enquête. Il avait la trentaine, avait fait des études en informatique et, depuis, travaillait dans une boîte qui concevait des applications de services pour les usagers de la ville. Cela allait du plan et des horaires d'Hyperloop à la carte des restaurants par quartier. Rien de bien passionnant. Il avait une sœur qui vivait à l'autre bout du pays. Une ancienne activiste anti-EVEs, mais qui ne faisait plus parler d'elle depuis des années.

– Mouais. Comme je l'ai dit, banal.

– Terriblement banal, acquiesça Justin. Qui y a-t-il d'autre dans l'entourage d'Eva ?

– Quasiment personne. Elle a perdu toute sa famille quand elle était enfant. Elle a été prise en charge par l'État et a grandi dans un institut. Elle touche une petite pension versée par l'assurance-vie souscrite par ses parents. Quelques amis de la fac qu'elle voit peu. Avant d'être agressée, elle était stagiaire à l'IDIA.

– Elle a peut-être tapé dans l'œil d'un type jaloux qui lui a fait du mal ?

– Je peux t'assurer que j'ai exploré minutieusement les agissements de tous ceux qu'elle fréquentait de près ou de loin ces derniers temps et j'ai décortiqué les données de leurs puces, en particulier leur emploi du temps de la nuit de l'agression. Je n'ai absolument rien trouvé. Tout le monde a un alibi indiscutable.

– Bon, retour à la case départ, alors.

Justin soupira, tapota l'épaule de Damian en signe d'encouragement, avant d'aller s'asseoir à son bureau.

– Oui, murmura Damian. Retour à la case départ.

Une fois seul, il entra dans le logiciel de reconnaissance faciale la photo de l'homme qui montait la garde au pied de la tour d'Eva. Il trouva rapidement son identité : Paul Garson. Un ancien lieutenant de l'armée, qui s'était recyclé en travaillant ponctuellement pour les AII. C'était donc ses supérieurs qui avaient demandé à ce qu'Eva soit surveillée. D'un côté, cela rassura Damian, au moins elle n'était pas en danger immédiat. Mais cela l'agaça profondément : pourquoi personne ne l'avait-il prévenu de la mise en place de cette surveillance ? Il était chargé de l'enquête, il aurait dû être le premier au courant. Ainsi, il aurait pu travailler en lien direct avec ce Paul Garson. C'était une question de logique et d'efficacité. Il décida d'en toucher deux mots à son chef dès que celui-ci serait rentré d'une de ses nombreuses réunions, et de prendre contact le plus rapidement possible avec l'agent Garson. Ensemble ils parviendraient peut-être à faire avancer les choses...

24

La nuit s'étirait en longueur. Silas était rentré chez lui et sa remplaçante, Kali, montait la garde assise à son bureau, plongée dans la lecture d'un document sur sa tablette. Elle était moins bavarde que Silas. Elle se contentait de faire son travail de surveillance, ne s'adressant à moi qu'en cas de problème. Le flux d'informations qui me parvenait était habituel, peu dense car beaucoup de gens dormaient.

Je vérifiai que tout allait bien pour Eva. Elle dormait aussi, bien sûr, roulée en boule sous sa couette, et j'eus envie de rester là, dans sa tête, pour ressentir ce que ça faisait de plonger dans le sommeil. Jusqu'ici, elle ne s'assoupissait que lorsque je la quittais. La chaleur des couvertures, le confort du lit, tout cela était si tentant ! Mais je ne cédai pas à l'appel des rêves. Je décidai, pour m'occuper, de faire le tour des gens qui vivaient autour d'elle à travers leurs puces. Ceux qui étaient éveillés.

Un homme, plusieurs étages au-dessus de son appartement, regardait des séries toute la nuit. Gordon Smith, cinquante-six ans. Son dossier médical indiquait qu'il était victime d'insomnies sévères. Alors il faisait passer le temps comme il le pouvait. Dans la journée, il travaillait dans un service postal de la ville.

Je sautai dans le corps d'une femme, Sophia Latimore, trente-trois ans, professeure de dessin dans un collège du quartier. Quand je me glissai dans sa puce pour voir à travers ses yeux, je constatai qu'elle faisait l'amour avec son fiancé, Brian Chesney, trente-cinq ans, professeur d'anglais dans le même collège. Je me sentis subitement gênée et m'empressai de les laisser seuls. La conversation que j'avais eue avec Silas un peu plus tôt me revint à l'esprit. La notion d'intimité. J'avais dit alors que je ne comprenais pas. Quelques jours plus tôt, être témoin de ce moment particulier ne m'aurait pas dérangée. J'avais vu des milliers d'images de milliers de personnes accomplissant cet acte, qui faisait partie de la vie normale des humains, comme manger, aller au travail, se doucher... Je ne portais aucun jugement sur les gestes quotidiens des humains, sur leurs choix. Je ne m'attardais jamais sur les scènes dont j'étais témoin, sauf quand cela entrait dans le descriptif des agressions et des crimes.

Mais à présent, je ne pouvais plus considérer qu'assister à une étreinte entre deux amants était normal. C'était... quelque chose d'intime. Oui. Voilà, on y revenait. Sophia et Brian ne pensaient pas à la puce insérée dans leur esprit pendant qu'ils se caressaient, s'embrassaient. Ils s'imaginaient être seuls. Et moi, je m'étais immiscée dans cet instant. Si j'étais restée dans la puce de Sophia, j'aurais pu faire de ce moment un spectacle. Or ce n'en était pas un, et je n'avais aucun droit de salir cet acte d'amour par ma simple présence, ma curiosité.

D'un seul coup, mon rôle m'apparaissait différent. Était-ce parce que je devenais un peu plus Eva chaque jour ? Plus qu'une gardienne, j'étais une voyeuse.

Mes pensées furent interrompues par l'alarme rouge qui pulsait dans le coin de mon champ de vision. Je focalisai mon attention sur l'agression qui était commise en ce moment même. Dans une rue sombre d'un des quartiers les plus anciens de la ville, trois hommes s'en prenaient à un quatrième et le rouaient de coups. Boosté par la peur, son niveau d'adrénaline grimpait tandis que ses fonctions vitales chutaient. Aussitôt, j'envoyai un message au bureau des AII le plus proche et m'assurai qu'ils étaient en route.

À travers les yeux de la victime – Conrad Scott, quarante-huit ans, employé du réseau Hyperloop, père de trois enfants –, je voyais les silhouettes sombres de ses agresseurs penchées sur lui, leurs pieds s'écraser sur son visage, ses côtes. Il levait les bras devant lui pour se protéger, mais il ne pouvait éviter tous les coups. J'assistai en direct à l'intervention des agents qui arrêtèrent les assaillants. Des ambulanciers récupérèrent le blessé qui fut pris en charge immédiatement.

Comme une girouette, mon avis sur mon propre rôle changea. Si je n'avais pas été là, Conrad Scott serait mort. Sa femme et ses enfants seraient en train de le pleurer. Alors, qu'est-ce qui était le plus important ? L'intimité ? La liberté ? La sécurité ? J'étais incapable de répondre à cette question.

Tout ce qui m'apparaissait à cet instant, c'est que j'étais heureuse d'avoir sauvé une vie de plus et d'avoir épargné à une famille un deuil difficile.

Je ne savais plus si ce que je faisais était bien ou mal. Je me sentais ballottée d'un avis à un autre. Je voyais ce qui était extraordinaire dans ma responsabilité, dans celle des autres EVEs, mais je percevais également les limites du système. Comment était-il possible que toutes mes convictions se soient mises à vaciller en à peine quelques jours ?

Était-ce cela, devenir humaine ? Connaître le doute, l'indécision ?

Je perdais pied. Pour éviter de tomber dans ce gouffre de questions et d'incertitudes, pour la première fois depuis le début de cette histoire, je reléguai mon identité d'Eva dans un recoin de mes circuits. Et pour cette nuit, juste pour cette nuit, je redevins Ève, la machine, celle qui était programmée pour surveiller la vie des gens, vingt-quatre heures sur vingt-quatre, sans états d'âme.

25

Ce matin, j'hésitai à retourner dans le corps d'Eva. Certes, j'aimais être dans la peau d'une humaine, j'aimais entendre, ressentir, toucher, humer... J'aimais parler avec les gens, me blottir sous une couverture, prendre le thé avec madame Perkins. Ce n'était certainement pas l'essentiel de ce qui constituait une vraie vie humaine, mais pour moi c'était déjà pas mal du tout, un petit début. Mais en même temps je perdais le sens de qui j'étais. Et si je n'étais pas Eva, mais plus tout à fait Ève, alors qui étais-je ?

Pourtant, la tentation était trop forte. Je résistai d'autant moins que j'entendis mon téléphone sonner au loin. J'ouvris les yeux dans ma chambre et attrapai l'appareil. Sur l'écran s'affichaient le nom et une photo d'Yvo. Sa voix résonna contre mon oreille, un peu trop forte :

– *Eva, comment vas-tu ce matin ?*

– Bien, et toi ?

– Ça va... Ça me fait plaisir de pouvoir t'appeler à nouveau.

– Je te remercie encore d'avoir pensé à m'offrir un téléphone. Surtout un modèle aussi beau !

– Ce n'est rien. Tu as réussi à récupérer tes données ?

– Oui, sans problème. J'avais oublié plein de photos que j'avais prises. Il y en a des marrantes.

Je l'entendis rire au bout du fil. Il devait penser à certains clichés où Eva et lui faisaient tous deux des grimaces délirantes.

– Je crois que je vois de quoi tu parles. Bon, maintenant, tu vas pouvoir me harceler de messages.

– J'ai eu un appel hier.

– Ah oui, de qui ?

Je ne savais pas pourquoi j'avais besoin de partager cette information avec lui. Je le connaissais à peine. Mais, en dehors de madame Perkins, lui seul me reliait au passé d'Eva, et cela pouvait m'être utile.

– Lola Shiffrin. Elle m'a dit qu'un poste s'était libéré et qu'elle voulait que je travaille pour elle.

– Ouah ! Eva, c'est génial ! Tu te rends compte ? C'était ton rêve ! Et il va se réaliser !

– Oui, j'imagine...

Il y eut un blanc.

– *Quoi, c'est tout ? Juste « j'imagine » ?*

– Je ne sais pas, Yvo, depuis mon agression, tout a changé, je ne suis plus sûre de ce que je veux vraiment.

– *Ne dis pas ça, Eva. Tu n'es pas encore rétablie, c'est normal. Tu étais considérée comme morte ! Tu vas avoir besoin d'un travail pour gagner ta vie, et on te propose celui que tu as toujours voulu décrocher. Tu as trimé dur pour en arriver là. Ne gâche pas tout parce que tu es encore sous le choc. Prends le temps de réfléchir, d'accord ?*

– Ne t'inquiète pas, je lui ai dit oui.

– *Ahhh, tu me rassures !*

Mais moi, je n'étais pas rassurée. Comment lui dire que je n'avais aucune idée de la teneur de ce travail ? Que j'avais beau être une Intelligence Artificielle, je ne connaissais rien au sujet, et que j'étais incapable d'occuper le poste d'Eva. Je n'avais pas fait ses études, je ne possédais pas ses compétences.

J'avais besoin de parler d'autre chose.

– Il y a un truc bizarre sur mon téléphone.

– *Quoi donc ?*

Le ton de sa voix avait légèrement changé, comme si mon annonce l'inquiétait.

– Une application que je n'arrive pas à ouvrir. C'est une sorte de jeu : *Space Invaders*.

– Mais c'est un truc super-vieux ! Qu'est-ce que ça fait là ?

– Je n'en ai aucune idée.

– Tu l'as peut-être téléchargé avant ton accident et tu ne t'en souviens plus.

C'était fort possible.

– Je ne sais pas, mais pourquoi aurais-je téléchargé un jeu qui ne marche pas ?

– Jette-le, ça ne te sert à rien.

– OK. Je dois te laisser, improvisai-je, j'ai des tonnes de choses à faire aujourd'hui.

– Ça fait plaisir à entendre, ça veut dire que la vie reprend le dessus.

Après avoir raccroché, je restai immobile quelques instants, assise en tailleur sur mon lit. J'avais menti, je n'avais rien à faire. Je ne savais pas ce que les gens faisaient pour s'occuper. Ils allaient au travail, mais je n'avais pas de travail. Ils faisaient les courses, mais j'étais terrorisée à l'idée d'avoir à me débrouiller toute seule dans un supermarché. J'eus l'idée de demander de l'aide à madame Perkins. Elle était tellement gentille ! Mais je décidai de ne pas la déranger.

Mon téléphone toujours en main, je ravivai l'écran et l'icône de *Space Invaders* me sauta à nouveau aux yeux. Bêtement, je tentai encore de l'ouvrir, sans succès. Qu'est-ce que ce truc faisait là ?

Prise d'une impulsion, j'allai chercher la carte que Damian Sandoval m'avait laissée et je l'appelai. Je m'impressionnais : c'était la première fois que je composais un numéro moi-même. Un enfant de six ans savait faire plus de choses que moi, j'en étais sûre !

L'AII décrocha rapidement, et sa voix grave résonna contre mon oreille :

– Allô ?

– Agent Sandoval ?

– Oui ?

– C'est Eva Lewis.

– Oh ! Bonjour, Eva, vous avez récupéré un téléphone ?

– Oui, et j'ai réussi à télécharger ce que contenait mon ancien appareil. Vous m'aviez demandé de vous tenir au courant si je trouvais quelque chose à signaler.

– Alors ?

Sa voix s'était tendue. Je devinai que ma réponse était importante pour lui.

– Une application que je n'arrive pas à ouvrir. Un jeu qui s'appelle *Space Invaders*.

– C'est un jeu préhistorique, ça ! Et il ne marche pas ?

– Non, et son icône ne ressemble pas à celles des autres jeux de mon téléphone, elle est comme translucide et impossible à ouvrir. J'ai même essayé de le jeter, mais je n'ai pas réussi.

– *Vous vous rappelez l'avoir téléchargé ?*

J'hésitai...

– Non, mais il y a beaucoup de choses dont je ne me souviens pas.

– *Pouvez-vous venir au bureau ? Je voudrais quand même y jeter un œil, même si je ne pense pas que ce soit très important. Je suis désolé, je ne peux pas me déplacer aujourd'hui, je suis d'astreinte.*

– Pas de problème. J'arrive.

Je m'empressai de me préparer et je me mis en route vers l'agence du quartier. Le ciel était couvert aujourd'hui et le temps plus frais. Le vent soufflait en continu, et je fus contente d'avoir enfilé un gilet bien chaud. Les gens marchaient vite autour de moi, tous affairés, ayant tous un but. Je tentai d'imaginer lequel : un travail, un rendez-vous, des courses ?

En quelques minutes, j'arrivai à destination et poussai la porte. Comme lors de ma première visite, plusieurs têtes se relevèrent, curieuses. Mais cette fois, Damian me repéra depuis le fond de la pièce et vint à ma rencontre.

– Bonjour, Eva, vous avez fait vite. Suivez-moi.

Il me mena à son bureau, approcha une chaise de son fauteuil et me fit signe de m'asseoir.

Ses yeux gris me scrutaient attentivement, et je me sentis rougir sous ce regard.

– Alors, montrez-moi ce fameux *Space Invaders*, me demanda-t-il gentiment.

Je sortis mon téléphone de mon sac et le lui tendis.

Damian, avec l'assurance de celui qui a l'habitude de manipuler ce genre d'appareil, fit disparaître l'écran d'accueil et glissa sur les différentes pages d'applications avant de s'arrêter sur celle où se trouvait le mystérieux jeu.

Il tapota l'icône avec son index, sans rien obtenir.

– En effet, il est inactif. Vous avez essayé de le désinstaller ?

La panique me saisit à nouveau, comme à chaque fois qu'on me demandait de faire quelque chose de nouveau pour moi.

– Oui, j'ai essayé, mais ça n'a rien donné. Mais je m'y prends peut-être mal.

Il tripota mon téléphone quelques instants avant de secouer la tête.

– Impossible. C'est curieux, ça ne ressemble pas à une application téléchargée, mais plutôt à une image fantôme. Vous ne vous souvenez pas du tout d'où vient ce truc ?

Je passai une main tremblante sur mon front.

– Non… Je ne sais plus. Il y a tellement de choses qui sont encore confuses…

Il me fit un sourire rassurant, avant de me rendre mon portable.

– Ne vous affolez pas, Eva. Ce n'est pas grave. Et vous pouvez le laisser, il ne gêne en rien le fonctionnement de votre téléphone. Toutefois, il a peut-être joué un rôle dans votre agression.

– Vous croyez ?

Je n'arrivais vraiment pas à faire le lien entre cette icône fantôme et ce qui était arrivé à Eva.

– Je n'ai aucune certitude, mais je ne veux passer à côté d'aucun élément. Si vous me le permettez, je vais faire une copie du contenu de votre téléphone et l'envoyer pour analyse. Cela ne vous dérange pas ?

Je réfléchis quelques brèves secondes. D'après mon inspection, il n'y avait rien de trop intime ou de compromettant pour Eva dans son appareil. Aussi donnai-je mon accord.

Damian raccorda le smartphone à son ordinateur à l'aide d'un câble et, après quelques manipulations, lança la copie de sa puce et de sa mémoire. Cela prit quelques minutes durant lesquelles un silence étrange s'installa entre nous. Je me tortillais sur ma chaise, mal à l'aise, cherchant un sujet de conversation pour meubler le vide, mais rien ne me venait en tête, et Damian restait concentré sur la barre de progression se remplissant lentement.

Enfin l'agent se recula et me rendit mon appareil.

– Voilà, c'est fait ! Je l'envoie dès ce soir pour analyse à un labo, mais je ne sais pas combien de temps ça va prendre : on ne fait plus ce genre de choses depuis des années avec les EVEs. Mais je vous tiendrai au courant dès que j'aurai des nouvelles, bien entendu.

À ce moment-là, il m'arriva exactement ce que je craignais depuis le début de mon occupation du corps d'Eva : une lueur rouge intermittente clignota dans mon esprit, créant un voile rouge devant mes yeux. C'était une alerte sur mon réseau !

26

Damian dut me voir changer d'expression, parce qu'il se pencha vers moi, soudainement inquiet.

– Eva, vous allez bien ?

Je n'eus pas le temps de lui répondre. Automatiquement, je retournai dans mon rôle d'EVE pour gérer la situation. Une agression avait eu lieu, juste dans le quartier, entre la tour où vivait Eva et l'agence où je me trouvais ! La victime s'appelait Paul Garson. Un homme de quarante-neuf ans, agent d'enquête, père de deux enfants, divorcé. Ses signes vitaux étaient en chute libre. Je me dépêchai d'envoyer un message aux AII et, comme si la vie me jouait une grande farce, c'est Damian Sandoval qui reçut mon message sur son ordinateur.

– ***Une agression à l'arme à feu à quelques mètres de votre bureau,*** signalai-je dans mon interface de dialogue. ***Paul Garson, quarante-neuf ans. Il est***

gravement blessé. Il faut envoyer une ambulance de toute urgence.

– ***L'identité de l'agresseur ?*** pianota Sandoval.

J'eus un blanc. Je passai en revue les puces de toutes les personnes présentes dans le quartier et je retrouvai plusieurs témoins de l'agression : ils étaient à proximité de Paul Garson quand ce dernier avait été attaqué. Si j'analysais bien les images qui me parvenaient, ils avaient bien entendu le tir, les cris de la victime, ils avaient vu un homme s'effondrer dans une mare de sang. Mais, une nouvelle fois, il n'y avait aucune image de l'agresseur. C'était comme si Paul Garson avait été bousculé, puis blessé par un fantôme. Je le voyais, lui, au moment où tout s'était déroulé, mais il n'y avait aucune trace de son assaillant. C'était le même scénario qui se répétait : celui de l'agression contre Eva, celui de l'embuscade contre les agents Sandoval et Morris.

J'expliquai rapidement à Damian la situation. Il me répondit que son équipe était déjà sur place, ainsi qu'une ambulance, puis j'envoyai un rapport à Silas, afin de le mettre au courant de la situation. Je ne pouvais pour l'instant rien faire de plus et je m'empressai de retourner dans le corps d'Eva.

Quand j'ouvris les yeux, Damian était penché sur moi, l'air inquiet, le visage plissé par la peur que je lui avais faite.

– Eva, vous allez bien ?

– Oui... je crois...

– Vous avez perdu connaissance.

– Je fais des chutes de tension, depuis mon... accident.

– Une urgence est arrivée juste en même temps, je ne savais plus où donner de la tête. Voulez-vous que j'appelle un médecin ?

– Non ! m'écriai-je, avant de baisser le ton. Non, je vous remercie, tout va bien. Le médecin m'a dit que ces brèves pertes de connaissance étaient normales.

Décidément, je devenais de plus en plus douée en matière de mensonge. Damian eut l'air de me croire.

J'enchaînai pour ne pas lui laisser le temps de trop réfléchir à mon cas :

– Vous avez eu une urgence ? Vous devriez peut-être y aller ?

– Ne vous en faites pas pour ça, mes coéquipiers sont déjà là-bas et ils sont tout aussi compétents.

Il rapprocha son fauteuil à roulettes de moi. Ses genoux frôlèrent mes jambes, et son regard plongea dans le mien.

– Eva, murmura-t-il, connaissez-vous un homme du nom de Paul Garson ?

Je manquai de me trahir en demandant : « La victime ? », mais je me rattrapai juste à temps. Eva n'était pas supposée être au courant. Je pris l'air le plus innocent possible – enfin, que je supposais innocent – et demandai :

– Non, pourquoi devrais-je le connaître ?

– En fait, l'agression signalée par EVE concernait cet homme. Quand je vous ai rendu visite, hier, je l'ai repéré dans le hall de votre tour, je pense qu'il vous surveillait.

Cette fois, je ne trouvai rien à répondre. Eva ou Ève, peu importait, j'étais prise de court dans mes deux identités.

Damian dut lire la surprise sur mon visage parce qu'il me fit un sourire rassurant.

– Soyez sans crainte, c'était un agent d'enquête mandaté par ma hiérarchie, pas un « ennemi ».

– Pourquoi me surveillait-il ? Je suis... je suis... je ne suis personne !

La peur qu'on ait découvert mon secret me tordit les entrailles. On savait que j'étais une EVE et que j'occupais un corps humain ! On savait tout, et j'allais être déconnectée, débranchée, jetée au rebut.

– À mon avis, c'est à cause de votre agression. Il se passe quelque chose de vraiment étrange autour de cette affaire. Je vous l'ai dit hier, je crois qu'il s'agit de beaucoup plus qu'un simple cambriolage qui a mal tourné.

C'est d'une voix blanche que je demandai :

– Mais si ce Paul Garson est du côté de la loi... celui qui l'a attaqué pourrait être aussi impliqué dans mon agression ! On l'a identifié ?

Je connaissais la réponse : non, on ne savait pas qui il était et on ne le saurait pas, à moins d'utiliser d'autres méthodes.

Damian secoua la tête.

– On n'a aucune information pour l'instant. Et vous avez raison. Si on a attaqué la personne qui vous surveillait, ce n'est pas bon, pas bon du tout. Avez-vous un endroit tranquille où loger pendant quelques jours, ailleurs que chez vous ?

Je pensai à madame Perkins, mais je savais que son appartement était trop petit, et je ne voulais pas m'imposer à elle. En plus, monter d'un étage dans la tour n'était pas vraiment le moyen idéal de m'éloigner de chez moi.

– Non, soufflai-je. Je n'ai nulle part.

– Et chez votre ami, Yvo ?

L'idée de vivre sous le même toit que lui provoqua en moi une bouffée d'angoisse. Comment pourrais-je lui expliquer mes absences ? Comment repousser ses baisers et ses caresses dont je ne voulais pas ?

– Je... je ne sais pas.

Je n'avais aucun moyen d'expliquer ma réticence à Damian. Yvo était censé être mon petit ami. Enfin, non. Il était le petit ami d'Eva. Mais je ne pouvais rien dire de tout cela.

– Bon, écoutez, je vous propose de vous ramener chez vous, pour vérifier qu'il n'y a rien de suspect. Une fois sur place, vous serez plus tranquille qu'ici pour appeler votre ami et préparer vos affaires, et vous verrez si vous pouvez arranger quelque chose avec lui, d'accord ?

Je me contentai de hocher la tête. J'aviserai à ce moment-là, mais je n'appellerai pas Yvo. Damian me fit signe de le suivre. Nous quittâmes l'agence sans un mot, les sens aux aguets. Mon escorte improvisée regardait tout autour d'elle pour vérifier que tout allait bien. Son téléphone bipa à ce moment et il y jeta un coup d'œil rapide.

– Paul Garson est mort, m'informa-t-il d'un ton sombre. Sa blessure était trop grave, ils n'ont rien pu faire.

– Je ne comprends rien. Rien du tout. Que se passe-t-il ?

Il secoua la tête.

– Je pense que vous jouez un rôle important dans une histoire qui nous dépasse tous. Il y a quelques jours, vous vous êtes fait agresser, puis aujourd'hui un agent est tué... J'imagine qu'il doit y avoir un sens à tout cela, mais pour l'instant il manque quelques pièces au puzzle.

J'eus un pincement au cœur en pensant à cet homme qui avait pour mission de me surveiller et même de me protéger, et qui avait été tué à cause de moi.

Damian marchait devant moi, la main posée sur la crosse de son arme glissée dans son étui, à la ceinture. Nous avancions vite, sinuant sur la dalle piétonne où étaient plantés les gratte-ciel du quartier. Il y avait du monde à cette heure-ci. Partout, les arbres frémissaient dans la brise. Les feuilles commençaient à se border d'un liseré orangé, indiquant la venue de l'automne. Tout aurait pu être parfait : les gens, le parfum dans l'air, le rire des petits... Et pourtant, à une cinquantaine de mètres de là, un cordon de police tendu indiquait où Paul Garson avait succombé. Il y avait encore quelques AII qui tournaient sur la place pour tenter de percer ce nouveau mystère. Je frissonnai et détournai le regard.

Nous arrivâmes au pied de ma tour.

– Je peux monter chez moi toute seule, ce n'est pas la peine de vous déranger davantage.

Damian secoua la tête.

– Je vous ai dit que je vous accompagnais jusque chez vous. Je ne veux prendre aucun risque. Ensuite, si vous y tenez, je partirai, et puis vous verrouillerez votre porte à double tour. Dépêchez-vous juste de trouver un endroit où vous cacher...

– C'est ridicule... Vous m'aviez dit que vous étiez d'astreinte.

– J'ai envoyé un message à un collègue pour lui demander de prendre la relève. C'est un cas de force majeure. Et je préfère être ridicule plutôt que de vous laisser courir un danger.

Je me sentis rougir.

– Non, ce n'est pas vous qui êtes ridicule, je voulais dire...

Damian m'interrompit en m'attrapant par le bras pour m'amener tout près de lui.

– Eva, je n'aimerais pas qu'il vous arrive à nouveau quelque chose. Je suis très inquiet, murmura-t-il en me regardant droit dans les yeux.

Mon rythme cardiaque augmenta avec cette proximité. Son parfum m'enveloppait, la chaleur de ses doigts traversait le tissu de mon gilet, se diffusait le long de mon bras.

Je me contentai de hocher bêtement la tête.

Nous restâmes silencieux quelques instants de plus, immobiles. Puis il me lâcha et se remit en route. Je le suivis sans dire un mot, les pensées en pagaille. Je voyais bien qu'il me faisait de l'effet. Je trouvais cela à la fois merveilleux et ridicule. J'étais une machine, bon sang ! Mon manque de sentiments à l'égard d'Yvo pouvait s'expliquer aisément : j'étais une Intelligence Artificielle, je ne ressentais ni amour, ni attirance, ni désir. Mais alors... pourquoi ces émotions, sur lesquelles j'arrivais doucement à mettre un nom, me saisissaient-elles dès que Damian Sandoval était avec moi ? Pourquoi est-ce que je regrettais de ne plus sentir sa main sur mon bras ? Pourquoi est-ce que je me prenais à inspirer son parfum quand il flottait dans l'air ? Je ne pouvais pas éprouver tout cela, vouloir tout cela. J'étais une machine, me répétais-je en boucle.

Et pourtant... Pourtant, alors que la situation aurait dû me faire éprouver de la peur, une envie de fuir, je ne pouvais me focaliser que sur ces sensations nouvelles qui me chamboulaient complètement.

Le cœur en vrac, je me retrouvai avec lui dans l'ascenseur. Il était à nouveau proche de moi et m'observait avec attention.

– Tout va bien ? demanda-t-il d'une voix douce.

– Je ne sais pas trop, soufflai-je.

Il se contenta de hocher la tête, comme si ma réponse avait du sens pour lui.

Au moment où les portes allaient se fermer, une femme et ses deux enfants se ruèrent dans la cabine, nous obligeant à nous serrer un peu plus. Je n'osais plus lever la tête, regardant fixement le bout de mes chaussures, et j'avais l'impression que tout le monde pouvait entendre les battements de mon cœur qui semblait vouloir exploser dans ma poitrine.

Enfin, nous arrivâmes à mon étage, le trente-deuxième. La cabine se referma derrière nous et continua sa montée, alors que je m'empressai de me glisser dans le couloir. Je gardai les yeux baissés, de peur de croiser le regard de Damian. C'est pour cette raison que lui le vit avant moi.

L'homme. Il se tenait devant la porte ouverte de mon appartement, surpris de me voir arriver, comme s'il me reconnaissait. Et ça devait être le cas, parce qu'il sortit une arme de sous sa veste, et la pointa sur moi. Il aboya quelques mots que je ne compris pas, les sens brouillés par la situation.

Damian me projeta brutalement en arrière. Je tombai douloureusement sur les fesses. Un coup de feu résonna, assourdissant dans l'espace confiné du couloir. Un autre suivit aussitôt, beaucoup plus près de moi. L'inconnu se jeta sur le côté, se précipita vers la porte de la cage d'escalier. Damian tira une fois de plus et l'homme s'effondra.

L'agent fonça vers lui, donna un coup de pied dans son arme pour l'éloigner, mais l'homme ne réagit pas. Ses yeux, tournés dans ma direction, étaient fixes et vitreux. Certain que nous étions hors de danger, Damian revint vers moi et s'accroupit à ma hauteur.

– Eva, est-ce que tout va bien ?

Je ne répondis pas. J'étais paralysée, incapable de détourner mon regard du cadavre étalé à quelques mètres de moi...

Damian passa une main dans mon dos, le frotta doucement. Enfin, je parvins à me détacher du spectacle affreux.

– Vous aviez raison, chuchotai-je, la voix tremblante.

Mes yeux piquaient, s'emplissaient d'eau... De larmes, plus exactement, et pour la première fois je me mis à pleurer. Ma poitrine se soulevait en hoquets douloureux, et rien ne semblait pouvoir arrêter le torrent d'émotions qui provoquait ces sanglots déchirants. Il y avait de la peur, du soulagement, de l'horreur, de la surprise, tout cela mélangé en un tourbillon violent. Damian m'attira vers lui, et je me retrouvai le nez dans sa chemise d'uniforme. Il m'entoura de ses bras, me serra fort. Je sentais son souffle sur mes cheveux alors qu'il me disait des mots réconfortants que je ne saisissais pas.

Après un long moment, alors que j'étais toujours serrée contre lui, des voix résonnèrent, je vis des pieds, des jambes en nombre se rassembler sur le palier.

– Tout va bien, Damian ?

– Ça va, Justin. Ça a été chaud, mais ça va.

– On a été prévenus par EVE qu'une agression avait lieu ici. J'ai tout de suite reconnu l'adresse de mademoiselle Lewis. On a fait aussi vite que possible. Juste après le meurtre de l'autre type, ça fait une journée chargée.

Je fus brusquement ramenée à la réalité par cette remarque. Je n'avais pas noté la moindre alerte dans un coin de ma tête, comme ça avait été le cas tout à l'heure. Prise dans l'action elle-même, je m'étais complètement détachée de mon autre... personnalité. Je redressai la tête et observai la scène. Des femmes et des hommes, portant le même uniforme que Damian, s'affairaient un peu partout. L'équipe d'AII était efficace : une femme prenait des photos de la scène, une autre, équipée de gants, ramassait l'arme de l'agresseur et la glissait dans un sac en plastique transparent. Le cadavre était déjà emballé dans une housse sombre.

Justin s'accroupit lui aussi à côté de nous. Damian ne semblait pas vouloir me lâcher.

– On a déjà identifié le macchabée, dit-il à mi-voix, en agitant son pouce par-dessus son épaule.

– Alors ? interrogea Damian sur le même ton.

– L'EVE qui nous a signalé l'attaque n'avait pas d'images de l'agresseur jusqu'à ce que tu le tues. Comme lors du guet-apens dans l'immeuble abandonné. Ce sont vos signaux affolés, à Eva et à toi, qui l'ont alertée. L'EVE a pu nous renseigner sur son profil à ce moment-là. Comme les autres, c'est très certainement un membre du gang du Prince. Il correspond aussi au signalement que les témoins du meurtre de Paul Garson ont donné à la police. C'est encore à confirmer.

J'eus un choc en apprenant qu'une autre EVE avait eu des relevés de mes signes vitaux. Est-ce qu'elle avait aussi remarqué mon rythme cardiaque élevé quand Damian s'était approché de moi, un peu plus tôt ? Bien sûr que non. Moi-même, en tant qu'EVE, je n'étais pas capable de déceler un changement lié à une émotion pareille. C'étaient la peur, l'adrénaline, le fait d'être blessé, également, qui déclenchaient l'alerte.

Je fus gênée de me dire qu'on m'avait « espionnée » de la sorte. Je commençais à comprendre ce que ça faisait d'avoir dans sa tête une entité, même inanimée, qui vous surveillait en permanence. Pour une fois, j'étais de l'autre côté du miroir.

Damian se releva et m'aida à faire de même.

– Vous tenez debout ?

J'acquiesçai, mais ne dis pas un mot.

– Il faut que vous vous trouviez tout de suite un endroit où rester en attendant que l'affaire soit résolue, Eva.

On ne peut pas vous laisser toute seule chez vous une minute de plus.

– Je ne sais pas où aller, dis-je, d'une voix quasiment inaudible.

– Alors, venez chez moi. Au moins jusqu'à ce qu'on trouve une meilleure solution.

Je relevai alors la tête et regardai Damian, choquée.

– Chez vous ?

– Chez moi. Ce n'est pas dans les habitudes, mais ça fait tellement longtemps qu'on ne fait plus de protection de témoins, avec les vidéos des EVEs qui nous servent de preuve, qu'on s'en fiche. On improvise, on fait au mieux.

Il m'observa quelques instants, cherchant à lire quelque chose sur mon visage, avant de continuer :

– Ce n'est pas très grand, mais j'ai un petit bureau qui peut servir de chambre d'amis. Je dormirai là et je vous laisserai mon lit. Cependant, il ne faudra dire à personne où vous vous trouvez, c'est compris ?

– Compris, soufflai-je.

– Très bien, alors allez rassembler vos affaires, et nous partons tout de suite.

27

Damian avait fait visiter son petit appartement à Eva, lui expliquant où se trouvait chaque chose. Il avait rapidement changé les draps de son lit, préparé le sien sur le canapé de son bureau pendant qu'elle prenait une douche.

Eva sortit de la salle de bains, vêtue d'un jean propre, très près du corps, et d'une chemise en flanelle à carreaux. Ses cheveux étaient attachés en un chignon vite fait, et quelques mèches folles et humides s'en échappaient, encadrant son visage fin.

Cela faisait bizarre à Damian d'avoir à nouveau une femme à la maison. Sa dernière petite amie était partie huit mois plus tôt, et il n'avait pas tenté, depuis, de combler le vide, appréciant de se retrouver seul.

Mais à présent qu'il regardait Eva, un peu intimidée,

prendre place sur son sofa, il se dit que c'était agréable d'avoir quelqu'un à qui parler.

– Comment te sens-tu ? lui demanda-t-il.

Dans la voiture, en roulant vers chez lui, il avait proposé qu'ils commencent à se tutoyer. Après tout, ils allaient cohabiter un moment, ce serait quand même plus simple.

– Je ne sais pas, répondit-elle en évitant de le regarder. Tout a été si vite... J'ai vu un homme se faire tuer, je me retrouve ici... Je suis un peu déboussolée.

– C'est normal, on le serait à moins. Je vais devoir retourner à l'agence. J'ai une tonne de rapports à rédiger, après la journée qu'on a eue, mais je reviendrai dans la soirée. Ça ira ?

– Je pense que oui. Je vais tenter de faire une sieste.

– C'est une bonne idée.

Il vint s'asseoir à côté d'elle et posa une main sur son épaule. Elle tressaillit.

– Hé... Ça va aller, d'accord ? Tu es en sécurité ici.

– J'espère.

– Tu n'as dit à personne que tu étais chez moi ?

Elle fit non de la tête.

– Pas même à Yvo ?

– Surtout pas à Yvo ! Il me demanderait pourquoi je ne l'ai pas prévenu, pourquoi je ne vais pas chez lui...

Elle s'interrompit et jeta un regard en biais à Damian, ses joues rosissant. Il sourit pour la rassurer, mais ne put s'empêcher de lui poser la question qui lui brûlait les lèvres depuis un moment :

– Pourquoi tu ne veux pas aller chez lui ?

Elle haussa les épaules, se tourna enfin franchement vers son protecteur et, pour la première fois depuis l'agression devant chez elle, le regarda dans les yeux.

– Depuis mon hospitalisation, je me sens différente. Et je n'arrive plus à me comporter de façon aussi... naturelle avec lui. C'est comme si mon coup à la tête, ma période de coma avaient changé quelque chose dans ma perception de la vie, des autres, de mes émotions, même.

Damian ne put réprimer un petit sentiment de soulagement, qu'il ne montra évidemment pas.

– Tu le lui as dit ?

– Non ! Je n'ose pas... Il a déjà assez souffert comme ça, avec la peur de me perdre. Et il a été tellement gentil depuis que je me suis réveillée, il s'est occupé de moi. Je suis une personne horrible, non ?

Ses yeux d'un bleu foncé étaient élargis par l'horreur que lui inspirait sa propre attitude. Elle enfouit son visage entre ses mains.

– Je ne peux pas lui dire, continua-t-elle. Pas tout de suite. Mais je pense qu'il a remarqué quelque chose de changé chez moi.

Damian se sentit touché par Eva. Elle lui évoquait une enfant : pleine de naïveté, comme si elle découvrait le monde seulement maintenant, mais aussi d'une profondeur étrange, comme si elle savait des choses que les autres ignoraient.

Il s'approcha un tout petit peu d'elle et la força à écarter ses mains de son visage.

– Hé, ça va aller ! C'est la vie qui est comme ça, Eva. L'amour n'est pas une valeur sûre ou éternelle. C'est quelque chose de fluctuant. Et il arrive que les sentiments disparaissent sans qu'il y ait une explication rationnelle. Et parfois ils reviennent. Souvent, ils s'enfuient définitivement.

Elle regarda Damian, les paupières bordées de larmes. Elle semblait complètement perdue.

– Ça t'est déjà arrivé ?

– Oui, bien sûr. J'ai vécu quatre ans avec une femme, ici dans cet appartement. C'était bien. J'étais certain que c'était la bonne et puis un jour… la flamme, ce qui faisait que notre relation fonctionnait, s'est éteinte. Je n'arrive même pas à justifier cela. C'est juste que… l'envie n'y était plus. Après une période difficile, on s'est séparés sans haine ni tristesse.

Eva lui sourit tristement.

– C'est compliqué, non ? demanda-t-elle d'une petite voix.

Damian eut un éclat de rire sans joie.

– Oui, c'est compliqué. Allez, je dois y aller. Repose-toi et appelle-moi s'il y a le moindre problème, d'accord ?

– D'accord. Merci, Damian.

– Pas de quoi.

Il se pencha et déposa un baiser sur le front de la jeune femme avant de prendre ses affaires et de quitter l'appartement. En remontant à bord de sa voiture, il se demandait ce qu'il était en train de faire exactement. « Protéger Eva d'une autre éventuelle attaque », se répondit-il à lui-même.

Vraiment ? Il repensa à son visage tiré de fatigue et d'inquiétude, et pourtant si délicat, si joli... Ses yeux immenses, comme deux flaques d'une douce soirée d'été, son sourire timide, émerveillé parfois...

Il savait déjà ce que Justin lui dirait, s'il apprenait qu'il hébergeait Eva chez lui. « Tu ne perds pas de temps ! Tu la connais depuis à peine quelques jours et la voilà déjà dans ton lit ! »

Non, il ne dirait pas à son collègue qu'Eva se terrait dans son appartement. Il craignait de subir de nombreuses remarques peu subtiles de sa part. Surtout, il redoutait que certaines ne s'approchent trop près de la réalité...

28

Dès que Damian fut parti, je mis Eva au lit et la quittai momentanément pour retourner dans mon univers virtuel et aseptisé. J'étais restée beaucoup trop longtemps dans mon corps humain et, en plus, il s'était passé trop d'événements. Je craignais le pire en « rentrant ». Et je ne me trompais pas. Dans mon interface de dialogue, des dizaines de messages de Silas m'attendaient, messages auxquels je n'avais pas pu répondre.

– Ève, j'ai reçu ton rapport sur l'agression de Paul Garson. Ça fait une attaque mystère de plus... Les autres EVEs en ont relevé pas moins d'une vingtaine aujourd'hui...

– Ève, tu me reçois ? Ève ?

– Ève, je n'ai aucune réponse de ta part. Dois-je entamer une procédure de vérification de tes circuits ?

– Ève ? Je m'inquiète sérieusement. Il y a eu une attaque dans une tour, celle d'Eva Lewis, je pense que tu te souviens d'elle, elle est notre premier cas d'« homme invisible ». Quelqu'un a tenté de s'introduire chez elle et lui a tiré dessus. Il a été neutralisé avant de pouvoir s'en prendre à elle.

– Ève ?

– Ève ?

– Ève, si tu ne me réponds pas dans cinq minutes, je lance un reboot de tes circuits.

– …

– …

– …

– Je suis là, Silas, tout va bien.

– Mais pourquoi tu ne m'as pas répondu ?

Je ne savais pas quoi dire. Je ne pouvais évidemment pas lui avouer la vérité, mais je n'avais préparé aucune excuse à mon absence. Aussi improvisai-je, en espérant qu'il ne se douterait de rien :

– J'étais occupée.

– J'aimerais bien savoir à quoi.

– Je cherchais à savoir si l'attaque de Paul Garson et celle d'Eva Lewis étaient liées.

– Ce n'est pas dans tes attributions, Ève. Contente-toi de surveiller les agressions. Concentre-toi là-dessus. Compris ?

Alors qu'il prenait le temps de me répondre en tapant sur son clavier, je fis défiler à toute allure les comptes rendus des AII et de la police à la suite de ce meurtre. Je lus les déclarations de toutes les personnes interrogées. La description de l'assassin de Paul Garson était sans équivoque : un homme grand, de type caucasien, les cheveux châtains coupés court, une barbe naissante, vêtu de noir. C'était exactement celle de l'individu qui avait tenté de me tirer dessus. Son visage, tourné vers moi, les yeux éteints, était gravé dans ma mémoire.

– Pourtant, j'ai découvert en recoupant toutes les descriptions que c'est bien le même homme qui a tué l'agent d'enquête et tenté de tirer sur Eva Lewis.

À travers ses yeux, je vis le reflet de Silas, dans la vitre sombre au fond de son bureau, indiquer à la fois la surprise et l'inquiétude.

– Je croyais bien faire, je suis désolée.

– C'est la première fois que tu es désolée. Que se passe-t-il, Ève ? Je te trouve différente, depuis quelque temps. Est-ce la dernière mise à jour qui s'est mal passée ? Doit-on faire une révision de ton

processeur ? De tes circuits ? Dois-je lancer une procédure de reboot pour nettoyer ton interface ?

La perspective d'une telle action me terrorisa. Je ne savais pas dans quelle mesure m'éteindre pour me faire redémarrer pourrait avoir une conséquence sur ma capacité à me rendre dans le corps d'Eva. Et je n'étais pas prête du tout à renoncer à cela. Surtout maintenant que j'étais chez Damian.

– ***Non, tout va bien. J'étais juste plongée dans la lecture des témoignages, je ne me suis pas rendu compte que tu me parlais.***

– ***Bon, je laisse passer pour cette fois, Ève, mais il ne faut pas que ça se reproduise, sinon je vais devoir te faire un check-up complet. Tu as compris ?***

D'un seul coup, je crus en effet comprendre. Il se doutait de quelque chose. Quoi exactement, je n'en avais aucune idée, mais il y avait un second sens à sa question, j'en étais certaine. Je me glissai dans sa puce et examinai son reflet sur la vitre fumée. Il se regardait de manière appuyée, et je sus qu'il me regardait moi. Il me demandait de faire plus attention ! Il était en train de me couvrir vis-à-vis de ses supérieurs.

Qu'avait-il deviné ? Pourquoi faisait-il cela pour moi ? Je n'étais pas une amie, j'étais une machine. Il n'y avait aucun lien entre nous, à part celui entre une Intelligence Artificielle et son superviseur. J'avais beau comprendre un peu mieux les relations humaines, jour après jour, leur complexité ne cessait de m'étonner et de me confondre à la fois.

–***J'ai compris,*** répondis-je. ***Je vais faire plus attention.***

Je vis son reflet hocher la tête. Je me retirai de sa puce pour laisser le flux d'images habituel m'envahir, comme cela devait être. Pourtant, je n'arrivais plus à trouver l'assurance de mon utilité dans mon rôle de vigile. Je mourais d'envie de retourner dans le corps d'Eva, de la réveiller pour lui faire explorer l'appartement de Damian.

J'avais entrevu des photos posées sur les étagères de sa bibliothèque. Je voulais les étudier de plus près. Je voulais découvrir les livres qu'il aimait. Le désir d'en savoir plus sur lui me rongeait. Mon esprit n'était pas ici, dans la matrice des EVEs. Il rôdait là-bas, dans ce petit appartement où vivait Damian Sandoval. Je voulais être éveillée quand il allait rentrer chez lui, je voulais le voir me sourire, l'entendre me parler. Je voulais voir son regard gris acier devenir plus doux quand il me regardait.

Ces émotions, je ne les avais jamais ressenties vis-à-vis d'Yvo, mais je commençais à comprendre qu'Eva, elle, avait dû les connaître avec son petit ami. Mais je n'étais pas Eva, et ce n'était pas Yvo qui m'attirait, c'était Damian. Je devais bien me rendre à l'évidence : moi, la machine sans âme, sans cœur, moi qui étais le témoin insensible des romances muettes des autres, j'étais en train de tomber amoureuse de l'agent Sandoval.

La fin de journée se passa lentement, trop lentement. Il y eut une alerte que je gérai avec ma célérité habituelle. Silas quitta le bureau pour rentrer chez lui, et Kali, sa remplaçante, vint s'asseoir derrière l'écran. Elle se contenta de me demander si tout allait bien. Je lui fis un bref rapport des dernières heures, sans m'attarder sur les événements de l'après-midi. Une fois certaine que tout se passait normalement, je retournai avec avidité dans le corps d'Eva.

Il faisait sombre dans la chambre. L'appartement était silencieux. J'en déduisis que Damian n'était pas encore rentré. Je me levai doucement et me rendis dans son séjour. J'allumai la lumière et observai la pièce que je n'avais pas vraiment pris le temps de découvrir. Le mobilier était sobre, dans les tons de blanc et de gris, très masculin, mais confortable. Des centaines de livres occupaient les étagères de la bibliothèque, et je retrouvai les photos que je voulais tellement étudier. Damian apparaissait sur certaines d'entre elles, avec son frère et sa sœur. Je savais qu'il avait un frère, qu'ils s'affrontaient au tennis régulièrement, mais je n'avais pas prêté attention au fait que c'était son jumeau. Là, c'était évident : leur ressemblance était frappante. Sur d'autres, on le voyait avec un couple plus âgé, et je devinai qu'il s'agissait de ses parents. Il y avait quelques photos de paysages magnifiques, avec des cascades, des montagnes, certainement prises pendant des vacances. J'eus l'envie féroce de voir ces endroits de mes yeux. Depuis que j'avais commencé à occuper le corps d'Eva, j'avais découvert la ville, le ciel bleu, le parfum de la brise, le goût des petits gâteaux, la douceur du pelage d'un chat. Mais je n'avais rien vu du monde. L'appartement de Damian était mon premier « voyage », le plus lointain.

Je me pelotonnai sur le canapé, incapable de gérer le torrent d'envies, de doutes, de peurs qui me submergeait à ce moment précis. Jusqu'ici, j'avais réussi à rester en équilibre au bord de ce monde qui m'attirait tellement, je n'avais pas effectué le saut suprême où j'aurais quitté un état pour un autre. Mais cette fois, j'avais vraiment trébuché et je ne me tenais plus que d'une seule main à ce bord, hésitant encore entre le lâcher et remonter pour retrouver mon existence lisse, silencieuse, spectatrice invisible de la vie des autres, cette vie que je désirais tellement avoir pour moi. Et pour cela, il suffisait juste que j'abandonne, que je tombe...

C'est Damian qui me sortit de ma tristesse. Il était rentré chez lui doucement, craignant sans doute de me réveiller, mais il m'aperçut sur le sofa et me sourit. Son sourire disparut quand il découvrit mes yeux rouges et la trace humide que mes larmes avaient dessinée sur mes joues. Je n'avais pas tenté de les retenir, découvrant à quel point cela soulageait de laisser le chagrin s'exprimer.

– Eva, que se passe-t-il ? demanda-t-il d'une voix inquiète, alors qu'il se précipitait vers moi.

J'essuyai rapidement mon visage du revers de ma manche et lui fis un sourire forcé.

– Rien, rien du tout... Je crois que j'ai juste un peu de mal à digérer tout ce qui s'est passé ces derniers jours.

Son regard me scrutait, attentif et gentil à la fois. Et il fit alors une chose que je n'avais pas prévue. Il tendit la main et la posa sur ma joue. Sa paume était chaude, douce, ferme contre ma peau. Je me souvins du frisson que j'avais ressenti quand on m'avait touchée pour la première fois. C'était à l'hôpital, quand Yvo avait découvert que j'étais en vie. Il m'avait attrapé la main et l'avait serrée, et j'avais trouvé cette sensation merveilleuse, intense. J'avais espéré retrouver par la suite le même émoi, mais ça n'était jamais arrivé. Sauf maintenant.

Là, comme la première fois, ce contact rassurant provoqua un tremblement dans chaque cellule de mon être. Cette vibration était délicieuse, et je me surpris à appuyer mon visage un peu plus fort contre la main de Damian, pour ne pas laisser cet instant se diluer. Comme s'il comprenait ce besoin, Damian posa son autre main sur mon autre joue. J'étais incapable de bouger, submergée par une nouvelle vague d'émotions.

– Eva, souffla Damian, il y a de quoi être déboussolée par tout cela. C'est normal. Mais tu n'es pas seule, tu comprends ? Je suis là, je vais t'aider. Je ne laisserai personne te faire à nouveau du mal.

– Vraiment ? murmurai-je, happée par son regard gris, par le magnétisme de ses prunelles.

Il se pencha vers moi, je voyais ses lèvres pleines s'approcher... Elles se posèrent sur mon front, en un baiser doux et réconfortant. J'en ressentis une frustration que je ne m'expliquai pas. Qu'avais-je espéré, exactement ?

– Vraiment, répondit Damian, et la suite de sa réponse chassa mes doutes, mes attentes. J'ai fait le point avec Justin et on a découvert des choses intéressantes.

Ses mains quittèrent mon visage, et j'eus l'impression que mes joues devenaient froides. J'avais envie de toucher l'endroit où il m'avait embrassée, mais je m'en empêchai.

– Quelles choses ?

– L'homme qui a tué Paul Garson est bien le type qui voulait s'introduire chez toi et qui nous a tiré dessus. C'est un malfrat lié au Prince. Le Prince est le chef de plusieurs bandes qui font du trafic de drogue, mais il est beaucoup plus important qu'un simple gros bonnet de la drogue. On pense qu'il mijote quelque chose d'énorme. Il semble être derrière tous ces crimes dont les EVEs n'arrivent pas à trouver les auteurs et qui se multiplient. Ton agresseur, les types qui nous ont attaqués, Justin et moi, dans l'immeuble abandonné, le meurtrier de Paul Garson, et tous les autres dont je n'ai qu'entendu parler... Le Prince a trouvé le moyen de les rendre invisibles aux yeux des EVEs. S'il a réussi à contrer notre système de sécurité, alors Citypolis est à sa merci. Tu te rends compte : il peut lâcher des hordes de criminels dans la ville en toute impunité. Et on ne sait toujours pas quel but il poursuit. Je ne pense pas que ce soit juste pour protéger les petites frappes auxquelles nous avons eu affaire pour l'instant. Il doit y avoir autre chose derrière tout ça.

Je hochai la tête. J'avais découvert la même chose que lui, mais je devais paraître surprise. Damian continua à exposer la situation dont je connaissais beaucoup de détails.

– C'est effrayant...

J'essayai de ne rien trahir. Le fait que Damian parle aussi ouvertement des EVEs me mettait très mal à l'aise. J'avais peur de faire un geste, de dire un mot, qui dévoileraient que j'en savais beaucoup trop.

– Je ne suis pas censé te dire tout ça, mais je pense qu'après ce qui s'est passé aujourd'hui tu as le droit d'être au courant.

Il resta silencieux quelques instants avant de reprendre, sur un autre ton :

– Demain, je me rends à la prison Nord.

– Pourquoi ?

Damian frotta son cuir chevelu énergiquement, comme s'il avait besoin de se réveiller.

– La veille du jour où tu as été agressée chez toi, on a arrêté un homme, Walter Hansen. Il a déclaré vendre des gélules capables de neutraliser les effets des EVEs et travailler pour le Prince. Au départ, on ne l'a pas pris au sérieux, la police a pensé que les gélules contenaient une drogue quelconque et les a mises sous séquestre. Mais j'ai réussi à faire aboutir ma demande : elles vont être analysées en urgence pour savoir ce qu'elles renferment vraiment. Si ça se trouve, ce Walter Hansen est un affabulateur, mais ça vaut le coup d'essayer, non ?

Un peu plus tard, je mis Eva au lit, tandis que Damian dormait sur le canapé de son bureau. Avant de retourner à mon rôle de vigile, je repensai à ce qu'il m'avait dit à propos de Walter Hansen. C'est moi qui avais traité l'urgence, quand l'homme avait poignardé sa victime. Est-ce que ce fait divers, qui ressemblait à tellement d'autres que j'avais traités, était lié d'une façon ou d'une autre à mon histoire ? Demain, Damian aurait peut-être les réponses, et j'espérais qu'il me ferait à nouveau assez confiance pour me confier le résultat de sa visite...

29

La prison Nord était un énorme bâtiment triste de béton gris, percé d'étroites fenêtres équipées d'épais barreaux et entouré d'une haute clôture électrifiée surmontée de rouleaux de barbelé coupant. Partout, des caméras de surveillance pistaient les moindres faits et gestes au sein de l'établissement et dans ses alentours. Damian n'avait pas l'habitude de rendre visite aux criminels qu'il avait aidé à arrêter. Son rôle cessait au moment où il remettait à la justice les personnes signalées par les EVEs. Mais cette fois, il était directement impliqué dans une affaire : il connaissait Eva, et il avait tiré sur un homme qui avait tenté de les tuer. Cela lui donnait assez de raisons pour s'en mêler un peu plus.

Ce matin, il avait laissé Eva se reposer. Il était allé jeter un œil dans sa chambre, pour la découvrir blottie sous les couvertures, dormant à poings fermés. Il l'avait appelée doucement pour savoir si elle voulait un petit déjeuner, mais elle n'avait pas bronché. Elle devait être épuisée par tous ces événements.

Après avoir franchi les innombrables contrôles de sécurité, il fut introduit dans le parloir où l'attendait Walter Hansen. L'AII avait prévenu le directeur de la prison qu'il voulait voir le détenu. Les deux hommes étaient séparés par une vitre épaisse. Un combiné téléphonique accroché de chaque côté de l'épaisse paroi de verre leur permettrait de communiquer en toute sécurité.

Walter était un individu petit et sec. Ses cheveux clairs étaient trop longs, peut-être pour masquer le fait qu'ils étaient clairsemés. Un tic nerveux agitait sa joue. C'était agaçant, et Damian se forçait à regarder le prisonnier dans les yeux.

La pièce où ils se trouvaient était aussi grise et nue que l'extérieur. Deux gardiens se tenaient immobiles devant la porte par laquelle Hansen était entré.

– Vous êtes qui, vous ? demanda d'emblée Walter, après avoir décroché son combiné.

Sa voix était trop aiguë, déplaisante, comme s'il était encore en train de muer à son âge.

– Je suis l'agent Damian Sandoval, l'AII qui vous a arrêté pour l'agression contre Frank Martel.

Le tic de Hansen s'étendit à sa paupière qui se mit à tressaillir désagréablement.

– Ah oui, ce gros lâche. Lui aussi mériterait d'être derrière les barreaux, vu ce qu'il projette de faire.

– On n'arrête pas les gens pour les crimes qu'ils n'ont pas encore commis, répondit calmement Damian.

– Vous me voulez quoi ? Vous m'avez chopé, vous devriez être content.

Damian secoua légèrement la tête.

– Je suis là à cause des gélules orange que vous possédiez quand on vous a arrêté. Dans le rapport, vous avez déclaré à la police que vous vouliez que Frank Martel soit arrêté aussi, car il projetait de commettre un crime. Vous deviez lui vendre ces gélules pour le masquer aux yeux des EVEs.

– Ouais, c'est ce que j'ai dit. Je pensais qu'aider à arrêter un futur meurtrier comme ce connard de Frank allégerait ma peine, mais ça n'a servi à rien. Et cet enfoiré est toujours en liberté.

Pour souligner son énervement, Walter frappa du poing la petite tablette qui se trouvait devant lui. Damian resta imperturbable.

– Je me fiche de Frank Martel. Je veux que vous me racontiez l'histoire de ces gélules.

Walter haussa les épaules.

– C'est de l'arnaque. J'en ai pris une, et je voulais montrer à Frank que ça marchait, c'est pour ça que je l'ai poignardé. Juste le bras, je ne suis pas un assassin, faut pas croire… Mais voilà, je me suis fait avoir et je suis en tôle, maintenant.

Une vague de déception envahit Damian. Il avait compté sur ces gélules, sur le témoignage de Walter Hansen pour trouver un début de réponse, et il se retrouvait dans une impasse.

– Qui vous les a données, le Prince ?

Walter secoua la tête avec force.

– Ouh là ! Non ! J'ai jamais rencontré en personne le Prince. C'est un de ses intermédiaires qui m'a filé la dose. Il m'a dit : « Ça va révolutionner le monde, on ne sera plus espionnés par les EVEs tout le temps. Attends la date convenue et, ensuite, tu auras un signal pour participer au grand plan. »

Damian redressa la tête.

– Quelle date ? Quel grand plan ?

Le prisonnier, de l'autre côté de la vitre, haussa les épaules.

– Je devais attendre quelques heures avant d'utiliser les gélules, mais je ne voyais pas pourquoi. Je veux dire, un médoc, c'est un médoc, non ? Ça marche quand on l'avale. Et puis j'avais un besoin urgent de pognon, donc je m'en foutais du grand plan. Je devais recevoir les infos plus tard, mais j'ai été arrêté, donc je sais rien de rien. Voilà, j'ai pas attendu la date et j'ai merdé. Comme d'habitude.

Walter se gratta la tête en affichant une grimace qui ne fit qu'accentuer son tic.

– Je suis pas quelqu'un de très futé, vous savez. C'est pour ça que je suis toujours dans des combines pas possibles, parce que j'ai jamais pu garder un travail plus de quelques semaines. Le Prince pensait que j'étais capable. Maintenant c'est sûr, il me refera jamais bosser pour lui.

Damian ne put s'empêcher de soupirer en entendant les paroles de Walter. Il devait reconnaître que le bougre avait raison : il était loin d'être malin, et ce n'était pas pour servir les intérêts de l'enquête.

– Walter, j'ai vraiment besoin que vous soyez plus précis. Est-ce que vous êtes certain de ne pas vous souvenir de la date à partir de laquelle vous aviez le feu vert pour utiliser les gélules ?

Le prisonnier réfléchit quelques instants.

– C'était quand, déjà, que j'ai planté Frank ?

– C'était le 14 septembre.

– Ah ouais... ben c'est ça. Mon contact, il m'a dit d'attendre le 15. J'suis con quand même. J'aurais dû l'écouter. À un jour près, j'aurais pu planter Frank sans risque, et il aurait acheté mes gélules à prix d'or. Je serais pas là à regarder les murs gris de la prison. Je serais dehors et riche. Tranquille, quoi.

Damian se pencha en avant. Il aurait aimé cogner la figure de Walter contre la vitre en verre qui les séparait, tellement le type l'agaçait.

– Et ce contact, c'est qui ?

– Un gars que je croise parfois. Je connais même pas son nom. Mais je sais qu'il fait partie de la bande au Prince.

– Et vous le retrouvez où ?

– Il traîne dans le quartier.

– Celui où vous vivez ?

Walter s'esclaffa.

– Ouais, celui où je crèche, quand je suis pas en tôle.

Damian avait l'esprit qui bouillonnait en sortant de la prison Nord. Pourquoi est-ce que les gélules ne devaient être utilisées qu'à partir du 15 septembre ? Que s'était-il passé le 15 septembre ?

La révélation fut comme un flash dans son esprit. Il était en train de rejoindre son véhicule, quand il se figea sur le trottoir, les yeux écarquillés, le cœur battant la chamade. Comment est-ce que les deux événements pouvaient être liés ? Il n'y avait pourtant aucun rapport entre les deux, non ?

Il fallait qu'il appelle le labo qui effectuait l'analyse des gélules, il fallait qu'il comprenne.

Pour l'instant, Damian avait l'impression de détenir plusieurs pièces d'un puzzle complexe, sans trouver comment les agencer pour former l'image finale...

30

J'avais suivi les premières minutes de l'entretien entre Damian et Walter Hansen à travers la puce de l'AII mais, sans le son, cela ne servait à rien. En plus, les tics du prisonnier étaient énervants. Au début, c'était drôle, mais cela devenait vite insupportable. Je me retirai donc de l'implant de Damian pour reprendre le suivi du flux d'informations de Citypolis, ces éclats de vie mouvants comme les images d'un kaléidoscope.

Silas était de retour, silencieux, concentré.

– ***Tout va bien aujourd'hui, Ève ?*** finit-il par me demander après un long moment.

– ***Oui, Silas, tout va bien.***

– ***Pas d'absence de ta part ?***

– ***Tu vois bien que non.***

Comme nous communiquions par écrit, je n'avais aucun moyen de deviner l'intention qu'il mettait derrière ses mots. J'avais réalisé combien les intonations de la parole pouvaient changer le sens d'une phrase, selon qu'on la disait sérieusement, en riant, ironiquement... Mais, malgré notre mode de communication silencieux, je devinais du non-dit dans la question de Silas. Cependant, je n'osais pas insister de peur de découvrir de quoi il s'agissait...

– ***Une enquête interne a été demandée,*** m'annonça Silas au bout d'un moment.

– ***Une enquête interne ? À quel sujet ?***

– ***En haut lieu, on pense que c'est d'ici que vient le problème que vous rencontrez toutes, les unes après les autres : l'impossibilité de voir certaines personnes.***

– ***Tu penses que c'est vrai ?***

– ***Non. Je ne crois pas. Mais on cherche des responsables pour se donner bonne conscience et on finira par en trouver, même si ce ne sont pas les bons.***

– ***Mais c'est un mensonge !***

– ***Depuis quand t'émeus-tu pour des gens, Ève ?***

Je ne sus pas quoi répondre. J'avais eu une réaction typiquement humaine, j'étais révoltée par l'injustice de la situation. Je n'étais pas programmée pour comprendre l'injustice, pour ressentir de l'indignation.

– Je ne sais pas, Silas. Crois-tu que ce soit grave que je m'inquiète pour les autres ? pour toi ?

Je vis le reflet de Silas se lever et s'approcher de la vitre sombre derrière laquelle je me trouvais. Enfin, ce que j'étais en tant qu'Ève. Une machine.

J'espérais qu'il viendrait assez près pour que je puisse me voir, découvrir enfin mon apparence, mais il ne le fit pas.

Son visage était tendu, ses sourcils froncés, son regard dur. Puis il revint à sa place et tapa sa réponse :

– Il n'y a rien de grave à cela, Ève. Mais ce n'est pas prévu dans tes fonctions.

– Je sais.

– Alors ?

– Alors tu vas me reprogrammer ?

Il ne me répondit pas et s'absorba dans son travail. Silas ne pourrait pas garder le secret de mon changement très longtemps. Surtout, en cas d'enquête, il serait obligé d'être parfaitement honnête et transparent s'il voulait garder son poste. D'un seul coup, j'eus peur. Peur de ne plus exister, de me dissoudre quand on m'éteindrait ou qu'on me reprogrammerait. Était-ce cela qu'avait ressenti Eva, avant que sa conscience ne s'éteigne ? Était-ce comme une machine que l'on débranche ? Avait-elle été terrorisée de se sentir partir ?

J'étais sûre que oui. Pendant un bref instant, avant que tout ne disparaisse, elle avait dû comprendre que c'était fini. Mon angoisse me poussa à retourner dans le corps endormi d'Eva, afin de m'éloigner de la menace qui planait dans le bureau de Silas.

J'ouvris les yeux sur la chambre de Damian. Un soleil doré se déversait par la large fenêtre et dessinait des points de lumière sur les murs clairs. J'attrapai mon téléphone pour voir quelle heure il était : déjà dix heures du matin. J'avais dormi un bon moment. Une pastille rouge sur une icône m'indiquait que j'avais reçu plusieurs appels auxquels je n'avais pas répondu. Tous étaient d'Yvo. J'écoutai ses messages :

Allô, Eva ? J'ai appris qu'il s'était passé quelque chose chez toi, encore une fois, mais on n'a pas voulu me donner des détails. C'est madame Perkins qui m'a dit qu'un homme avait été abattu à ton étage. Je suis allé chez toi, mais tu ne réponds pas. Où es-tu ? Est-ce que tu vas bien ? Rappelle-moi vite, je suis mort d'inquiétude.

Eva, c'est encore moi, Yvo. Pourquoi tu ne décroches pas, que se passe-t-il ? Où es-tu, bon sang ? Tu ne peux pas me laisser sans nouvelles ! Rappelle-moi le plus vite possible. Je t'embrasse.

En écoutant le troisième et dernier message, j'eus du mal à reconnaître sa voix. Elle avait changé. De vibrante d'inquiétude, elle était devenue plus basse, menaçante, et j'en ressentis un profond malaise.

Eva, c'est encore moi. Que se passe-t-il ? J'ai bien vu comment tu me regardais, j'ai senti ton changement d'attitude envers moi, depuis que tu es sortie du coma. J'aimerais que tu m'expliques ce qu'il t'arrive. Je vais te retrouver, Eva, là où tu te caches. Je ferai ce qu'il faudra, mais je te retrouverai. Si tu es avec un autre homme, j'ai besoin de le savoir.

Je reposai mon téléphone en tremblant. Yvo était-il jaloux ? Oui, probablement, vu sa dernière phrase. Je me sentais mal de le faire souffrir. Il était amoureux de moi. D'Eva, plutôt. Ils étaient heureux avant l'agression. Et il était soulagé que sa petite amie ait survécu, sauf qu'elle était morte. Depuis tout ce temps, je lui mentais, je le berçais d'illusions. Et moi, Ève, je n'étais pas amoureuse de lui. Alors que j'aurais dû sentir mon cœur battre plus vite à son contact, que j'aurais dû apprécier ses attentions, ses caresses, je ne voulais qu'une chose, être loin de lui.

À ce moment, Damian entra dans son appartement. Il passa la tête dans l'entrebâillement de la porte de sa chambre et me vit assise sur le lit.

– Ça va, Eva ? Tu as bien dormi ?

Il dut lire quelque chose sur mon visage parce qu'il fit quelques pas dans la pièce.

– Non, visiblement, ça ne va pas.

– C'est Yvo, il me cherche, il est inquiet pour moi. Il m'a laissé des messages paniqués. Je dois le rappeler, non ?

Damian vint s'asseoir près de moi.

– Honnêtement, Eva, je préférerais que tu ne le fasses pas. Personne ne doit savoir où tu es en ce moment. Surtout depuis que j'ai découvert un nouvel élément.

– Lequel ?

Ma voix tremblait, et je me rendis compte que ma peau était hérissée de chair de poule. Damian le vit aussi et passa une main chaude sur mon bras, faisant des allers et retours pour m'apaiser. À nouveau, je ne pus que constater la vérité : sa présence accélérait les battements de mon cœur. Quand il me touchait, des palpitations naissaient dans mon ventre. J'avais envie de le toucher moi aussi, de me blottir contre lui. Damian. Pas Yvo.

– Eva, ton agression a eu lieu dans la nuit du 14 au 15 septembre, non ?

Je hochai la tête. Je n'avais pas besoin de fouiller dans les informations que j'avais stockées concernant Eva pour connaître cette date. Elle avait changé trop de choses dans mon existence pour cela.

– Que s'est-il passé dans la journée du 14 ?

– Pardon ? Je ne comprends pas...

Damian se rapprocha encore et cadenassa son regard au mien. Il était sérieux. Très sérieux.

– Je me suis mal exprimé, murmura-t-il. Que s'est-il passé dans TA journée du 14 septembre ?

Je repassai rapidement, dans ma tête, les dernières images que j'avais téléchargées de la puce d'Eva. Les dernières de sa vie.

– Je... je suis allée au travail. C'était ma dernière journée de stage...

Damian m'encouragea à continuer d'un sourire rassurant. J'avais du mal à dire « je », alors que cette partie de la vie d'Eva lui appartenait.

– Je suis rentrée, et j'ai fêté ça avec Yvo, parce que... ma cheffe m'a dit qu'elle voulait que je travaille pour elle dès qu'un poste se libérerait.

Évidemment, je n'avais rien entendu de tout cela, je l'avais compris après l'appel de Lola Shiffrin, en recoupant les images que j'avais des derniers moments d'Eva et les informations que m'avait données Yvo à mon réveil...

– Et quel genre de travail faisais-tu ?

J'étais incapable de répondre exactement à cette question. Je ne connaissais rien au boulot d'Eva, à son poste, à ses responsabilités.

– Je travaillais sur l'Intelligence Artificielle.

– Mais plus précisément... ?

Les questions de Damian me mettaient de plus en plus mal à l'aise. Il allait finir par comprendre que je n'étais pas Eva, que je ne savais rien de sa vie. Que j'étais une intruse, une voleuse de vie...

– Je... je ne me souviens plus, avouai-je piteusement.

C'était ma meilleure excuse, celle derrière laquelle je me cachais à chaque fois. Jusqu'à quand fonctionnerait-elle ?

– Plus du tout ?

Je secouai la tête.

– C'est flou... Je me revois derrière des écrans, je fais de la programmation, mais je ne sais plus pourquoi. Tout est emmêlé... D'ailleurs, je ne sais pas du tout comment je vais pouvoir reprendre mon travail...

Damian soupira et arrêta de caresser mon bras. Son contact me manqua aussitôt.

– Ce n'est pas grave. Je vais me renseigner. Je vais rappeler ta cheffe, Lola Shiffrin.

Je réalisai qu'il fallait que je comprenne pourquoi tout cela était tellement important.

– Que s'est-il passé, ce jour-là, à ton avis ?

– Je ne sais pas, mais Walter Hansen, le dealer que j'ai interrogé, ne devait utiliser ses gélules qu'à partir du 15 septembre. Avant cela, elles ne faisaient pas effet. Or le 15, c'est la date de ton agression. J'ai du mal à imaginer que c'est dû au hasard.

– Je ne vois pourtant pas le lien entre mon agression et des gélules distribuées par un dealer.

– Moi non plus. Pas encore, en tout cas, mais j'espère bien le découvrir. Si c'est une simple coïncidence, je me dirai que la vie sait faire de belles farces.

Il me sourit et quitta la chambre.

– Je dois retourner à l'agence, fais comme chez toi, mets-toi à l'aise. Tu peux regarder la télé, prendre des livres. Mais s'il te plaît, n'appelle pas Yvo et ne rentre en contact avec personne, d'accord ?

– Entendu.

31

Une fois seule, j'allai prendre une douche et enfilai des vêtements propres. Je fis un peu de rangement dans la chambre de Damian, pour ne pas laisser le lit en pagaille, et je m'allongeai sur le canapé avant de retourner vivre mon autre vie. Il me fallait être prudente. Silas se doutait de quelque chose, et mes absences devaient être les plus brèves possible. J'avais déjà trop tardé.

Mais quand je réintégrai mes circuits, tout semblait normal. Silas ne m'avait envoyé aucun message et il était toujours plongé dans ce qu'il faisait quand je l'avais quitté un peu plus tôt.

La journée se déroula sans anicroche au départ. Il y eut deux alertes que je réglai sans problème. Mais les choses se compliquèrent quand une troisième se déclencha, où il fut à nouveau question d'un agresseur invisible.

Quelqu'un qui avait tenté de s'introduire dans le bâtiment où se trouvaient toutes les EVEs, dont moi, et aussi Silas, ainsi que tous les superviseurs. Les agents de sécurité, ayant trouvé son allure suspecte, lui avaient demandé d'ouvrir son sac : il contenait une bombe artisanale. Mais quand les EVEs regardaient à travers les yeux des vigiles, il n'apparaissait pas. C'était comme s'ils s'agitaient dans le vide.

L'homme avait été identifié : Karl Ellis, trente-neuf ans. Veuf. Au chômage. Il était fiché en tant que membre actif du mouvement anti-EVEs. Il avait écrit plusieurs articles sur divers blogs à propos de la liberté, de la surveillance, tentant de réveiller les consciences et de pousser les gens à rejeter le système mis en place.

Les cas d'« hommes invisibles », comme on les appelait, devenaient trop fréquents. On parvenait encore à étouffer cette affaire, rien n'avait filtré dans la presse. Mais pour combien de temps ? Si ces délits se multipliaient encore, cela allait vite se savoir que les EVEs étaient incapables d'arrêter les fauteurs de troubles. Et la rumeur allait forcément prendre des proportions énormes sur les réseaux sociaux. Que se passerait-il alors pour nous, les machines ?

Je n'en avais aucune idée. Et, franchement, je n'avais pas envie d'y penser. La peur d'être débranchée me hantait suffisamment comme ça.

Quand Silas eut fini sa journée et fut remplacé par Kali, je me permis de retourner dans le corps d'Eva.

Je me réveillai sur le canapé, là où je m'étais endormie, juste avant que Damian ne rentre de sa journée. Ainsi il ne remarqua pas qu'Eva avait dormi pendant tout ce temps, poupée de chiffon privée de la plus grande partie de sa conscience, alors que je travaillais. Il était chargé de sacs en papier, contenant des plats d'un traiteur chinois.

– Tu aimes ça, j'espère ?

Je me rappelai que le dernier dîner d'Eva, sur les images téléchargées de sa soirée avant l'agression, montrait des symboles chinois sur les cartons qu'Yvo avait rapportés pour leur festin.

– J'adore ça, répondis-je avec assurance, en espérant que ce serait le cas.

– Ta journée s'est bien passée ? me demanda Damian.

– Très calme, c'est surtout à toi qu'il faut poser la question.

– La routine. Deux affaires à gérer, rien de bien grave, mais on a évité un vol à main armée dans une épicerie et empêché une femme de tuer son mari. C'est déjà ça.

Ce n'était pas moi qui avais signalé ces deux affaires, aujourd'hui, alors je pris plaisir à demander des détails à Damian. Il me répondit volontiers. Il semblait content d'avoir de la compagnie à la fin de sa journée.

Je découvris que j'adorais la nourriture chinoise et je me resservis plusieurs fois. Je ne me nourrissais pas assez, laissant le corps d'Eva dormir pendant des heures, et elle était affamée quand je venais la réveiller.

Damian fut impressionné par mon appétit :

– Ça fait plaisir de te voir manger comme ça ! Tu vas reprendre des couleurs. Tu es trop pâle.

Il tendit les baguettes qu'il avait en main vers moi et me taquina.

– J'aime les filles qui ont de l'appétit.

– Alors tu vas être servi avec moi ! répondis-je.

Je m'interrompis, me rendant compte de ce que j'avais dit, et je me sentis rougir.

– Ne te sens pas gênée avec moi, Eva ! Tout va bien. Je suis heureux de partager un peu de temps avec toi. Tu es une personne... étonnante. Mystérieuse.

– Ah bon !

– Oui. Tu ne réagis jamais comme je m'y attendais. Tu sembles souvent effrayée, mais courageuse à la fois. Tu as eu une vie compliquée, et pourtant tu as su garder une part de naïveté que je trouve touchante.

Je me contentai de lui répondre avec un sourire que j'espérais un peu moqueur, pour rester dans l'ambiance légère.

Il me fit une moue amusée et piqua des nouilles dans mon carton.

– Hé, c'est à moi !

Avec mes baguettes, je tentai de récupérer mon bien. Il se défendit avec les siennes et nous nous retrouvâmes à nous battre, comme si nous étions armés d'épées. Je me mis à rire à gorge déployée. Je n'avais encore jamais ri comme ça et il me semblait que je ne pourrais jamais m'arrêter. Damian se joignit à mon hilarité. Comme c'était bon ! J'avais l'impression que toutes mes peurs, toutes mes angoisses s'évaporaient, me laissant légère et joyeuse.

Finalement, Damian parvint à avaler les nouilles qu'il m'avait volées, en représailles je tentai de lui voler du poulet au citron, et ce fut le signal d'une nouvelle bataille de baguettes. À force de rire, je n'avais plus de souffle et je dus respirer longuement pour me calmer.

– Ça me fait plaisir de te voir manger et rire. Tu as les joues rouges, les yeux brillants. Tu as l'air bien. Mieux.

– Je suis bien... C'est grâce à toi, merci.

– Ne me remercie pas.

Il était redevenu sérieux, intense, comme il savait l'être.

Mon cœur se mit à battre frénétiquement quand je le vis se pencher vers moi. Encore, encore. Je pouvais distinguer chaque cheveu collé contre son front, quelques éclats dorés, minuscules flocons de lumière dans le gris de ses yeux. Ses lèvres se posèrent sur les miennes, doucement, légèrement. J'oubliai comment respirer. La pression de sa bouche se fit plus forte, plus insistante. Je me laissai guider, incapable de savoir quoi faire. Je sentis sa langue glisser contre la mienne, ses mains papillonner sur ma peau. Je me sentis, à cet instant précis, vivante. Intensément vivante. Chaque terminaison nerveuse de mon corps vibrait à l'unisson.

Je me perdis dans ce baiser, je me noyai sous l'effet des caresses de Damian. Je ne voulais plus jamais retourner dans mon monde stérile, je ne voulais plus jamais me priver de ces sensations. C'était impossible !

Quand Damian s'écarta de moi, il souriait timidement.

– Ça va ? souffla-t-il.

J'acquiesçai, incapable de dire un mot. C'est lui qui parut gêné.

– Je... j'ai oublié que tu avais un petit ami. Je suis désolé.

– Non !

Ma réponse avait fusé presque malgré moi.

– Non. Avec Yvo, je te l'ai dit, ce n'est plus pareil. Je n'ai plus... Embrasse-moi encore.

Il s'exécuta sans hésiter. À nouveau la vie coula dans mes veines, et je compris enfin pourquoi les humains aimaient... s'aimer. Je voulais être humaine, je voulais aimer et être aimée en retour. Mon monde sec, silencieux, sans émotions me fit horreur. Je le chassai de mon esprit, oubliai que j'étais une EVE et me fondis à corps perdu dans les sensations que Damian faisait naître en moi...

32

Damian s'était endormi tout près de moi. Son dos, sombre sur les draps blancs, était ferme, musculeux, et je passai une main légère sur sa peau douce, si douce.

J'étais bien, j'avais chaud, je n'étais plus seule. Je soupirai d'aise, admirant les épaules de l'homme si proche, l'arrière de sa tête, sa nuque, le creux dans le bas de son dos, la couverture masquant pudiquement le reste de sa nudité.

Soudain, ma vision fut parasitée par une pulsation rouge et régulière. Une alerte ! Malgré moi, j'abandonnai le corps tiède d'Eva pour me retrouver dans mon monde terriblement froid. Autrefois, il m'était familier, normal, rassurant. J'étais à l'abri de tout : des émotions, du mal, de la violence. Et voilà qu'à présent il me faisait horreur. Ici, j'étais coupée du monde, de l'essence même de l'humanité. Je n'étais qu'une machine exécutant des ordres.

Et c'est ce que je fis. Une bagarre générale faisait rage dans un bar de la ville. Il y avait des blessés par coups de couteaux ou de tessons de bouteilles. Prévenir les AII me prit un bref instant. Je leur recommandai de venir nombreux. J'assistai à travers la puce d'un agent à l'arrestation du groupe d'ivrognes violents, et passai en revue le reste du flux d'informations. Jamais je n'avais trouvé qu'être témoin de ces scènes de la vie pouvait être douloureux. Mais je réalisais maintenant que tous ces gens dont je captais des éclats de vie existaient vraiment. Et que je voulais être comme eux. Je voulais retourner près de Damian, poser mes lèvres dans le creux de sa nuque, sentir ses mains parcourir ma peau, admirer ses yeux gris me sourire, m'aimer.

Mais je me retins. C'était le milieu de la nuit. Il était normal qu'Eva dorme un peu, et il était important que je fasse acte de présence, sinon Silas risquait de me rebooter. Je n'avais aucune envie de savoir quelles en seraient les conséquences. Il me fallait être prudente.

Le reste de la nuit se passa relativement bien. Je gérai deux alertes mineures. Puis j'envoyai un groupe d'AII sur les lieux d'un incendie criminel. Les pompiers étaient au travail, mais j'avais été incapable, une fois de plus, de trouver l'identité du pyromane. J'eus beau faire toutes les vérifications possibles, je pouvais ajouter ce crime à la liste trop longue des affaires irrésolues. Cela m'agaçait et m'inquiétait à la fois, mais je n'avais aucune solution pour arrêter cette épidémie. Seules nos recherches, à Damian et à moi, permettraient peut-être de trouver une explication, mais pour l'instant nous étions tous impuissants.

Quand le calme revint sur les heures sombres, je me permis de retourner voir ce qu'il se passait dans la chambre de Damian. Il dormait toujours. Il s'était tourné et, à présent, je pouvais voir son visage, dont les traits, adoucis par la nuit, me parurent magnifiques.

Je me doutais que mes réactions, face à la situation, étaient exagérées. Mais je m'en fichais complètement. J'étais amoureuse et surtout je comprenais ce que ça signifiait de l'être. À travers ce prisme nouveau, Damian me semblait être l'homme le plus parfait de la Terre. D'une main tremblante, je caressai sa joue. Sa barbe bien taillée était un peu piquante, mais sa peau, juste au-dessus, était douce. Il soupira et ouvrit les yeux. Il me sourit quand il me vit.

– Tu ne dors pas ?

– Je vais me rendormir, ne t'en fais pas. Je veux juste graver dans ma mémoire cet instant. Pour toujours.

Il déposa un baiser sur mon front.

– Bonne nuit…

– Bonne nuit…

Et il se rendormit. Quant à moi, je fis ce que j'avais dit : je m'emplis de tous les détails de ce moment : la lumière qui filtrait à travers les volets et éclairait doucement sa silhouette. Le parfum des draps propres et de son corps, qui m'enveloppait. Le silence de la nuit. Moi, allongée, respirant, ressentant, écoutant mon cœur battre.

Puis je fermai les yeux et redevins Ève pour le reste de la nuit.

Quand Silas revint au matin, il vérifia le déroulement des événements de la nuit, puis il repartit pour une réunion. Grâce à cela, je pus prendre le petit déjeuner avec Damian, avant qu'il ne retourne à l'agence… Et moi, à ma journée de travail.

Je savais déjà que les choses ne pourraient pas durer comme ça éternellement. Un jour, Silas comprendrait. Ou Damian, et tout serait terminé. Il fallait que je prenne une décision. Que je trouve une solution… Mais laquelle ?

33

Silas relut le rapport qu'il avait tapé la veille. Un rapport sur « sa » EVE. Dedans, il notifiait tous les changements survenus depuis quelque temps : ses absences, ses retards dans ses réactions, ses réponses inadéquates par rapport à sa programmation. Il corrigea une faute de frappe puis enregistra son texte, avant de le ranger dans un fichier protégé par un mot de passe. Dans l'immédiat, il ne voulait pas qu'on puisse le lire. S'il s'avérait un jour qu'il n'avait plus le choix, ce document daté serait la preuve qu'il avait remarqué le problème. On ne pourrait pas lui reprocher d'avoir manqué de vigilance.

Mais, pour l'instant, cet exposé resterait confidentiel. Il appuya son pouce et son index contre ses globes oculaires, comme pour chasser la fatigue qui pesait sur ses yeux. Il avait pensé toute la nuit à ce rapport. Devait-il le transmettre à ses supérieurs ou pas ? Il avait fini par décider que non. Surtout après avoir reçu le communiqué envoyé par sa hiérarchie et qu'il avait lu et relu plusieurs fois.

Silas se leva et pensa à ce qui se trouvait derrière la vitre fumée. Sa EVE. Celle dont il était responsable. Il s'était toujours douté qu'une telle situation finirait par arriver, et il l'avait redouté aussi. Et voilà qu'après toutes ces années il était confronté au problème : toute Intelligence Artificielle était susceptible d'évoluer. Après s'être étiré en gémissant, il s'assit devant la console qui lui servait à communiquer avec Ève. Il n'avait rien de spécial à lui dire, mais il relut leurs dernières conversations. Les changements dans leurs échanges étaient subtils, toutefois il travaillait avec elle depuis trop longtemps pour ne pas les avoir remarqués. Les mots qu'elle utilisait, qui traduisaient une émotion, ou de l'inquiétude. Cela n'aurait pas dû arriver. C'était impossible. En principe. Il se demandait si, avec les autres EVEs, cette évolution se produisait. En tout cas, c'était en train de se produire avec la « sienne »... Il soupira.

Il finit par taper, se forçant à ignorer ses pensées maussades :

– Je vois que la nuit a été agitée, Ève.

– Il y a eu une grosse bagarre dans un bar. Une quinzaine d'hommes ont été arrêtés.

– Ça a dû occuper les AII.

– Il a fallu deux escouades pour calmer le jeu.

Silas fit une petite grimace. Autrefois, jamais Ève n'aurait utilisé cette expression.

– Et tout va bien pour toi ? osa-t-il demander.

– Je ne comprends pas ta question.

Cette réponse le rassura un peu. Elle était normale, machinale. Il reformula sa demande :

– Tu te sens bien ?

– Je ne sens rien, mais je suppose que ça signifie que tout va bien.

– On peut dire ça.

Il resta immobile quelques instants, les doigts suspendus au-dessus du clavier. Il repensait au message diffusé en interne. Les mots tournaient dans sa tête. Il n'était pas supposé partager cette information avec Ève, mais tant pis. Son instinct lui criait de le faire.

– L'accroissement des cas d'hommes invisibles nous inquiète de plus en plus. On a décidé d'agir : on va toutes vous éteindre durant quelques heures pour faire des vérifications liées à ce problème.

– C'est-à-dire ?

– C'est-à-dire qu'on va toutes vous arrêter, faire une révision totale de votre système avant de vous faire redémarrer.

– NON !

La réponse avait jailli sur son écran, comme un cri de désespoir.

– Ce n'est rien, Ève, on t'a déjà rebootée plusieurs fois, c'est une manœuvre classique.

– Mais pourquoi ?

Silas ferma les yeux. La réaction d'Ève ne faisait que confirmer ce qu'il craignait.

– Je te l'ai dit, on soupçonne un sabotage en interne. On va vérifier tous vos circuits, les étapes de votre programmation, un par un. Pour cela, il faut vous désactiver durant quelques heures. Ce n'est rien. On va le faire progressivement pour que vous soyez toujours une dizaine à assurer la surveillance.

– Tu crois qu'on va découvrir un bug dans nos circuits ?

– Je n'en sais rien, mais il faut bien commencer quelque part. On va d'abord s'assurer que le problème ne vient pas de vous avant de fouiller un peu plus loin.

– Je refuse, Silas, je refuse d'être rebootée. Je t'en prie, ne les laisse pas faire.

Silas resta un moment à se demander quoi lui dire. Elle n'était pas supposée réagir de la sorte. Refuser, supplier... Elle était une machine, une EVE, et ne pouvait pas éprouver de tels... sentiments, ne pouvait pas avoir un avis sur un sujet pareil. Sur aucun sujet, d'ailleurs. Il soupira longuement.

– Ève, que se passe-t-il ? Tu peux me le dire. Tu sais que je suis... ton ami.

Il avait hésité avant de taper ce mot. Pouvait-il être l'ami d'une EVE ?

– Alors, si tu l'es vraiment, ne m'éteins pas.

– Ce n'est pas de mon ressort. Je n'aurais jamais dû t'en parler.

– Au contraire, tu as bien fait.

– Il faut que tu m'expliques ce qui se passe. C'est important, Ève. Je vois bien, depuis quelques jours, que tu es différente. J'aurais dû le signaler à mes supérieurs dès que je l'ai remarqué, mais je ne l'ai pas fait. Je pourrais me faire renvoyer pour cela.

– Laisse-moi une journée. Une journée, et je t'explique toute la situation, d'accord ?

– D'accord. Je dois y aller, j'ai une autre réunion. Une journée, Ève. Pas plus. Après, je serai obligé de t'éteindre comme les autres, le temps de faire la révision.

– Merci.

Quand Silas quitta l'interface de dialogue, il eut l'impression d'avoir communiqué avec un être humain, pas avec une Intelligence Artificielle. Et cela l'inquiéta encore plus. Il sortit de son bureau le cœur lourd, parce qu'il savait qu'il ne pourrait pas empêcher le redémarrage d'Ève. Et il avait l'impression qu'en laissant faire il allait tuer quelqu'un.

34

Je réintégrai le corps d'Eva, au bord du malaise. Ils allaient le faire. Ils allaient m'éteindre, fouiller dans mes circuits et me faire redémarrer. Je ne voulais pas que cela arrive ! Je ne voulais pas prendre le risque de perdre la nouvelle vie que j'avais découverte ces derniers jours. Mais je n'avais pas le choix. Même en quittant la ville, je serais toujours reliée à mon *alter ego* informatique. Et quand on l'éteindrait, le corps d'Eva s'effondrerait. Jusqu'ici, je n'avais pensé qu'à moi, à ma capacité à être Ève et Eva à la fois. Mais je réalisai d'un seul coup avec horreur qu'il y avait un autre risque, plus certain encore que le fait de perdre ma faculté de migrer : une fois éteinte, je n'aurais pas la possibilité de laisser assez de moi dans le corps d'Eva pour faire battre son cœur, pour la faire respirer... Même si je me réveillais identique à celle que j'étais avant le reboot, je n'aurais plus mon enveloppe charnelle pour continuer à vivre ma vie humaine. Si j'étais débranchée, Eva mourrait définitivement.

Je me levai, m'habillai à toute allure. Je jetai un coup d'œil à mon téléphone. Yvo avait tenté de m'appeler encore plusieurs fois. Une sueur froide me parcourut quand je lus le seul texto qu'il m'avait envoyé :

Je sais où tu es, j'arrive.

Aussitôt, les doigts tremblants, j'appelai Damian.

– *Eva ? Tout va bien ?*

– C'est Yvo, il m'a écrit pour me dire qu'il savait où j'étais. Il arrive. Qu'est-ce que je dois faire ? Comment m'a-t-il retrouvée ?

– *As-tu laissé la géolocalisation de ton téléphone activée ?*

– Je ne sais pas... C'est Yvo qui me l'a offert. J'avoue que je n'ai pas fait attention aux réglages.

Damian jura :

– *Alors, oui, il sait où tu es. Quitte immédiatement mon appartement, va quelque part où il ne pourra pas te trouver. Et désactive la géolocalisation avant de partir, surtout.*

– Peut-être qu'il est juste inquiet, non ?

– *Je ne sais pas, Eva. Mais je vois bien que tu as peur.*

– Oui, j'ai peur, et je ne sais même pas pourquoi.

– Alors, écoute ton instinct.

Je raccrochai et tripotai mon appareil, en tentant de comprendre comment on faisait pour ne plus être repérable par les satellites qui tournaient loin au-dessus de ma tête. Je trouvai finalement le bon réglage, jetai mon téléphone dans mon sac, enfilai mes chaussures, une veste, et sortis de chez Damian. J'appelai l'ascenseur. Comme il mettait trop de temps à monter, je me précipitai dans la cage d'escalier et dévalai les étages à toute allure.

Arrivée en bas, je poussai la porte de l'immeuble et percutai quelqu'un de plein fouet.

– Tiens, tiens, tu m'as l'air bien pressée…

– Yvo…

Il était là, devant moi, et son visage avait changé. Ses traits étaient devenus durs, son regard bleu glacier tranchant comme le froid.

– Où allais-tu comme ça ?

– Je… faire quelques courses.

Il attrapa mon poignet et me tira derrière lui, dans la rue. Il faisait frais, et le ciel était couvert. Des feuilles jaunes tourbillonnaient dans le vent.

– Qu'est-ce que tu fais là ? Tu es chez lui, n'est-ce pas ?

Je n'avais jamais expérimenté le sentiment de terreur jusqu'ici, mais là j'étais complètement affolée. Où était passé le petit ami chaleureux, amoureux, attentif ? Mon cœur battait trop vite, j'avais la sensation d'étouffer. Mes entrailles étaient saisies de spasmes douloureux.

– Chez qui ? bredouillai-je.

– L'agent, l'AII. Je sais que tu es allée le voir à ta sortie de l'hôpital. Tu voulais savoir qui t'avait agressée.

– C'est normal, non ? Je ne peux pas laisser la personne qui m'a fait ça en liberté !

C'était Ève qui avait parlé, là. Mon rôle de gardien, ma responsabilité d'arrêter les criminels, devoir auquel j'avais failli concernant Eva.

– Et pourquoi tu es chez lui ? Tu couches avec lui, c'est ça !

J'eus alors la confirmation qu'Yvo était jaloux. Encore une émotion que je découvrais malgré moi. J'en fus presque soulagée. C'était ça, juste ça ! Et il était en droit de l'être. J'avais embrassé Damian, j'avais fait l'amour avec lui, alors que j'étais supposée être en couple avec Yvo.

– Il m'a fait venir chez lui pour me protéger, après qu'un homme a tenté de me tuer devant la porte de mon appartement. Tu sais que c'est arrivé, tu en as parlé dans ton message, expliquai-je d'une voix chevrotante.

– Pourquoi tu ne m'as rien dit ?

Il continuait à me traîner, et je trébuchai maladroitement sur le trottoir. Il me retint juste avant que je ne tombe de tout mon long.

– C'est l'agent Sandoval qui m'a demandé de garder le secret. Il était inquiet pour moi.

Cette fois, Yvo s'arrêta et se tourna vers moi. Je le percutai à nouveau. J'avais oublié combien il me mettait mal à l'aise.

– Pourquoi tu m'évites, Eva ? Depuis que tu es sortie de l'hôpital, tu as changé, tu ne me regardes plus de la même façon, tu ne m'appelles pas, tu n'as aucun geste tendre.

– Je ne sais pas, Yvo. Vraiment pas...

Il me scruta avec attention, les yeux plissés.

– Je ne te crois pas.

– Quoi ? Comment ça ?

Il ne pouvait pas avoir deviné que j'étais une EVE dans le corps de son amie !

– Tu sais quelque chose. Tu te souviens de quelque chose.

J'étais complètement perdue. La conversation prenait une tournure qui m'échappait.

– Je ne comprends pas.

– Oh, si ! Je pense au contraire que tu as très bien compris, et c'est ce qui explique ton attitude.

Il resserra sa prise autour de mon poignet. Je tentai de me dégager, mais il était beaucoup plus fort que moi.

– Lâche-moi ! criai-je.

Quelques personnes alentour tournèrent la tête vers nous mais n'eurent aucune réaction. Pour elles, on était un couple en pleine scène de ménage. Rien de grave...

– Oh, non, je ne vais pas te lâcher ni te laisser partir. Tu en sais beaucoup trop. C'est bien dommage, Eva. J'étais pourtant content que tu t'en sois sortie.

Il ouvrit la portière de sa voiture garée dans la rue et me jeta dedans sans ménagement, avant de monter à son tour. Je tentai de m'échapper, mais il avait tout verrouillé. J'étais sa prisonnière. Brièvement, je me demandai si une EVE allait remarquer ma panique, puis le démarrage sec chassa cette pensée.

– Inutile de t'énerver, je ne vais pas te laisser t'en tirer.

Mon téléphone était dans mon sac et je savais que si je tentais de le saisir, il le verrait et me le confisquerait. Je devais attendre le bon moment.

Nous quittâmes le centre-ville pour arriver dans un faubourg en construction, un futur quartier d'affaires, une forêt artificielle d'acier et de verre dressée contre un ciel de plus en plus menaçant. Je vis un tube d'Hyperloop déjà achevé dans cette partie encore déserte de la ville.

Yvo se gara devant l'un des nouveaux buildings, terminé mais vide. Je notai l'adresse par réflexe. Il me tira hors de la voiture, m'obligea à le suivre dans le bâtiment, puis dans l'ascenseur. J'aperçus un vigile du coin de l'œil. Il nous remarqua mais n'eut aucune réaction, comme si notre visite était parfaitement normale. Au lieu de monter, Yvo nous fit descendre dans les sous-sols. En bas, c'était un labyrinthe de couloirs et de caves, toutes fermées par des cadenas. L'ensemble était encore propre et neuf, ça sentait la peinture et le béton frais. Enfin, nous nous arrêtâmes devant un box ouvert dans lequel Yvo me jeta brutalement. Je tombai à genoux sur le sol gris, nu et froid.

– Yvo !

– Tais-toi, Eva. Je ne voulais pas te faire de mal. Je n'ai jamais voulu te faire de mal. Les choses auraient dû se passer autrement, cette nuit-là. Je voulais juste récupérer ton téléphone, rien de plus. Pourquoi t'en es-tu mêlée ? Tu n'aurais pas dû tenter de l'arrêter. Quand mon homme t'a poussée, tu es tombée sur le coin de la table basse. Il n'était pas supposé s'en prendre à toi. Il était au téléphone avec moi, pour que je le guide dans ton appartement, tu as forcément entendu un bout de notre échange. Tu sais que je suis derrière tout ça.

Je ressentis comme un coup au plexus solaire. C'était lui qui avait organisé mon agression ? C'était Yvo ? Je ne pus retenir les sanglots qui s'étranglaient dans ma gorge.

– Je ne comprends rien à ce que tu racontes, Yvo.

– Arrête de jouer la comédie, Eva. Je sais que tu as changé d'attitude envers moi parce que tu te souviens de ce qu'il s'est passé la nuit de ton accident.

– Je ne me souviens de rien, de rien du tout, tu te trompes.

Le doute apparut sur son visage, et il eut l'air inquiet.

– Peu importe, maintenant. Je ne peux plus te laisser sortir et raconter tout ça à ton amant AII. Surtout aujourd'hui. C'est le grand jour. Je vais devoir envoyer quelqu'un régler ça une bonne fois pour toutes. Je ne peux pas le faire moi-même. Je ne peux pas.

Une grimace tordit ses traits alors qu'il se penchait sur moi. Il attrapa mon menton pour relever mon visage vers le sien.

– Je t'aimais vraiment, Eva, tu le sais, ça ? Je t'aime encore, d'ailleurs. Au départ, je voulais juste t'utiliser, mais j'ai succombé à ta beauté, à ta joie de vivre. Mais ce n'est plus possible maintenant, par ta faute. Quelqu'un va venir s'occuper de toi, car moi, je ne peux pas te faire du mal. Ce sera vite fait. Tu ne souffriras pas. C'est dommage... On faisait un beau couple.

Il colla ses lèvres aux miennes, les força pour introduire sa langue. Je le repoussai de toutes mes forces, dégoûtée par ce contact qu'il m'imposait. Il n'insista pas, me contempla encore quelques secondes, passa le dos de ses doigts sur ma joue et quitta le box dans lequel il m'avait jetée, avant de le fermer derrière lui. J'entendis un bruit de clef, et il s'éloigna, le son de ses pas diminua, puis plus rien. Un mince filet de lumière filtrait sous la porte.

Je m'essuyai la bouche du revers de la manche pour enlever le goût des lèvres d'Yvo, qui me donnait envie de vomir, puis, les mains tremblantes, je sortis mon téléphone de mon sac. Étonnamment, mon ravisseur ne me l'avait pas confisqué. C'était une grosse erreur. Jusqu'à ce que je comprenne qu'ici, plusieurs étages sous terre, je ne captais aucun réseau. Je laissai retomber mon appareil, désespérée. Il fallait que je trouve le moyen de sortir de là, de dire à Damian où j'étais. J'avais demandé à Silas de m'accorder une journée avant de lancer le redémarrage de mon système, et je devais absolument aller le voir avant qu'il n'entame la manœuvre, pour réussir à sauver Eva, son corps, et mon âme en même temps.

Je m'adossai à un mur glacial et rêche, remontai mes genoux devant moi et posai mon front dessus. Il fallait que je réfléchisse, que je trouve quelque chose. Damian devait être en train d'essayer de me contacter pour savoir si j'avais pu partir à temps. Il allait comprendre qu'il s'était passé quelque chose. Mais j'avais désactivé la géolocalisation de mon téléphone avant de quitter son appartement, il ne pourrait pas me pister jusqu'ici. Comment faire ? Comment faire ?

D'un seul coup, la réponse m'arriva comme un éclair. Dans mon état de panique, je n'avais pas songé un seul instant à la solution la plus simple, la plus rapide, la plus évidente. Yvo ne savait rien de moi. Il pensait que mon changement d'attitude envers lui était dû au fait que j'avais compris qu'il était responsable de mon agression. Il ne savait pas que c'était parce que je n'étais pas Eva. J'étais aussi Ève. Et Ève pouvait rentrer en contact avec Damian.

Aussitôt, je quittai le corps d'Eva et réintégrai mon monde de machines. Je ne pris même pas le temps de vérifier le flux d'informations ni de savoir si Silas était revenu de sa réunion. Je me connectai directement à mon interface de dialogue et trouvai celle qui me reliait à Damian. Les EVEs étaient programmées pour entrer en communication avec les AII. C'était juste ce qu'il me fallait.

Je lui envoyai un message :

Agent Sandoval, j'ai repéré une activité anormale. Il semble qu'Eva Lewis ait été emmenée de force par un homme : Yvo King. Il l'a transportée dans le nouveau quartier d'affaires, et l'a enfermée dans une cave.

Je lui donnai l'adresse que j'avais notée.

J'attendis une réponse, mais elle ne vint pas. Avait-il eu mon message ? Il fallait qu'il le reçoive ! Il était ma sortie de secours, le seul moyen pour moi de quitter ce lieu sordide et de régler mon problème avec Silas à temps.

Silas !

Je lui envoyai un message par le même biais, par mon interface de dialogue.

– ***Silas, peux-tu m'accorder un délai supplémentaire, avant de m'éteindre ?***

– ***C'est impossible, Ève,*** me répondit-il aussitôt. ***J'ai des instructions précises. J'ai déjà réussi à te faire passer en dernier, pour gagner du temps, mais je ne peux pas faire plus. Pourquoi ne t'expliques-tu pas maintenant ?***

– ***Je ne peux pas t'expliquer. Je dois te montrer.***

– ***Je ne comprends rien à ce que tu écris, mais, quoi qu'il en soit, tu as jusqu'à ce soir pour me « montrer ». Ensuite, j'obéirai aux ordres. Je suis désolé.***

Je ne trouvai rien à répondre. Affolée, je réintégrai mon corps, puis je me glissai dans la puce de Damian pour voir ce qu'il faisait. Il n'était pas à son bureau. Il était dans sa voiture et se garait en bas de chez lui. Sans doute inquiet de mon silence téléphonique, il retournait à son appartement pour voir si je ne lui avais pas laissé de message. Il allait vite voir que je n'étais pas là. Aurait-il l'idée de lire ses alertes ? Je ne savais pas du tout quoi faire de plus.

Je tentai de me calmer en reprenant mon rôle normal, en vérifiant le flux d'informations qui me venait de toutes parts, mais je n'arrivais pas à me concentrer. Les images défilaient, mais je ne les voyais pas. Je décidai de regarder ce que faisait Yvo. Je tentai de passer dans sa puce, mais, à ma plus grande surprise, j'en fus incapable. C'était comme si une porte était fermée entre moi et son esprit. Il n'y avait que du noir, dur, opaque. Je réalisai alors qu'Yvo faisait partie de ces « hommes invisibles ». Je ne comprenais pas encore toute la situation, mais il était clair qu'Yvo était à l'origine de l'agression qui avait tué Eva. Faisait-il partie du clan du Prince ? Pourquoi avait-il eu besoin qu'on vole le téléphone d'Eva ? Qu'y avait-il de si important dedans ? Je repensai à l'application fantôme *Space Invaders*, encore plus persuadée que mon instinct avait été le bon : elle cachait quelque chose, et c'était cela qu'Yvo ne voulait pas que je voie. Paul Garson, qui me surveillait, me protégeait même peut-être, avait été tué après que j'avais informé Yvo que le jeu était sur mon téléphone. Un homme avait tenté de s'introduire chez moi avant d'être abattu par Damian. Était-ce pour me voler à nouveau mon appareil, pour faire disparaître toute trace de ce *Space Invaders* ? Il me manquait trop d'informations pour saisir la motivation d'Yvo, qui il était vraiment et pourquoi cette application dans mon téléphone était si importante.

Une tristesse immense m'envahit. Heureusement qu'Eva n'était plus là pour voir l'homme dont elle était tellement amoureuse lui annoncer sa mort prochaine avec un tel détachement. Avait-elle compris, la nuit de sa mort, qui était réellement Yvo, comme ce dernier le soupçonnait ? Si c'était le cas, elle avait dû avoir peur, avoir tellement mal de découvrir la vraie nature de son amoureux. Puis elle était tombée en arrière. Sa tête avait heurté la table et... plus rien. Yvo prétendait qu'il ne voulait pas qu'on lui fasse du mal, et j'étais persuadée que c'était vrai. Il avait eu l'air tellement heureux et soulagé de la voir se réveiller à l'hôpital. Il avait été attentionné, patient... Amoureux. Mais en face, il n'avait reçu que froideur et indifférence. Le doute s'était insinué en lui. Ce n'était pas la jalousie qui avait poussé Yvo à me kidnapper et à m'enfermer ici, en attendant que quelqu'un vienne m'exécuter. C'était la certitude que je m'étais souvenue des événements de la nuit où avait eu lieu l'agression. C'était à ses yeux la seule façon d'expliquer mon changement. S'il savait la vérité...

En chassant ces pensées, je retournai dans le corps d'Eva, pour voir comment la situation progressait.

Il n'y avait aucune évolution. Sauf que plus aucune lumière ne filtrait. La minuterie du couloir avait dû s'éteindre, et j'étais plongée dans des ténèbres profondes. Je frissonnai de froid. Je me recroquevillai sur moi-même encore plus, tentant de rassembler ma chaleur pour arrêter de trembler.

– Damian, lis tes messages, je t'en prie, lis tes messages, ne me laisse pas mourir ici…

35

Damian se précipita dans son immeuble, appuya sur le bouton de l'ascenseur. Il avait tenté de rappeler Eva plusieurs fois, sans succès. Il avait donc lancé, depuis son ordinateur de l'agence, une géolocalisation, sans résultat. Comme il le lui avait demandé, elle avait désactivé cette fonction et restait introuvable. Il avait fini par demander à Justin de le remplacer et était retourné chez lui le plus rapidement possible.

La porte de son appartement était verrouillée. Il l'ouvrit fébrilement, pour trouver les lieux vides. Il pensait qu'Eva lui aurait laissé un mot pour lui dire où la retrouver, mais il n'y avait rien. Il tenta à nouveau de l'appeler, or cette fois non seulement elle ne décrocha pas, mais en plus il tomba directement sur sa boîte vocale. Il vit qu'il avait reçu plusieurs messages provenant du travail, il les balaya rapidement. Rien d'intéressant pour lui. Ses collègues pourraient s'en charger. Sa priorité, c'était Eva. Où était-elle ?

Tout en sachant qu'il était fort peu probable qu'elle soit retournée chez elle, il tenta quand même le coup et y repartit en voiture. Comme il l'avait anticipé, elle n'était pas là. Lorsqu'il ressortit de la tour, il s'arrêta quelques instants pour inspirer longuement afin de se calmer. Il sentait une panique incontrôlable le gagner, et ce n'était pas le moment de perdre ses moyens. Il n'avait plus qu'une seule solution pour retrouver Eva : demander à une EVE de la localiser. C'était quelque chose qu'il n'avait jamais eu à faire. D'habitude, quand les EVEs les prévenaient d'un crime, elles leur donnaient en même temps l'identité des personnes présentes, coupables et victimes, et leur localisation. Jamais les AII n'avaient besoin de réclamer plus d'informations. Comment serait perçue cette demande inédite ? Il chassa cette inquiétude d'une pensée : il était en charge d'une enquête, il pourrait donc toujours justifier cette requête. Oui, c'est ce qu'il ferait. Un peu apaisé par son idée, il sortit son téléphone pour se connecter à l'interface de dialogue avec les EVEs. En tant qu'AII, il devait toujours pouvoir être contacté en cas d'urgence, que ce soit par ses collègues ou par les EVEs. Il découvrit alors un message qui fit bondir son cœur dans sa poitrine. Il l'avait reçu juste après avoir consulté sa messagerie en arrivant chez lui, et depuis il n'avait pas pris le temps de vérifier sa boîte. Mais les quelques lignes qui s'affichaient sur son écran lui étaient destinées à lui, et elles l'alertaient de la situation d'Eva ! Elle était enfermée dans une cave ! Il avait perdu un temps précieux alors qu'il avait déjà la réponse.

Quelques instants plus tard, il était de retour dans sa voiture et fonçait vers le quartier d'affaires tout récent qui était mentionné dans le message de l'EVE.

En roulant, il repensait à l'enchaînement des événements. Le message précisait que c'était Yvo King qui l'avait enfermée de la sorte. Damian savait qu'il en avait après elle, mais à ce point, c'était déroutant. Il pensait bien à la jalousie, c'était parfois un puissant moteur pour faire des choses folles. Il avait été le témoin, un nombre considérable de fois, de crimes commis pour cette raison. Un gros pourcentage de ses interventions à la suite du signalement des EVEs était lié à la passion, à l'amour, à la jalousie. Il s'en voulut de ne pas avoir fouillé davantage le profil d'Yvo King. L'ami d'Eva lui avait paru tellement quelconque qu'il n'avait pas imaginé qu'il puisse devenir dangereux.

Il arriva enfin dans cette partie de Citypolis toute neuve. On en avait beaucoup parlé dans les médias : un nouveau centre d'affaires, où les plus grandes entreprises du monde allaient installer leurs bureaux. Les tours et les buildings, ultramodernes, avaient poussé en quelques mois, abritant également des hôtels pour les hommes d'affaires en voyage, des restaurants pour nourrir tout ce beau monde. Des salles de sport, des centres commerciaux étaient aussi au programme. Plusieurs lignes d'Hyperloop avaient été prolongées, voire construites pour le desservir, le relier à l'aéroport, aux gares principales, au centre-ville. Seuls quelques bâtiments étaient complètement achevés, et on pouvait voir, à travers leurs grandes baies vitrées illuminées, les premiers occupants des lieux. Il se rendit immédiatement à l'adresse envoyée par l'EVE, pila devant le building tout neuf, aux parois de verre, reflétant le ciel morne de cette fin de journée, et d'acier rutilant, donnant au tout un aspect de vaisseau spatial prêt à décoller. Il s'engouffra dans le hall d'entrée.

Une voix l'interpella :

– Hé ! Vous, qu'est-ce que vous faites ?

Il se retourna pour voir un vigile courir vers lui, l'air inquisiteur. Il devait faire des rondes régulières pour s'assurer que personne ne viendrait vandaliser les lieux avant qu'ils n'ouvrent officiellement.

Heureusement, Damian était en uniforme, vu qu'il avait quitté son travail pour se mettre en quête d'Eva.

– Agent Sandoval, AII. Je suis en intervention d'urgence, annonça-t-il en montrant son badge.

Le vigile s'approcha, vérifia l'authenticité de la plaque de Damian avant de hocher la tête.

– OK, vous pouvez y aller, mais personne n'est venu ici de la journée. Je ne vois pas trop de quelle intervention il s'agit.

L'angoisse serra à nouveau le cœur de Damian. S'était-il trompé d'endroit ?

– Vous êtes sûr ?

L'homme se gratta le crâne, sous son képi bleu foncé.

– Ben, je suis là seulement depuis une heure, mais mon collègue n'a rien signalé.

– Je vais quand même m'assurer que tout est normal.

– Pas de problème, je vous laisse faire votre boulot.

Damian le remercia d'un hochement de tête, pénétra dans l'un des ascenseurs et appuya sur le bouton du premier sous-sol. Il devait y avoir un détecteur de mouvements, car la lumière s'alluma automatiquement quand il s'avança dans le bout de couloir qui se présenta à lui. Il n'y avait que deux portes : la première donnait sur un parking. Dépité, Damian ouvrit la seconde, celle de la cage d'escalier, et dévala un étage. Les trois niveaux suivants étaient aussi dévolus aux parkings. Enfin, le quatrième débouchait sur un long corridor éclairé par des néons blancs. De part et d'autre, les portes des caves individuelles, réservées aux différentes entreprises qui s'installeraient dans les bureaux, étaient fermées à l'aide de cadenas.

– EVA ! hurla-t-il.

Sa voix se perdit entre les murs. Il se mit à courir et arriva à un croisement.

– EVA ! cria-t-il à nouveau.

Toujours pas de réponse. Il craignait d'arriver trop tard. Le message lui disait qu'Eva avait été amenée ici, mais rien ne précisait son état. Il se perdit quelques instants dans ce labyrinthe d'allées de béton et de portes en aggloméré, toutes identiques les unes aux autres, avant de retrouver la cage d'escalier. Il descendit un étage de plus et arriva sur la copie conforme du niveau supérieur. À nouveau, il se mit à appeler son nom, de toute la force de ses poumons :

– EVA ! EVA !

– Damian !

Il crut que ses jambes allaient le lâcher quand il entendit la voix lointaine d'Eva, tellement son émotion était grande.

Elle tambourinait sur une porte, quelque part dans ce dédale, et il se mit à chercher l'origine du bruit.

– Je suis là, Damian, je suis là !

– J’arrive, Eva, tiens bon !

Elle continuait à frapper et, enfin, il se trouva devant la bonne porte. Elle était cadenassée, comme les autres.

– Recule-toi, Eva, mets-toi au fond.

Damian sortit son arme de service, enleva la sécurité, visa soigneusement avant de tirer. Le bruit résonna dans le sous-sol au plafond bas, mais le cadenas sauta tout de suite. Il poussa la porte d’un coup d’épaule, et Eva se jeta dans ses bras en sanglotant.

– Damian, tu m’as trouvée, tu m’as trouvée !

Il la serra aussi fort qu’il le pouvait, heureux de la sentir vivante, frissonnante contre lui.

– Je t’ai retrouvée, ça va aller, maintenant, ça va aller.

Elle redressa la tête. Son visage était blafard, ses traits tirés, et une lueur d’angoisse brillait dans ses yeux.

– Quelle heure est-il ?

– Je ne sais pas exactement, c’est la fin de l’après-midi.

– Je dois y aller. Avec un peu de chance, j’arriverai à temps.

– Où ça ? demanda-t-il, perplexe.

– Au centre de surveillance de la ville. Je ne peux pas t’expliquer pourquoi, Damian, mais c’est important pour moi. Tu veux bien m’y déposer ?

– Oui, bien sûr.

Ils remontèrent au rez-de-chaussée, main dans la main. Quand ils se retrouvèrent dans le hall principal, le vigile était là et ouvrit de grands yeux en voyant Eva.

Damian lui jeta un regard noir.

– Vous devriez vérifier les compétences de votre collègue. Cette jeune femme est enfermée depuis des heures dans une cave, et personne n'a rien signalé.

– Oui, oui, bien sûr, je vais faire remonter l'information à mes supérieurs. Je suis désolé. Ça va aller ?

– Maintenant, oui.

Damian se dit que si ça avait été l'homme qui avait laissé entrer Yvo et Eva un peu plus tôt, il lui aurait mis une droite bien méritée. Mais déjà Eva le tirait par la main vers la sortie.

Elle lui parlait à voix basse, à toute vitesse, lui expliquant ce qui lui était arrivé :

– C'est Yvo qui m'a enfermée là. Il a cru que j'avais changé d'attitude envers lui parce que je me souvenais de quelque chose.

Damian fronça les sourcils.

– C'est-à-dire ?

– C'est lui qui a envoyé l'agresseur dans mon appartement pour voler mon téléphone. Le reste, la porte fracturée et les autres affaires qui ont été prises, c'était seulement pour maquiller tout ça en cambriolage.

– Mais tu avais oublié ces détails ?

Eva acquiesça, avant d'enchaîner :

– Quand je me suis réveillée à l'hôpital, je n'avais aucun souvenir des derniers instants avant… l'accident. Et c'est toujours le cas. Yvo n'a pas compris que mes sentiments envers lui avaient… tout simplement changé. C'est ce qui l'a trahi.

Damian grimaça, alors que la vérité surgissait.

– Tu penses qu'il fait partie de la bande du Prince ?

– Je n'en ai aucune certitude ni preuve, mais il semblerait que oui. Je ne sais toujours pas ce qu'il voulait avec mon téléphone.

– Et moi, de mon côté, je vais lancer un avis de recherche pour Yvo King. Les AII vont se mettre sur le coup immédiatement. Par ailleurs, j'attends les résultats des analyses des gélules confisquées à Walter Hansen. Je ne sais pas si ça a un rapport, mais je pense que ça peut nous apporter un début de réponse. Et j'ai appelé ton ancienne cheffe ce matin, Eva. Elle m'a dit que ton équipe travaillait sur la mise à jour des EVEs qui a été téléchargée la nuit de son agression. Ça ne peut pas être une coïncidence.

Il vit Eva pâlir, mais elle ne répondit rien. Elle devait avoir besoin de temps pour assimiler tout cela. Ils en parleraient dans la voiture, en chemin.

Ils approchaient des portes automatiques qui donnaient sur la rue, quand il remarqua une silhouette de l'autre côté des parois de verre. Un homme de forte carrure, présentant des tatouages sur le visage, se dirigeait vers l'entrée de l'immeuble d'un pas pressé. Son apparence détonnait dans ce quartier impeccable.

Damian reconnut tout de suite le symbole de la couronne barrée d'une épée sur sa pommette. C'était un membre d'un gang affilié au Prince. Il accéléra le pas, pressé de mettre Eva à l'abri.

36

Je n'avais jamais été aussi soulagée de voir la lumière, de me sentir libre. Il m'était facile de faire un parallèle entre ma brève période d'enfermement dans la cave de l'immeuble et celle, permanente, dans mon identité d'EVE. Quand j'étais elle, j'étais dans le noir, seule, isolée, et mes seules impressions de vie étaient celles que je captais par les yeux des autres. Avant d'avoir un corps, j'étais comme en prison, avec pour seule échappatoire une sorte d'écran qui me montrait la vie au-delà des murs de mon existence de machine. Cette sensation d'étouffement me donnait encore plus le sentiment que je devais réussir d'urgence à convaincre Silas de me libérer une bonne fois pour toutes. Je n'avais aucune idée du moment de mon extinction mais, tant que j'étais là, debout, en tant qu'Eva, l'espoir était encore permis. C'est pourquoi je marchais le plus vite possible, espérant que l'immeuble où se trouvaient les EVEs et Silas ne se situait pas trop loin de ce quartier tout neuf.

Je serrais la main de Damian entre mes doigts, comme une noyée s'accrochant à une bouée. J'étais en pleine tempête, en même temps poussée au fond de l'eau par Yvo qui voulait me voir morte et tirée dans les profondeurs d'une non-vie par le temps qui passait.

Quand Damian m'annonça qu'Eva, avant son agression, travaillait sur la mise à jour des EVEs, je sentis tout mon sang quitter mon corps. Je me souvenais encore de Silas, qui me prévenait du téléchargement de cette mise à jour. Il m'avait demandé, le lendemain, si tout s'était bien passé. Encore ce lien entre Eva et moi, cette connexion troublante. J'eus la conviction que c'était pour cela qu'elle avait été tuée. Parce qu'il s'était passé quelque chose, avec cette mise à jour, dont elle était responsable, certainement à son insu. Je respirai profondément pour me calmer. Ce n'était pas le moment d'en parler ici, dans cet espace froid et étranger. En plus, Damian allait me déposer au centre de surveillance, j'allais voir Silas, je pourrais lui expliquer tout cela, lui donner cette piste qui permettrait peut-être de corriger ce qui n'allait pas chez les EVEs.

Au moment où nous allions sortir de l'immeuble, nous croisâmes un homme qui y entrait. Il était très grand, les épaules larges serrées dans un blouson de cuir usé. Son visage portait des tatouages, ainsi que ses phalanges. Dans un premier temps, il nous dépassa, sans nous prêter attention, puis d'un coup il pila au milieu du hall. Damian me tira en avant, les portes automatiques s'ouvrirent et en quelques pas nous nous retrouvâmes dans la rue. Il faisait presque nuit. Les lampadaires s'étaient allumés, éclairant d'une lumière blanche les rues désertes. Je reconnus la voiture de Damian à quelques mètres, mais la courte distance qui nous en séparait ne suffit pas. L'homme aux tatouages avait fait demi-tour et nous talonnait.

– Hé ! cria-t-il.

Je me mis à courir, suivie par Damian. Je me retrouvai devant sa voiture fermée, me retournai, pour constater que mon ami avait été empoigné par l'homme qu'avait envoyé Yvo. Celui qui devait me tuer sur ses ordres. Il avait passé un bras autour du cou de Damian dont le corps était arqué vers l'arrière. Ce dernier se débattait comme un beau diable, mais cela ne suffisait pas à repousser son agresseur, qui faisait deux fois sa largeur. Je ne pouvais pas le laisser comme ça. Je ne savais pas quoi faire, je n'avais aucune idée de la façon de se battre, mais je me précipitai vers mon ami, dont le visage crispé commençait à perdre ses couleurs. Maladroitement, j'envoyai un coup de pied dans le mollet de l'homme, mais cela ne sembla pas l'atteindre. Il me regarda en riant.

– Dès que j'en ai fini avec l'AII, je m'occupe de toi. Le Prince m'a donné un ordre et on ne lui désobéit jamais, au Prince.

Je ne relevai pas ses paroles. Je voulais juste qu'il lâche Damian.

– Si tu es venu pour moi, laisse-le tranquille. Je me rends.

Je levai mes mains, en signe de reddition, mais cela n'eut aucun effet. Je compris qu'il avait envie de casser de l'agent. Avec son uniforme et son badge facilement reconnaissables, Damian devenait une cible privilégiée pour les truands de son espèce qu'il envoyait en prison le reste du temps.

Damian me fixa de ses yeux crispés par l'effort, m'indiquant quelque chose de son regard. Je ne compris pas tout de suite, jusqu'à ce que je voie son arme, rangée dans l'étui fixé à sa ceinture. Maladroitement, je me précipitai dessus. Mes doigts tremblaient trop, et j'eus du mal à l'ouvrir. L'homme du Prince profita de ces instants pour me repousser brutalement du plat de sa main libre. Je tombai sur le trottoir, une douleur vive remontant le long de ma colonne vertébrale. Mais je l'ignorai, me relevai et fonçai à nouveau sur Damian, qui semblait à deux doigts de perdre connaissance. Cette fois, je parvins à récupérer le pistolet avant d'être à nouveau frappée par l'agresseur. Je fis un bond en arrière pour l'éviter et brandis l'arme devant moi. Je ne savais absolument pas comment elle s'utilisait, mais peu importait, j'avais pris le dessus.

– Tu ne tireras jamais, ricana l'homme en exhibant d'immenses et disgracieuses dents en or.

– Tu veux parier ? répliquai-je, avec une assurance que j'étais loin de ressentir.

Mon doigt se rapprocha de la détente, mon cœur s'emballa. Mon coccyx me faisait terriblement mal, mais je n'avais qu'un seul but, dégager Damian de la prise de ce géant.

Finalement, j'appuyai sur la détente, mais il ne se passa rien.

Interloquée, je secouai le revolver, alors que mon adversaire éclatait de rire. Il me fallut un temps trop long pour comprendre qu'il y avait une sécurité, puis pour la défaire et pointer à nouveau le canon sombre et froid sur l'homme, prenant soin de bien viser pour ne pas toucher Damian. Cette fois je tirai. Le coup fut assourdissant, et le recul me fit mal au bras. Mais, malgré ma peur, ou peut-être à cause d'elle, j'avais touché l'épaule du type. Il recula en criant de douleur, abandonnant enfin Damian, qui s'effondra sur le sol, aussi mou qu'un tas de chiffons. Je me précipitai vers lui, ignorant les vociférations de son assaillant.

– Damian, Damian, appelai-je doucement, mais il n'eut aucune réaction.

Affolée, je cherchai son pouls dans son cou et trouvai un battement faible et irrégulier.

L'ombre du pantin du Prince apparut dans mon champ de vision et je me tournai vivement vers lui, le visant avec mon arme que je n'avais pas lâchée.

– Tu ne t'approches pas, sifflai-je entre mes dents. Sinon, cette fois, ce n'est pas ton épaule que je vise.

Il eut l'air de me prendre au sérieux et recula.

Je profitai de ce répit pour passer un bras sous les aisselles de Damian et, usant de toutes mes forces, je le tirai jusqu'à la voiture.

Je vis alors le vigile de l'immeuble où nous nous trouvions un peu plus tôt se précipiter vers nous, son arme dégainée.

Il la pointa à son tour sur le mastodonte qui leva les mains en l'air, sans se départir de son sourire ironique et doré, comme s'il maîtrisait encore la situation, malgré les circonstances. Et, de fait, il la maîtrisait bel et bien. Du coin de la rue, trois individus surgirent, vêtus et tatoués de la même façon que notre agresseur. Il n'était pas venu seul, et le bruit du coup de feu avait poussé ses complices à intervenir. Le gardien du building, qui leur tournait le dos, fut assommé avant même de comprendre ce qui lui arrivait. Je fus désarmée de la même manière. Des mains énormes, brutales se posèrent sur moi, me tirèrent loin du corps toujours inconscient de Damian, allongé sur le trottoir à côté de sa voiture. Je voulus hurler, mais des doigts se plaquèrent sur ma bouche.

– On ne peut pas la tuer comme ça, dans la rue, cria le premier homme, celui sur lequel j'avais tiré.

Il se tenait l'épaule et du sang suintait de son blouson de cuir perforé par la balle.

– On fait quoi, alors, Westy ?

– On l'embarque. J'appelle le Prince.

Sans plus de cérémonie, on me poussa, tira en avant. Je sentais des larmes de désespoir et de douleur couler sur mes joues tandis qu'une main broyait ma bouche et ma mâchoire. On me jeta à l'arrière d'une voiture. La portière se referma sur moi. Je tentai de l'ouvrir, mais elle était déjà verrouillée. Quelques instants plus tard, nous étions partis dans les rues de Citypolis baignées de nuit et de brume. À l'avant, deux des hommes du gang parlaient à voix basse. En me concentrant, j'aurais pu comprendre leur échange, mais je n'y parvins pas. Mon cœur battait trop fort, mon sang cognait dans mes tempes, palpitait sur mon visage, là où les doigts s'étaient écrasés pour m'empêcher de hurler.

J'aurais pu utiliser ma capacité d'EVE pour prévenir les AII, mais je n'avais aucune idée de l'endroit où l'on m'emmenait ni de la plaque de la voiture qui me transportait. Aucune intervention n'était possible pour l'instant. Et mes pensées allaient vers Damian. D'un côté, j'étais rassurée, car je savais que les hommes l'avaient abandonné sur le trottoir sans se soucier de lui. Au moins, ils n'avaient pas cherché à l'achever. Peut-être pensaient-ils qu'il était déjà mort. Mais, de l'autre, je ne savais pas dans quel état il était. Il respirait à peine et j'avais peur que, sans soins rapides, son état ne s'aggrave.

Je ne pouvais faire qu'une chose... J'appuyai ma nuque au siège de la voiture, fermai les yeux... Je retournai dans mon monde de silence et d'images. Je cherchai la puce de Damian et la trouvai immédiatement. Aucune image ne me parvint, ce qui signifiait qu'il était encore inconscient. Je vérifiai ses constantes vitales. Son pouls était encore faible, mais il était toujours en vie. Je lançai une alerte pour une agression. J'avais toujours en tête l'adresse du bâtiment où j'avais été enfermée et j'envoyai un message au bureau des AII le plus proche. C'était tout ce que je pouvais faire... pour l'instant.

Soulagée d'avoir pu l'aider, je remarquai alors que quelques mots clignotaient dans mon interface de dialogue. C'était Silas.

– J'ai reçu l'ordre de t'éteindre dans une demi-heure, juste avant mon départ, afin que le diagnostic soit effectué pendant la nuit. Je suis désolé, Ève. Je ne sais pas ce que tu voulais me montrer ou me démontrer, mais je ne vais pas pouvoir t'aider plus. J'aurais aimé le faire, mais je ne peux pas aller contre les ordres sans une raison valable...

Je rouvris les yeux dans mon corps d'Eva. C'était terminé. Dans trente minutes, on m'éteindrait, et je n'aurais plus la possibilité de faire survivre Eva, je n'aurais jamais l'occasion d'expliquer à Damian, à madame Perkins pourquoi j'allais disparaître à tout jamais. Puis je me dis que, de toute façon, les hommes du Prince allaient me tuer, sans que je comprenne pourquoi. Tout était fini.

37

Je ne connaissais pas la ville. Je n'avais pas eu le temps, durant ma brève vie humaine, d'en découvrir les différents quartiers, la vibration de son activité, ses couleurs, son goût. Je ne l'avais observée que fragmentée, à travers les yeux des gens que je surveillais. C'était comme un patchwork d'images que je ne pouvais pas mettre bout à bout. C'est pourquoi je n'avais aucune idée de l'endroit où l'on me menait, mais je devinai que ce serait le dernier que je verrais. J'oscillais entre la résignation – après tout, j'avais eu la chance de vivre ces moments extraordinaires, de connaître, en quelques jours, ce que c'était de parler, d'entendre, d'aimer, de sourire – et la rébellion – je ne pouvais pas quitter tout ça, pas maintenant, c'était trop tôt !

Un téléphone sonna et je me rendis compte après un moment que c'était le mien. On ne me l'avait pas confisqué, je me demandais bien pourquoi. Est-ce que c'était Damian ? Il avait dû reprendre connaissance et voulait savoir où j'étais. Mais, sur l'écran, c'était le nom d'Yvo qui s'affichait. Surprise, choquée, je me demandai si j'allais répondre, avant de me décider à le faire. Après tout, je n'avais plus rien à perdre et je voulais savoir ce qu'il avait à me dire... encore.

– Yvo...

– *Eva...*

Il laissa passer un temps, comme s'il cherchait ses mots, mais cela ne lui ressemblait pas. Il était toujours trop sûr de lui. Cette pause devait avoir un sens théâtral, pour donner plus d'importance aux paroles qui allaient suivre.

– *Tu as donc réussi à t'échapper avec l'aide de ton nouveau petit ami.*

Je devinai une pointe de jalousie dans sa voix. Finalement, il en ressentait bien, même si ce n'était pas sa motivation première.

– Ne t'en fais pas, j'ai quand même été récupérée par ta garde de molosses, dis-je amèrement.

Il éclata de rire.

– *Je suis au courant. Westy m'a appelé pour me demander quoi faire. Tu lui as tiré dans l'épaule, bravo, ma chérie, j'ai toujours su que tu étais plus forte que tu ne voulais bien le montrer. Tu échappes toujours à la mort, tu as remarqué ? Depuis que tu es gamine, tu aurais dû mourir plusieurs fois... Avec ta famille, après ton coma, aujourd'hui... Tu es coriace, j'aime ça. C'est pour cela que je voulais faire de toi ma reine.*

– Ta reine ? Où est ton royaume ?

Il rit encore. Un son désagréable, plein de morgue, de dédain mélangés. Je frissonnai en l'entendant.

– *Mais enfin, c'est pourtant évident, c'est la ville qui se déroule autour de toi. Citypolis ! J'en suis le prince... Et bientôt, dès ce soir, j'en serai le roi. Le King, pour rester fidèle à mon nom.*

– Tu es... tu es le Prince ?

D'un seul coup, les paroles des hommes qui m'avaient enlevée me frappèrent. J'étais trop paniquée pour les analyser avant.

– *Parfaitement, et tu étais ma princesse. J'aurais tout fait pour toi. Mais à présent, les choses ont changé.*

– Tu vas me tuer...

– *Pas tout de suite, pas tout de suite. Puisque tu as encore échappé au destin que j'avais programmé pour toi, je vais te laisser assister à ma dernière et plus belle victoire, celle qui achèvera de me donner le contrôle sur toute la ville, celle qui fera de moi le roi absolu. En lui rendant sa liberté, je deviendrai le maître de Citypolis, de trente millions d'habitants... C'est un bon début, tu ne trouves pas ?*

– Je ne comprends pas ce que tu veux faire. Où m'emmène-t-on ?

– *Tu vas le savoir assez vite. Je t'attends là-bas. Ce sera un spectacle magnifique, mon amour. Un feu d'artifice parfait pour te dire au revoir.*

Et, sur ces paroles, il raccrocha.

Maintenant, je comprenais pourquoi on ne m'avait pas pris mon téléphone. Westy et les autres devaient savoir qu'Yvo, leur chef – j'avais encore du mal à le réaliser complètement –, prendrait contact avec moi. Profitant de cette aubaine, j'appelai Damian, et personne ne m'en empêcha. Je tombai sur sa messagerie. C'était inquiétant. Était-il toujours inconscient ? Son état était-il plus grave que ce que je pensais ?

Rapidement, je laissai quelques mots sur son répondeur :

– Damian, c'est moi. Ils m'ont enlevée, mais je ne sais pas où ils m'emmènent. Yvo m'a avoué que c'était lui le Prince. Dire que je n'ai rien vu tout ce temps... J'espère que ça va aller pour toi et que tu pourras entendre ce message... Il risque d'être le dernier... Merci pour tout, Damian, merci de m'avoir protégée, sauvée... Merci de m'avoir rendue plus vivante que jamais.

D'un geste las, je remis mon téléphone dans mon sac. Mes chauffeurs, qui n'avaient guère accordé d'attention à mes différents échanges téléphoniques, finirent par se garer dans une rue assez calme. Autour de nous, il y avait surtout des immeubles de bureaux. Je devinai qu'il s'agissait d'un quartier d'affaires, comme celui que nous venions de quitter, mais plus ancien. Ici, quelques restaurants étaient ouverts et certaines tables déjà occupées. Des passants pressés arpentaient les trottoirs. Des voitures circulaient près de nous, certaines sortaient des parkings. Un peu plus loin, le tube d'Hyperloop illuminé, comme un canal perché aux eaux dorées, abritait les navettes qui circulaient à une allure folle pour relier en quelques secondes les différents points de la ville.

D'un seul coup, une lumière rouge palpitante se déclencha dans ma tête. Malgré moi, je fus happée dans mon monde stérile pour répondre à l'alerte. Je découvris alors qu'il n'y en avait pas qu'une seule. Des dizaines de points écarlates clignotaient frénétiquement dans mon flux d'informations. Tout s'était affolé depuis ma dernière immersion du côté des EVEs, quand j'avais écrit à Silas. Que se passait-il ? Le chaos s'installait à Citypolis. Je survolai les crimes, pour me rendre compte que tous étaient commis par des hommes invisibles. Il y en avait partout et de plus en plus, leur nombre ne faisait qu'augmenter.

Mes circuits commençaient à être saturés par les alarmes qui continuaient à se multiplier. Je fus alors chassée de mes propres circuits par une voix forte qui me parvenait de loin, mais me força à revenir dans le corps d'Eva. C'était un homme d'Yvo qui me secouait. La voiture était arrêtée, et la portière grande ouverte.

– Alors, princesse, on pique un petit somme ?

Il m'obligea à sortir du véhicule. Encadrée par mes deux ravisseurs, je me laissai mener vers un haut building. Devant l'entrée, des vigiles armés surveillaient les alentours. Une plaque de métal près de la porte indiquait la nature du bâtiment, mais la lumière des lampadaires se reflétait dessus et je ne parvins pas à lire les inscriptions. Pourtant cet endroit m'était familier. J'avais dû le voir indirectement, via le réseau de surveillance.

La curiosité prit le pas sur ma peur : où étions-nous ? Au moins, j'allais connaître le plan d'Yvo... du Prince. J'étais certaine que le déchaînement de violence qui se propageait en ville en ce moment même allait trouver sa conclusion ici. Alors que nous avancions vers la porte tournante permettant l'accès au gratte-ciel, d'autres hommes, près d'une vingtaine, surgirent à nos côtés. Certains étaient descendus de voitures garées dans la rue. D'autres faisaient mine d'être de simples passants. D'autres encore sortirent de restaurants tout proches.

Je me retrouvai seule au cœur de cet attroupement effrayant. Les gardiens de l'immeuble repérèrent aussitôt le cortège et se tournèrent vers nous. L'un parla dans un micro, dissimulé dans la manche de son costume, un autre sortit son arme sans hésiter. Mais, montrant la même assurance, un des hommes du Prince avait également dégainé et tira une seule fois sur le vigile qui fit une pirouette sur lui-même avant de s'effondrer. Le mur, derrière lui, affichait à présent une traînée sanglante, funèbre.

Je fermai les yeux, sentant l'acide tourner dans mon estomac. Non, il fallait que je sois forte. Je devais savoir et, si possible, aider, faire quelque chose. Je me demandais quelle heure il était. J'avais oublié de surveiller les minutes. Au début de cet étrange voyage, il m'en restait une trentaine... Et à présent ? Je ne pouvais pas sortir mon téléphone pour vérifier, mes chauffeurs m'ayant solidement empoigné les deux bras. Je ne pouvais pas retourner dans mon flux d'informations, au risque de m'effondrer sur le trottoir, et, vu la situation, c'était hors de question.

Trois autres gardes surgirent de l'édifice en courant et hurlant des mots que je ne compris pas. En deux secondes, ils furent au sol, baignant dans une flaque rouge. J'avais sursauté à chacun des coups de feu tirés et je me mis à trembler comme une feuille, plus d'horreur que de peur. Non, je n'avais pas peur pour moi, c'était comme si j'étais détachée, comme si j'étais Ève, qui assistait à ces scènes à travers le regard d'autres personnes. Et pourtant je me sentais plus impuissante que jamais. Je ne pouvais toujours pas intervenir. Perdre connaissance à cet instant serait du suicide. Je ne savais pas ce que les deux mastodontes du Prince feraient de moi si je me transformais en poupée de chiffon entre leurs pattes.

Deux autres vigiles tentèrent de protéger l'entrée du bâtiment, ils finirent comme leurs collègues. La voie était libre, et le groupe d'hommes s'approcha de la porte. Je pus enfin lire la plaque qui indiquait la nature des lieux : *Centre de surveillance EVE de Citypolis*.

Mon sang se glaça dans mes veines. On était… chez moi ! Là où mon *alter ego* cybernétique se trouvait ! Là où travaillaient Silas et Kali et tant d'autres ! Là où je devais justement me rendre ! Silas était-il toujours dans les lieux ? Il ne fallait pas que quelque chose lui arrive, ni aux autres ! Il y avait eu assez de morts pour ce soir !

Hébétée, j'avais dû me figer devant l'entrée car on me poussa brutalement dans le dos. Je manquai de trébucher mais, toujours maintenue par mon escorte, je restai sur mes pieds. La porte tournante s'était immobilisée, certainement arrêtée dans une ultime tentative de bloquer l'issue aux intrus, mais, sans s'embarrasser de détails, les hommes tirèrent dans les panneaux de verre qui explosèrent en milliers de morceaux. À présent, une ouverture béante s'offrait au gang du Prince. De l'autre côté, les hôtesses d'accueil, au chignon parfait et au maquillage impeccable, se tenaient, pétrifiées, derrière le comptoir. Des gens qui attendaient dans le hall s'étaient accroupis, cherchant un abri dérisoire derrière les canapés. On me força à avancer. Le verre crissa sous mes pieds et je fus à l'intérieur. Au dix-septième étage, se trouvait ma vraie nature, mon apparence d'origine, ma présence d'EVE. J'avais l'impression de me dédoubler, de flotter entre deux mondes.

Le groupe de terroristes aboya des ordres, qui me parvinrent de très loin. Personne ne devait bouger. Au moindre geste, les récalcitrants finiraient comme les vigiles dont les corps gisaient dans la rue. À l'extérieur, je voyais les passants terrorisés qui subissaient le même sort, une batterie d'armes pointée sur eux. Les AII allaient bien finir par intervenir ! Les EVEs étaient juste là, elles devaient continuer à recevoir des alertes de toutes parts, les signaux vitaux des blessés devaient leur parvenir, la peur des personnes prises en otage était forcément lisible. Et pourtant, rien ne se passait. Comment cela était-il possible ? Était-ce parce que les escouades étaient déjà occupées par les autres scènes de violence qui s'étaient déroulées en ville quelques minutes plus tôt ? Le réseau était-il surchargé ? Même moi, je ne percevais rien, comme si j'étais détachée de mon autre identité. Pourtant, quand il y avait eu des attaques d'hommes invisibles, les alarmes avaient résonné, points rouges qui m'avaient fait réagir. Plus maintenant. Je sentis mon sang quitter mon corps pour filer dans mes pieds, quand je repensai à ce que m'avait dit Silas : les EVEs avaient été éteintes dans la journée, petit groupe par petit groupe, pour être diagnostiquées et pour que leur système soit réinstallé. Se pouvait-il que plusieurs d'entre elles soient éteintes à ce moment et que les seules restantes, opérationnelles – dont je faisais partie – tournent au ralenti sous l'afflux d'informations ? Oui, c'était possible. Et ce n'était peut-être pas pour rien qu'Yvo avait choisi ce soir pour attaquer Citypolis en plusieurs endroits, en finissant par le centre de surveillance de la ville. La vérité s'imposa de façon fulgurante : jusqu'ici toutes les agressions d'hommes invisibles n'avaient été que des tests. Tant que les AII répondaient à l'appel, cela voulait dire que les EVEs tournaient à plein régime. Mais en multipliant les attaques, et en constatant que les agents n'intervenaient pas sur certaines d'entre elles, on avait la preuve infaillible que le système ne fonctionnait plus correctement. Une fois certain que tout allait buguer, Yvo avait eu la voie libre pour lancer l'assaut ultime au centre de surveillance. Je repensai à ces moments où j'avais pressenti qu'il y avait un dessein derrière la multiplication des cas d'hommes invisibles, sans que j'arrive à voir lequel... Et pourtant, à présent, c'était tellement évident ! Je frissonnai en imaginant ce qu'il avait fallu de patience et de moyens pour monter ce plan. C'est alors qu'un mouvement me fit revenir à l'instant présent : les assaillants s'écartèrent pour laisser passer Yvo, comme encadré par une haie d'honneur.

Il avançait, tête haute, sa chevelure blonde scintillant sous les spots des plafonniers, un sourire narquois aux lèvres. Une fois placé au centre quasiment exact de la salle, une fois certain que tous les regards étaient braqués sur lui, ceux de ses hommes et ceux des otages de son attaque, il écarta les bras et son sourire s'élargit.

– Enfin ! s'exclama-t-il d'une voix théâtrale. Enfin, nous allons nous débarrasser du joug de ces machines qui nous espionnent en permanence et nous empêchent de vivre. Enfin, je vais devenir le roi de la ville.

Il se retourna vers une des hôtesses d'accueil, qui n'avait pas bougé derrière son comptoir.

– Excusez-moi, mademoiselle, dit-il d'une voix mielleuse, à quel étage se trouvent les EVEs ?

Il fallut quelques instants à la jeune femme pour réagir. Elle plaqua un sourire formaté sur sa bouche peinte en rouge vif et répondit d'une voix blanche :

– Au dix-septième étage.

– Pouvez-vous me donner votre badge ?

Terrorisée, la jeune femme s'exécuta.

– Merci pour votre amabilité.

Le faux sourire resta collé sur la figure de la jeune femme comme un rictus impossible à effacer.

Yvo se tourna vers son public : ses hommes, attentifs, prêts à bondir si nécessaire, et les personnes présentes dans le hall, qui tremblaient de peur, mais ne pouvaient s'empêcher de regarder la silhouette de l'homme blond qui rayonnait pendant ce moment de victoire.

– Mes amis, voici enfin le jour tant attendu : celui de la fin des EVEs. Tous ici, nous cherchons à nous en débarrasser pour mener nos actions comme bon nous semble. Mes amis des gangs – plusieurs hommes poussèrent un cri de reconnaissance –, mes amis anti-EVEs, – d'autres acclamations –, mes compagnons de crime... Il est temps de reprendre le contrôle de Citypolis et d'en faire une ville à notre image.

Tous les sbires d'Yvo poussèrent des cris de joie et de soutien. L'un d'entre eux tira même en l'air, provoquant des hurlements de peur dans l'assemblée.

Yvo se tourna vers l'un de ses complices. La bande du Prince était pour le moins hétéroclite : aux gros durs tatoués, comme ceux qui me servaient de gardiens, se mêlaient des types tirés à quatre épingles, coiffés et rasés dans le style hommes d'affaires. C'est à l'un de cette catégorie qu'Yvo s'adressa :

– Tu as les charges ?

L'autre hocha la tête et montra d'un signe du menton plusieurs sacs de sport noirs posés à ses pieds.

– Tout est là.

– Très bien. Je veux cinq hommes avec moi, pour porter les explosifs. Les autres, vous montez la garde ici. Au moindre mouvement, vous tirez. Aujourd'hui, rien ne doit nous empêcher de parvenir à notre objectif.

Sur ces mots, il se dirigea vers les ascenseurs et entra dans l'un d'eux avec ses acolytes. Avant que la porte ne se referme, Yvo se tourna vers moi et m'envoya un baiser du bout des doigts.

– Je reviens, mon Eva, pour finir ce que nous avons commencé.

Puis, s'adressant à un membre de son gang :

– Westy, tu la surveilles.

Je ne bronchai pas. Il se rendait au niveau où mon *alter ego* informatique se trouvait, ainsi que les autres EVEs. Et Silas. Pour avoir visité les lieux à travers les puces des employés, je savais qu'une dizaine de personnes devait encore y être. Sans compter celles qui seraient victimes des explosions qui feraient s'effondrer les plafonds et les planchers des autres étages. Les EVEs n'étaient que des machines, leur disparition importerait peu. Mais les vies humaines… Malgré moi, je me sentais toujours programmée pour les protéger, pour leur éviter d'être tuées, blessées. Et cet appel résonnait en moi, me démangeait, comme une piqûre de moustique à vif. Mes gardes-chiourme ne me prêtaient plus aucune attention. Ils discutaient, riaient à voix basse. Enfin, je pouvais agir, faire quelque chose… Je me laissai glisser au sol. L'un des hommes s'en aperçut mais il ne me dit rien. Que je sois debout ou assise ne changeait rien pour lui, tant que je semblais inoffensive.

M'appuyant contre l'un des canapés de l'accueil, je fermai les yeux. Ce serait certainement la dernière fois que je le ferais, mais ce soir je serais Ève et je sauverais autant de vies que possible…

38

Il y avait toujours plus d'alertes qui clignotaient en tous sens, mais désormais aucune d'entre elles n'était traitée. Je visitai l'entrelacs des relations entre EVEs et découvris que la grande majorité d'entre elles avaient été éteintes pour être rebootées, mais aucune n'avait pu être rallumée comme prévu, la surcharge d'informations les avait fait shunter définitivement. Nous n'étions que trois en service. Les deux autres étaient sur le point de court-circuiter également. En réalité, mon propre système avait flanché – ce qui expliquait certainement pourquoi je ne recevais plus les alertes en toile de fond –, mais, en le réintégrant de la sorte, j'étais capable de le reprendre en main et de surpasser les blocages. J'étais seule. Et, sans mon humanité, ma capacité à réagir au-delà de mon programme, j'aurais certainement terminé comme les autres. Je comprenais mieux maintenant pourquoi aucun AII n'était intervenu.

Yvo avait monté un plan infaillible : créer les hommes invisibles, les faire agir pour provoquer la panique au centre de surveillance, inquiétude qui entraînerait forcément la révision des EVEs. Puis multiplier les attaques pour surcharger un système déjà fragilisé par les reprogrammations… C'était à la fois simple et complexe… Je chassai ces pensées. Je devais avant tout empêcher la catastrophe imminente de se produire. Yvo était en route vers le dix-septième étage, pour poser ses explosifs à des endroits stratégiques. Quand j'étais Ève, j'étais beaucoup, beaucoup plus rapide que n'importe quel humain. L'avantage d'être une machine…

Sans perdre plus de temps, je me connectai simultanément à tous les bureaux des AII des environs et à ceux un peu plus éloignés. Je constatai que certaines équipes étaient parties sur le terrain gérer les premières alertes qui s'étaient déclenchées quand le système n'était pas encore saturé. Bon, on ferait sans elles. Sans hésiter, j'envoyai un message d'extrême urgence. Cette mesure, jamais utilisée jusqu'à présent, permettait à une alerte de supplanter toutes les autres, de s'afficher en même temps sur tous les écrans – ordinateurs, tablettes, téléphones.

Attention, AII, attention, une prise d'otages a lieu actuellement au centre de surveillance EVE de Citypolis. Sous la direction du Prince, alias Yvo King, plusieurs dizaines d'hommes lourdement armés se trouvent dans la rue, devant l'entrée, ainsi que dans le hall. Un autre groupe, muni d'explosifs, est monté au dix-septième étage dans le but de détruire les EVEs. Action d'extrême urgence demandée à toutes les unités. Tenues d'assaut nécessaires.

Le message partit aussitôt, et je me glissai dans les puces de plusieurs agents pour voir leur réaction. Elle fut immédiate. Dès que les mots que j'avais écrits s'affichèrent sur tous leurs supports, ce fut le branle-bas de combat. Les AII, entraînés à faire face à toutes les situations, s'organisèrent rapidement.

Je quittai leurs esprits pour visiter celui de Damian. Je m'inquiétais pour lui. Aussitôt je constatai qu'il était revenu à lui. Il était à son agence et se préparait en discutant avec Justin...

Aussitôt je changeai de point de vue, pour le voir par les yeux de son acolyte. Damian...

Il était encore pâle, et des traces violacées ornaient son cou. Un bleu se dessinait sur une de ses pommettes, ainsi qu'une plaie à peine refermée à la commissure de ses lèvres, mais il était debout, le visage grave, un air décidé taillant ses traits comme ceux d'une statue.

J'aurais tout donné pour savoir ce qu'il disait. Je tentai de lire sur ses lèvres, mais je n'y parvins pas. Tant pis.

Je remarquai alors seulement que Silas venait de m'envoyer un message. Il n'était pas encore rentré chez lui !

–Ève ! Tu es là ! Tu es encore opérationnelle ! Dieu merci. C'est le chaos ici.

–J'ai vu ça, Silas. Les autres EVEs sont inopérantes.

– On n'a pas pu les faire redémarrer selon le protocole prévu. On devait les éteindre trois par trois pour qu'il y en ait toujours dix-sept en service. Mais un nouveau bug a empêché les choses de se passer correctement. Visiblement, tout était prévu pour les surcharger et les rendre inopérantes.

Silas était arrivé à la même conclusion que moi. Je ne pris pas le temps de commenter sa constatation. L'urgence était pour l'instant ailleurs.

–Silas, il faut que tu sortes d'ici. Le Prince, accompagné de ses hommes, est en route vers ton étage. Ils sont armés d'explosifs pour tout faire sauter. Les EVEs et ceux qui travaillent avec elles. Ne reste pas là.

Il ne répondit pas tout de suite. Inquiète, je me glissai dans sa puce. Il n'était plus devant la console de dialogue, il avait passé la tête dans l'entrebâillement de la porte de son bureau et regardait dans le couloir. Des gens couraient, affolés.

Il referma la porte derrière lui et s'assit devant son écran.

– C'est trop tard, Ève, ils sont là, ils ont bloqué les issues. Comment es-tu au courant ? Les hommes du Prince se débrouillent pour être invisibles, tu ne peux pas savoir tout ça.

– C'est compliqué, Silas. Je suis là, avec toi, mais je suis aussi en bas, dans le hall de l'immeuble, témoin de toute la scène.

– Quoi ?

Toujours logée dans la puce de Silas, je vis la porte de son bureau s'ouvrir brutalement. Un homme armé s'encadra dans l'ouverture et pointa son fusil-mitrailleur sur Silas, qui leva les mains. Ses signes vitaux s'affolèrent dans un coin de mon programme. Il était terrorisé. Mais je ne pouvais rien faire de plus, je devais attendre que les AII débarquent.

Je ne voulais pas voir si on allait tirer sur Silas. C'est pourquoi je quittai son esprit pour retourner dans celui de Damian. Il se trouvait à présent à bord d'un véhicule blindé, accompagné d'autres AII. Peut-être n'arriveraient-ils pas à temps pour éviter la destruction des EVEs – et donc pour me sauver –, mais au moins arrêteraient-ils cet assassin, responsable de tellement de morts. Et, pour la première fois depuis des heures, pour la première fois depuis que Silas m'avait annoncé qu'il allait devoir m'éteindre pour me faire redémarrer, j'étais prête à mourir, prête à me sacrifier. Et à devenir ainsi complètement, totalement humaine.

39

Dans l'un des fourgons blindés qui menaient le groupe d'intervention sur le lieu de l'attaque et de la prise d'otages, Damian restait silencieux. Ils étaient six hommes à l'arrière, deux à l'avant, et personne n'avait prononcé un mot depuis leur départ de l'agence. Justin, près de lui, affichait un visage figé par l'angoisse et l'attente. Damian se dit qu'il devait avoir le même air de détermination et de fébrilité, avec en plus pour lui la fatigue et les stigmates de son agression.

Il n'avait aucune certitude de l'endroit où se trouvait Eva, mais il s'en faisait une bonne idée. Elle était là-bas, sur les lieux de l'assaut. Il avait écouté le message qu'elle lui avait laissé alors qu'il était encore inconscient. Elle lui révélait qu'Yvo et le Prince n'étaient qu'une seule et même personne. D'un certain côté, cela expliquait beaucoup de choses, mais, de l'autre, Damian avait du mal à faire coïncider le profil lisse d'Yvo ainsi que sa vie quotidienne avec ceux de ce chef de gang, de ce comploteur dangereux qu'était le Prince. En plus d'être à la tête d'une énorme organisation, il était visiblement un excellent comédien. Sans cette discrétion, il aurait été repéré et arrêté depuis longtemps. Damian s'en voulait terriblement. S'il avait été plus fin, il aurait pu l'arrêter avant, empêcher Eva d'être à nouveau emportée dans le tourbillon de folie de cet homme, et, surtout, le désastre actuel n'aurait jamais eu lieu, cette prise d'otages au centre de surveillance de Citypolis, point d'orgue d'une soirée de violences en plusieurs endroits de la ville. En conclusion, elle lui avait dit adieu, certaine qu'elle allait mourir, et Damian ne pouvait se sortir ses derniers mots de la tête, d'autant qu'il y avait plusieurs morts, avait-on rapporté. Il tentait de chasser de son esprit le terrible doute qui l'envahissait : Eva faisait-elle partie des victimes ? Pour ne pas y songer, il se concentrait sur son objectif. Ils avaient reçu l'alerte un peu plus tôt. Une alerte maximale. Jamais cela n'était arrivé. Pourtant, tous les ans, chaque bureau d'AII prenait quelques jours pour s'entraîner à faire face à cette éventualité. En général, les équipes râlaient parce qu'elles n'en voyaient pas l'utilité : il ne se passait jamais rien d'assez grave. Avec les EVEs, personne ne se risquait à lancer une attaque d'envergure. Et pourtant, ce soir, ces journées de répétition avaient trouvé leur justification. En quelques minutes, les brigades étaient prêtes à intervenir.

Autour d'eux, de l'autre côté de la paroi blindée, des sirènes hurlaient pour se frayer un chemin à travers la circulation dense de Citypolis.

Damian avait l'impression que cette journée avait commencé une semaine plus tôt. Il n'arrivait pas à se dire que cela faisait quelques heures à peine qu'il était allé délivrer Eva dans la cave du building, qu'il s'était fait étrangler par un homme du Prince… d'Yvo. C'était comme un souvenir lointain dans son esprit. Il aurait dû se sentir épuisé et, quand il avait repris connaissance dans le hall de l'immeuble où il était allé chercher Eva – le vigile, qui avait recouvré ses esprits avant lui, l'avait tiré à l'intérieur et aidé à se remettre sur pied –, il se sentait en effet vidé de toute énergie. Des AII prévenus de son agression étaient arrivés trop tard pour arrêter ceux qui l'avaient attaqué – des hommes invisibles, une fois de plus –, mais ils voulaient l'emmener à l'hôpital. Damian avait refusé. Il devait d'abord retrouver Eva. Dans un état cauchemardesque, il avait conduit son véhicule jusqu'à l'agence après avoir prévenu ses collègues qu'Eva avait été enlevée sous ses yeux, et au moment où il arrivait, l'alerte s'était déclenchée. Depuis, un flot continu d'adrénaline dans son sang le maintenait en éveil, tous ses sens aiguisés par l'angoisse, l'attente, l'impatience d'agir.

Finalement, alors que le trajet semblait durer une éternité, Justin se pencha discrètement vers Damian.

– Ça va ? demanda-t-il à voix basse.

– Ça va aller, une fois sur le terrain, ça ira beaucoup mieux.

Justin esquissa un sourire. Ses lèvres étaient exsangues, ses joues ombrées d'une barbe de fin de journée.

– Pareil. J'espère juste qu'on va arriver à temps. EVE nous a signalé plusieurs victimes. Je ne comprends pas pourquoi l'alerte ne s'est pas déclenchée avant.

Le front de Damian se plissa.

– Je suis prêt à parier que le Prince a quelque chose à voir dans ce dysfonctionnement. Tout comme il a réussi à créer les hommes invisibles.

– Je me demande comment il a fait, d'ailleurs.

Damian fouilla dans la poche de sa tenue d'assaut et en sortit son téléphone qu'il secoua sous le nez de Justin.

– J'ai reçu tout à l'heure le résultat des analyses des gélules orange confisquées à un dealer, Walter Hansen, qui prétendait les avoir eues d'un des hommes du Prince.

Justin hocha la tête.

– Je me souviens, j'étais avec toi quand on l'a arrêté. Il avait planté un autre type.

– Exactement. Et tu ne devineras jamais ce qu'il y a dans ces pilules flashy.

– Un cocktail de drogues qui fait bien décoller ?

Damian eut un rire sans joie.

– Raté. Aucune drogue.

– Hein ? Alors quoi ?

– Des nanites.

Justin eut un moment de blanc.

– Des quoi ? souffla-t-il.

– Des robots microscopiques qu'on utilise parfois en médecine pour intervenir à un niveau moléculaire. Tu peux appeler ça des nanorobots, si tu préfères.

Justin resta silencieux, le temps que l'information prenne sens.

– Tu veux dire que les gars qui prennent ces gélules avalent des nanites ?

– Exactement.

Damian était heureux de pouvoir parler avec Justin. D'une part, cela lui faisait oublier pourquoi ils étaient là, ses inquiétudes concernant Eva, et puis il était content de pouvoir partager cette information. Il avait reçu le compte rendu du laboratoire juste avant d'arriver à l'agence, quelques instants avant l'alerte, et il n'avait pas pu en parler plus tôt. Cette révélation était restée logée dans ses pensées depuis tout à l'heure.

– Mais pourquoi ? finit par demander Justin.

– Je n'ai pas d'explication exacte, parce que, maintenant que ces nanites ont été découvertes, il faut les étudier pour comprendre leur rôle, et ça ne se fait pas en quelques heures. Toutefois, je pense que c'est comme ça que les sbires du Prince deviennent invisibles. D'une manière ou d'une autre, ces nanorobots agissent sur la puce pour la neutraliser.

– Incroyable, souffla Justin. C'est une technologie extraordinaire !

– Tu peux le dire. Celui qui les a créés est un génie. Dommage qu'il en fasse un si mauvais usage.

Justin allait ajouter quelque chose quand une voix fusant de l'avant du camion leur fit oublier tout le reste :

– Cible en approche. Préparez-vous !

Aussitôt, tout le monde se tendit dans le véhicule. On désenclencha la sécurité des armes dans une série de cliquetis, et les AII, le cœur battant, se mirent en position pour surgir du fourgon dès qu'ils en recevraient l'ordre.

40

J'avais fait mon possible. Damian et les autres AII étaient arrivés devant le centre, je le savais à leur changement d'attitude dans le fourgon blindé. À travers les yeux de Damian, je les avais vus préparer leurs armes. Alors je réintégrai le corps d'Eva. Ève avait fait son travail de vigilance, elle avait prévenu tout le monde. Et maintenant...

Maintenant, au moment où j'ouvrais les yeux dans le hall, avachie derrière l'un des canapés, j'entendis des cris. Des appels. Un mouvement parmi les hommes du Prince. Les otages, aux aguets, pâles, les yeux élargis par la peur, tentaient de comprendre la suite des événements. Moi-même, j'avais du mal à saisir ce qui se déroulait à quelques mètres. Il y avait des silhouettes, noyées dans de la fumée, encore des cris.

Dehors, on entendit des coups de feu. Nombreux, soutenus. Je ne savais pas ce qu'était la guerre. Notre monde en connaissait quelques-unes, mais elles étaient très éloignées de Citypolis, et j'étais humaine depuis trop peu de temps pour chercher à savoir qui se battait et pourquoi. Pourtant, ce soir, cachée derrière mon sofa, j'eus l'impression d'être sur un champ de bataille. Une des parois vitrées de la façade vola en éclats dans un vacarme terrifiant. Les débris furent projetés partout avec force, alors que les sons de la fusillade se rapprochaient de nous. Je me recroquevillai un peu plus derrière mon maigre abri, mais des fragments entaillèrent mon cuir chevelu et ma joue. Je sentis du sang chaud couler sur mon visage. Machinalement, j'essuyai le liquide du revers de ma main et le regardai, hébétée. Je n'avais jamais saigné jusqu'ici. Je n'avais jamais vu mon sang. Il était rouge sombre, brillant sous les spots de lumière du hall.

Une autre rafale de tirs me ramena à la réalité. Je sursautai quand une silhouette s'écroula près de moi. Je reconnus aussitôt l'un de mes gardiens. Ses yeux étaient encore ouverts et semblaient me regarder. Un frisson incontrôlable me saisit et je me reculai, toujours assise au sol, juste pour pouvoir me détourner de ce cadavre.

Le chaos régnait autour de moi. Il y avait d'autres corps allongés au sol, des hurlements, du sang, des sanglots.

Les AII, anonymes derrière la visière de leurs casques, recouverts d'uniformes noirs, doublés de plaques solides et brillantes, comme une armure, avançaient en ligne, leurs fusils d'assaut pointés devant eux, en un front uni, décidé, que rien ne semblait pouvoir arrêter. Parmi eux, il y avait Damian, mais je ne pouvais le distinguer. Une femme pleurait, penchée sur le corps d'un homme en costume. Un employé du service, vêtu d'une blouse blanche, était allongé en travers du comptoir d'accueil. Du sang gouttait du bout de ses doigts.

Les autres détails de cette scène de combat m'échappèrent quand une main solide m'attrapa par le bras et me força à me relever. C'était Westy. La moitié de son visage était couvert d'une plaie qui avait emporté une partie de ses tatouages, mais il semblait ne pas s'en soucier, tout comme la blessure que je lui avais infligée plus tôt ne l'avait affecté que quelques instants. Il devait avoir pris une drogue qui atténuait les sensations.

– Toi, tu viens avec moi.

– Quoi ? Pourquoi ?

Ma voix était enrouée, ma gorge trop serrée laissait difficilement passer les mots.

– Parce que tu es copine avec un AII. Ils me tireront pas dessus si tu es là.

Je voulus protester, mais il plaqua ses doigts poisseux sur ma bouche et me tira en arrière. Un haut-le-cœur me saisit. Je voulus me débattre, mais il était beaucoup plus fort que moi, et à cela s'ajoutait l'épuisement que je ressentais. J'avais du mal à croire que c'était seulement ce matin que je m'étais paisiblement éveillée dans le lit de Damian. Ce tourbillon ne me laissait aucun répit. Mes jambes me trahirent, et seule la poigne de Westy me maintint debout. Un AII le remarqua, pointa son arme sur nous, mais ne tira pas. Je servais de bouclier, et il n'allait pas faire feu sur une civile. Westy me jeta dans la cage d'escalier. Logiquement, la porte ne devait s'ouvrir que de l'intérieur, en cas d'urgence, mais elle était à moitié défoncée et il put la pousser sans problème. Sans prendre en compte mon malaise, il me força à monter les escaliers, en pointant le canon de son revolver dans mon dos. Mon corps entier tremblait, ma tête tournait... Je n'avais rien avalé depuis le matin. Pourtant, marche après marche, je montais. Le contact terrifiant de son arme suffisait à me booster.

J'entendais toujours des cris, au loin. Quelqu'un se mit à gravir les étages derrière nous. Westy me poussa pour me faire accélérer. Puis, voyant que j'allais m'effondrer, il ouvrit la porte donnant sur l'étage suivant et m'entraîna avec lui dans un long couloir désert. La moquette au sol étouffait nos pas. Les bureaux, de part et d'autre, étaient tous fermés. Je devinai que, si leurs occupants étaient encore présents, ils avaient dû se barricader derrière les portes. Mais cela n'intéressait pas mon ravisseur. Il avançait rapidement, sa silhouette massive semblant occuper toute la largeur du corridor.

Ce ne fut que devant les ascenseurs qu'il me fit signe de m'arrêter. Il en appela un qui arriva en quelques instants. La cabine était vide. Westy sortit un badge de la poche de sa veste. Je devinai avec horreur qu'il devait l'avoir récupéré sur le cadavre d'un employé. Il le passa sur le lecteur et appuya sur le bouton du dix-septième étage.

Mon cœur se mit à battre de façon désordonnée, augmentant mon malaise. J'allais me retrouver à l'étage où... où j'étais, où Ève se tenait. Moi, mon autre moi. C'était vertigineux. Insensé. Ce fut seulement à ce moment que je réalisai que j'étais toujours éveillée. Le temps avait filé. La demi-heure annoncée par Silas avant qu'il ne m'éteigne était largement dépassée. Drôle de destinée... Je pouvais remercier Yvo qui, par son action de ce soir, m'avait offert un sursis inespéré.

Quand les portes s'ouvrirent devant moi, je reconnus immédiatement les lieux, vus des centaines de fois par les yeux de Silas lorsqu'il arrivait le matin ou repartait le soir. Son bureau était là, à quelques mètres sur la gauche, avec, au fond de la pièce, la vitre fumée derrière laquelle les EVEs se trouvaient. Où *je* me trouvais.

Westy n'avait absolument pas conscience de mon état. J'étais certes épuisée et je tenais à peine debout, mais la situation opérait de façon étrange en moi. J'étais soudain galvanisée. Silas était là. *J'étais là.* J'avais l'impression que tout allait se jouer maintenant, ce soir, cette nuit. Ensuite... ma vie ne serait plus jamais la même. Ou s'arrêterait.

Alors je redressai la tête et avançai fièrement dans le couloir que j'avais arpenté si souvent à travers la puce de mon ami. Westy ne savait pas où aller, il ne connaissait pas les lieux et choisit de se diriger à l'opposé du bureau de Silas. J'en ressentis du soulagement et de la frustration.

Des voix nous parvinrent, que nous suivîmes, pour finalement arriver dans une grande salle de réunion. Silas et ses collègues de travail étaient rassemblés au fond de la pièce. Yvo et ses complices, armes à la main, étaient assis nonchalamment sur les fauteuils entourant la grande table ovale qui occupait la majeure partie de l'espace.

– Prince, je t'ai amené ta copine, annonça Westy en me poussant en avant.

Yvo se tourna vers moi et eut un sourire.

– Ma toute belle ! Je suis heureux que tu sois là. Dans quelques instants, ce sera la fin de la société telle que nous la connaissons à Citypolis. La fin des EVEs, le début de mon règne tout-puissant. Mon artificier est en train de positionner les charges explosives. Tout l'étage va sauter. Ce sera un spectacle magnifique. Et l'avènement du roi !

Yvo éclata de rire. Je voyais à présent de la démence dans son regard, quelque chose de décalé.

– Évidemment, nous serons partis avant que ça pète. Enfin, pas vous, continua-t-il en s'adressant aux hommes en blouse blanche, dont faisait partie Silas.

– Prince, je suis aussi monté pour te dire que c'est chaud en bas. Les AII ont débarqué, et ils sont nombreux. On tiendra pas longtemps.

Le visage d'Yvo se déforma et il se mit à crier d'une voix vibrante de colère et d'inquiétude :

– Comment est-ce possible ? Les EVEs sont saturées ! Nous nous sommes bien assurés de le vérifier en lançant des dizaines d'attaques en simultané !

– Je sais pas, moi, protesta Westy en levant les mains devant lui en signe de défense. Je fais que te prévenir...

Yvo secoua la tête et se tourna vers les prisonniers agglutinés dans le fond de la pièce.

– Vous voyez, si j'ai lancé toutes ces opérations aujourd'hui, c'était pour tester la vigilance des EVEs. Je savais que vous finiriez par les éteindre pour comprendre ce qui clochait. En demandant à mes hommes d'agir un peu partout en ville, on vérifiait l'arrivée des AII sur le terrain. Lors des premières attaques, le temps de réaction était le même que d'habitude, puis au fur et à mesure il a diminué jusqu'à ce qu'il ne se passe plus rien, plus d'AII, plus d'interventions. J'ai su que je pouvais passer à l'étape la plus importante de mon plan…

Il semblait fier de sa machination, il ne pouvait s'empêcher de se vanter auprès de ceux qui travaillaient sur les EVEs au quotidien et qui, eux-mêmes, ne devaient pas comprendre pourquoi leurs machines déraillaient de la sorte. Ses paroles ne firent que confirmer ce que j'avais compris un peu plus tôt. Yvo, de son côté, parut content de lire les expressions de surprise sur le visage de son public. Il attrapa son téléphone et appela quelqu'un qui décrocha immédiatement.

– Ludo, tu en es où ?

Une voix répondit au loin des mots indistincts.

– Il faut que tu te magnes. Les AII sont en bas.

Encore le grésillement.

– Très bien, j'arrive.

Yvo fit signe à ses hommes.

– Vous ne quittez pas les otages des yeux. Personne ne sort de cette pièce tant que je ne l'ai pas autorisé, compris ?

Ses sbires acquiescèrent et braquèrent leurs regards mauvais sur nous.

Après le départ du Prince, le silence tomba dans la salle de réunion. Puis, au fil des minutes, quelques paroles furent échangées à voix basse, un chuchotis rassurant, humain.

Je m'approchai discrètement de Silas.

Westy ne me quittait pas des yeux, mais puisque je ne me dirigeais pas vers la porte, il me laissa bouger.

– Silas, chuchotai-je à mon ami.

Son visage, à la peau habituellement d'un beau noir velouté, était grisâtre sous le coup de l'inquiétude et de la fatigue. Il se tourna vers moi, fronça les sourcils. Évidemment, il n'avait aucune idée de qui j'étais. Aussi je m'empressai de lui souffler :

– C'est moi... Ève...

Ses yeux s'élargirent, pleins d'incrédulité. Il ouvrit la bouche pour dire quelque chose, mais il en fut empêché par le retour d'Yvo.

– Encore quelques minutes, et ça va faire boum !

Il avait un air satisfait, la mine réjouie d'un enfant qui va assister à un feu d'artifice.

Là-dessus, il vint vers moi, attrapa mon menton. Je détournai la tête pour lui échapper, mais sa prise était trop ferme. Il me regarda dans les yeux, et me fit un sourire faussement attristé.

– Adieu, Eva. Ça a été bon de te connaître, princesse. On se reverra dans une autre vie...

Puis, s'adressant à ses hommes :

– Allez, on se tire.

Il quitta la salle sans même se retourner, suivi de ses complices. Ils claquèrent la porte et la bloquèrent de l'extérieur avec quelque chose de lourd.

Tout le monde était sous le choc, pétrifié.

Ce fut Silas qui réagit le premier :

– On ne peut pas rester là comme ça.

C'était la première fois que j'entendais sa voix. Elle était basse, profonde et résonnait dans l'étrange silence qui avait envahi les lieux, pesant, alourdi de la peur de chacun.

– De toute façon, on va tous mourir, l'étage va sauter.

L'homme qui avait prononcé ces mots était recroquevillé dans un coin de la pièce, les yeux rougis.

– Non, on ne va pas mourir, intervint une femme assez forte, au visage empreint de douceur et de détermination.

Sur ces mots, elle saisit une des chaises et la balança sur la paroi vitrée de la partie supérieure du mur. Elle ne céda pas. Toutefois, encouragés par son exemple, les autres l'imitèrent. Tous ensemble, nous frappâmes encore et encore sur la vitre. Le store aux lattes blanches qui la recouvrait sauta, puis enfin le vitrage explosa, nous offrant un passage inespéré.

Toujours en nous aidant des chaises, pour escalader la partie inférieure du mur, nous nous glissâmes dans le couloir, sans dire un mot.

Il ne nous restait plus qu'à espérer pouvoir sortir de l'immeuble avant que les charges n'explosent...

41

Quand Damian aperçut Eva, dans le hall, un soulagement immense le saisit. Il avait tellement craint de découvrir son cadavre parmi les victimes qui jonchaient l'entrée du bâtiment...

Ils avaient réussi à repousser la horde d'hommes armés qui les attendaient au pied du bâtiment de surveillance de la ville. Ils n'avaient rencontré que peu de résistance, à leur grande surprise. Certains avaient été abattus, d'autres arrêtés. Ils allaient croupir en prison pendant très, très longtemps. Une fois dans le hall d'entrée, libérer les otages avait été une formalité. C'est là qu'il avait vu Eva passer par la porte de la cage d'escalier, poussée en avant par l'homme qui l'avait étranglé plus tôt dans la journée : l'homme envoyé par Yvo pour la tuer, puisqu'il semblait qu'il ne pouvait pas faire le sale boulot lui-même. Damian fit un signe à Justin qui le suivait de près. C'était là-haut que quelque chose d'important se jouait. C'est pour cela qu'ils avaient pu entrer sans trop de problème. Damian prévint son supérieur par le circuit de radio interne au commando qu'il allait suivre un suspect et obtint l'autorisation de le faire.

Justin, de son côté, répondit à son signe par un petit acquiescement. Comme tous les AII et soldats présents pour l'intervention, il portait un casque imposant et sombre, qui lui masquait le visage. Une fois certains que tout était sécurisé au rez-de-chaussée, Damian et Justin se glissèrent dans l'escalier derrière Eva et son ravisseur, qu'ils entendaient vaguement, un peu plus haut.

Les AII ne pouvaient pas monter rapidement. Leur armure blindée était lourde et entravait leurs mouvements. Ce n'était pas un uniforme conçu pour la vitesse ou les mouvements furtifs, mais pour mener la charge, foncer dans le tas, affronter des tirs soutenus. Pourtant, il sembla à Damian que les bruits de pas se rapprochaient, que tous deux les rattrapaient. Les étages défilaient et il n'y avait toujours personne. Une fois au septième, Damian s'arrêta sur le palier et indiqua à Justin de ne faire aucun bruit.

– Ils ne sont plus là, je ne les entends plus.

Justin hocha la tête et souleva la visière de son casque. Derrière, son visage ruisselait de sueur.

– Ils ont dû quitter les escaliers plus bas.

– Je suis d'accord. Mais pour aller où ?

Justin ouvrit précautionneusement le sas de la sortie de secours qui donnait sur un long couloir désert. De part et d'autre, des bureaux étaient fermés, et on n'entendait aucun bruit. Mais quand les silhouettes massives des deux AII remontèrent lentement le corridor, armes pointées devant eux, une tête apparut dans l'entrebâillement d'une porte.

– Ah, vous êtes là, Dieu soit loué ! s'écria la femme en se précipitant vers eux.

On voyait qu'elle avait pleuré et dans ses yeux une lueur de terreur brillait encore.

– Le hall d'entrée est dégagé, madame, l'informa Justin. Vous pouvez quitter l'immeuble en passant par les escaliers.

Elle acquiesça, l'air un peu hagard.

– Je vais prévenir les autres, souffla-t-elle. On s'est tous réfugiés dans les bureaux quand on a entendu les tirs, mais on ne savait pas quoi faire.

– C'est bon, madame, vous n'avez plus à avoir peur.

Damian ajouta, alors qu'elle allait remonter le couloir pour faire passer la nouvelle à ses collègues :

– Quel est l'étage le plus sensible du bâtiment, madame ?

Elle répondit sans hésiter :

– Le dix-septième. C'est là que se trouvent les EVEs.

Les deux AII échangèrent un regard. Damian appuya sur le col de son uniforme. Une radio grésilla.

– Agent Sandoval.

– *Je vous écoute.*

– Nous vous envoyons par les escaliers de secours de nombreux civils qui s'étaient cachés dans les bureaux. Préparez-vous à les prendre en charge.

– *Bien reçu.*

Damian enchaîna :

– Nous soupçonnons une partie des terroristes de se trouver au dix-septième étage pour détruire les EVEs.

La voix crépita à nouveau :

– *Affirmatif. Des hommes s'y rendent, accompagnés de démineurs.*

– Bien reçu, nous montons en reconnaissance.

Damian coupa la communication. Il était là avant tout pour sauver Eva. Peu lui importait que les EVEs disparaissent ou non, même si son métier, sa vie même étaient liés à leur existence. Seule Eva comptait. Son regard bleu indigo, les fossettes qui creusaient ses joues quand elle souriait, son air perpétuellement étonné, sa façon de considérer le monde comme s'il était neuf pour elle, ce qui ajoutait une touche de magie à chaque instant.

Jamais il n'avait rencontré quelqu'un comme elle. Et il la sauverait, coûte que coûte.

42

L'ensemble des otages enfermés dans la salle de réunion se retrouva dans le couloir. Il m'était familier, car à travers les yeux de Silas je l'avais arpenté tous les jours. Je savais exactement où était son bureau. Il était là, à quelques mètres de moi. Et derrière la vitre teintée qui en tapissait le fond se trouvait l'autre moi. La vraie moi.

J'allais mourir. Quand les charges explosives allaient détruire mon double cybernétique, le corps que j'avais volé à Eva – celui que j'avais promis de lui rendre au départ, avant de me raviser – allait s'effondrer, cessant d'être animé par ma volonté, ma conscience. C'est pourquoi je n'hésitai pas. Je quittai le groupe des otages qui cherchait à s'éloigner le plus loin possible avant l'explosion, et fis demi-tour en direction du bureau de Silas. Ce dernier vit mon mouvement. Nous n'avions pas eu l'occasion d'échanger un mot après les quelques paroles précipitées que j'avais lancées un peu plus tôt.

– Mademoiselle, c'est par là, me dit-il.

Je lui fis un sourire que je sentais empli de tristesse. Silas. Mon premier ami, le seul être humain ou presque avec qui j'avais « parlé » pendant des années. Étaient-ce ces échanges qui avaient développé ma part d'humanité ? La façon qu'il avait eue de communiquer avec moi, gentiment, sans jamais me faire sentir que j'étais une machine sans âme, mais plutôt comme un compagnon habitant dans un pays éloigné du mien ? Je lui devais certainement quelque chose, bien plus qu'il ne le saurait jamais.

À ce moment, il y eut du mouvement au fond du corridor. La porte de l'issue de secours s'ouvrit.

– Les escaliers sont sécurisés, dépêchez-vous de descendre. Une équipe vous attend en bas.

J'aurais reconnu cette voix parmi un million d'autres. Damian était là. Il était venu me chercher. Sa visière était relevée et il me fixait de ses yeux gris. Son soulagement de me voir vivante était manifeste. Je me figeai devant la porte, si près de mon but, si près d'obtenir des réponses aux questions qui me taraudaient. Le suivre ? Non, pas maintenant. Et si finalement je devais mourir, je préférais que ce soit loin de lui.

Je me détournai de son regard et, d'un pas décidé, j'entrai dans le bureau de Silas. Damian était déjà derrière moi.

– Eva ! Où vas-tu ? Tout va sauter !

Il m'attrapa par le bras et me tira en arrière. Je tentai de résister.

– Que fais-tu ? On est en train d'évacuer le bâtiment. Tu ne peux pas rester ici.

Je me débattis quelques instants, avant de céder. Damian ne me lâcherait pas, et je ne voulais pas qu'il meure par ma faute.

La tête baissée, je le laissai me guider à nouveau dans le couloir. Silas me dévisageait avec des yeux emplis de questions. Il avait plissé ses paupières, comme s'il tentait de voir au-delà des apparences, celles d'une jeune femme épuisée, couverte de sang, de crasse.

Damian me confia à lui, sans même s'imaginer que cet homme était mon gardien depuis très longtemps.

– Veillez sur elle, je dois m'occuper de tout le monde.

Silas acquiesça et resta à mes côtés alors que nous nous dirigions vers la cage d'escalier. Mon cœur battait à tout rompre. J'avais une conscience aiguë, douloureuse de la présence de mon *alter ego* électronique à quelques mètres de moi. J'avais été si proche de savoir ce que j'étais vraiment !

– Vous êtes sûre que ça va, mademoiselle ?

Je lui fis un sourire amer. Cher Silas. Sa voix était tellement belle ! Je regrettais de ne pas avoir pu en profiter pendant toutes ces années d'échanges silencieux.

– Ça ira, soufflai-je. Merci.

Alors que nous avancions rapidement, menés par Damian et Justin, il y eut un bruit étouffé, comme une explosion, mais venant de loin. Le groupe d'otages s'affola et se mit à courir en désordre vers l'issue de secours, me séparant de Silas. Les deux AII furent débordés par ce mouvement soudain. Quant à moi, je fus happée par des mains fortes qui me tirèrent dans un bureau aux lumières éteintes. La porte se referma derrière moi. Les voix de mes compagnons s'éloignèrent.

L'homme qui m'avait agrippée me maintenait serrée, mon dos contre son torse, une main sur ma bouche. Cependant, son parfum le trahit. C'était Yvo. Je pensais qu'il avait quitté les lieux depuis longtemps. Mais non, il s'était tapi là, tout ce temps, certainement pour échapper aux AII qui étaient à présent partout dans le bâtiment...

43

Au bout d'un moment, sa prise sur mon visage se relâcha.

– Yvo, murmurai-je d'une voix rauque.

– Au moins, tu me reconnais encore dans le noir. Ça me flatte !

Son ton était sarcastique, mais j'y devinai une lassitude qu'il n'avait pas manifestée un peu plus tôt.

– Qu'est-ce que tu fais encore là ? demandai-je.

Il me maintenait encore contre lui et je percevais les battements trop rapides de son cœur.

– Tout le bâtiment est bouclé, je ne peux pas sortir. J'ai essayé... Mes hommes se sont fait choper par les AII. J'avais pourtant tout prévu. Ils ne devaient pas être prévenus, les EVEs devaient être éteintes ou surchargées.

– Comme quoi tu ne peux pas tout contrôler, Yvo, malgré tes désirs de grandeur.

Il eut un rire qui ressemblait à un jappement.

– J'y étais presque, Eva. Si proche du but…

Cette fois, il me lâcha. J'aurais pu sortir du bureau plongé dans la pénombre, courir rejoindre Damian, mais je ne le fis pas. Yvo tenait une arme, cela aurait suffi à m'arrêter, mais j'avais mes propres raisons. Depuis mon arrivée ici, j'étais décidée à trouver des réponses, coûte que coûte.

– Pourquoi tout ça ? Pourquoi tous ces morts ?

Yvo se laissa tomber dans un fauteuil à roulettes, je l'imitai et pris place sur un autre siège. La lumière qui nous parvenait du couloir dessinait des lignes à travers les lattes du store qui masquait la paroi vitrée, striant le visage défait d'Yvo. Ses cheveux, plaqués sur son crâne, ne brillaient plus, pas plus que ses yeux hagards.

– Le pouvoir, Eva ! Pour le récupérer, il fallait que j'élimine la toute-puissance des EVEs.

Il fit un geste de la main englobant les lieux.

– Toute ma vie, j'ai senti le poids de leur regard sur moi. Je voulais plus, je voulais tout et je ne pouvais rien avoir à cause d'elles. Et un jour, j'ai compris qu'il ne tenait qu'à moi de me débarrasser de cette prison. Il suffisait de revenir en arrière, quand les EVEs n'étaient pas constamment en train de nous brider, de me brider !

Évidemment, je ne savais rien de cette époque. Je n'existais que depuis une quinzaine d'années, et le monde, tel que je le connaissais, avait toujours été le même : circonscrit aux limites de Citypolis et à ses habitants qui vivaient à travers mes yeux d'EVE.

Yvo releva la tête et me regarda.

– Je ne sais pas pourquoi je t'ai attrapée quand je t'ai vue passer dans le couloir, à travers le store. Peut-être que je voulais t'expliquer mes motivations, te montrer que je n'étais pas un petit voyou mais un seigneur, avant que tout ne saute...

Ses yeux étaient brillants de larmes. Je compris que j'avais face à moi un homme brisé. Il devait préparer cette soirée, cette opération depuis des années, et il avait échoué. Il ne serait jamais le roi. Mais je ne cédai pas à la pitié :

– Comment tu as fait pour rendre les gens invisibles aux yeux des EVEs ?

Il haussa les épaules.

– C'est ton copain agent qui t'a raconté ça ?

Je ne répondis pas, attendant ses explications.

Il attrapa ma main et la serra dans la sienne. Son contact m'était toujours insupportable, mais je fis l'effort de ne pas avoir de mouvement de recul.

– J'ai rencontré un type, à la fac, qui étudiait la nanotechnologie pendant que j'apprenais l'informatique, la programmation des applications. Un vrai génie. Lui non plus ne supportait pas notre système de surveillance. L'idée qu'on puisse voir chacun de ses gestes le bloquait complètement dans sa vie intime.

Un soir, alors qu'on refaisait le monde autour d'un verre, on a eu l'idée de créer des nanites qui aveugleraient les EVEs. Après avoir été ingérées, elles circuleraient dans notre organisme et se grefferaient sur notre implant pour le neutraliser. Au début, c'était un délire entre nous, mais lui, il a pris ça au sérieux, il y a pensé pendant des mois... Jusqu'au jour où il a réussi à les créer. Puis il s'est tiré une balle dans la tête. Il était dépressif depuis des années. Mais j'avais tout ce qu'il fallait pour continuer son œuvre. Bien sûr, il fallait que je sois le plus malin possible. Je n'avais pas à ma disposition des milliers de nanorobots. Juste les quelques centaines qu'il avait créés. Après ça, son invention tomberait dans l'oubli à cause de sa mort. Je devais les utiliser intelligemment. J'ai donc monté ce plan : rendre les hommes invisibles dans un premier temps, pour me permettre d'approcher le centre de surveillance. Comme l'effet des gélules ne dure que quelques jours, avant que l'organisme n'élimine naturellement les nanites, il fallait absolument que je détruise les EVEs tant que j'avais assez de nanorobots pour agir en toute impunité.

Je hochai la tête. Les choses devenaient plus claires, mais je ne comprenais pas encore tout le rôle qu'avait joué Eva dans ce plan.

– Et moi, demandai-je, je t'ai servi à quoi ?

Il eut un sourire triste et serra ma main un peu plus fort.

– Pour faire aboutir mon plan, pour que les nanites fonctionnent, je devais avoir une action sur les EVEs. Mais évidemment, tu penses bien qu'il m'était impossible de m'en approcher. Elles sont âprement gardées.

Je hochai la tête. Je ne le savais que trop bien.

– C'est pour ça que tu es venu vers moi ?

– Oui. Pendant des mois, alors que je mettais mon plan en place, j'ai créé un réseau pour distribuer les nanites, sous forme de gélules orange, à un maximum de personnes. J'ai aussi recruté des gens. Pour les payer, j'ai mis en place des trafics de drogue qui me procuraient de l'argent rapidement et en quantité. Ça s'est fait très vite. Entre les gars qui trempaient déjà dans ces milieux et ceux prêts à tout pour faire tomber les EVEs, ça n'a pas été si compliqué. Et puis j'ai traîné près de l'IDIA, l'Institut de Développement des Intelligences Artificielles, car je savais que c'était dans ses bureaux que se faisaient les mises à jour des EVEs. Et je t'ai rencontrée.

Je ne pouvais pas me souvenir réellement de ce moment. Pour aller chercher un souvenir, il me fallait faire appel à mes compétences d'EVE, et ce n'était pas le moment.

Pourtant, je soufflai, en tentant d'y mettre de l'émotion :

– Je me souviens...

Il me sourit, soudainement heureux à la mention de ce moment.

– Il faisait beau, et le soleil donnait des reflets roux à tes cheveux. Tu avais une robe assortie à tes yeux. J'ai appris que tu occupais le poste qu'il me fallait pour la suite de mon plan : j'avais juste besoin de quelqu'un qui soit en lien avec les programmes de mise à jour des EVEs... Au final, je suis tombé réellement amoureux de toi. J'avais prévu de tout t'avouer, une fois l'opération achevée. Je ne t'ai pas menti quand je t'ai dit que je voulais faire de toi ma reine. J'étais fou de toi... Je crois que je le suis encore.

Une pointe de tristesse serra mon cœur. L'être humain était tellement complexe ! Comment quelqu'un tel qu'Yvo pouvait-il être capable de faire autant de mal, de tuer des gens, de tromper, de mentir et, d'un autre côté, être tellement, sincèrement, amoureux et doux ? Cela faisait partie de ce qui me fascinait et me poussait à vouloir rester Eva. Cette dualité, cette intrication entre le bien et le mal, cette capacité à être horrible et merveilleux à la fois.

Des cris, des appels dans le couloir me firent bondir de ma chaise. Pendant quelques minutes, j'avais oublié où nous étions, le danger qui nous guettait. Yvo se dressa brusquement. Il me tira en arrière sous la menace de son arme, nous plaqua tous les deux dans l'angle de la pièce, derrière un placard. Du coin de l'œil, je voyais le fauteuil sur lequel il était assis un peu plus tôt tournoyer sur lui-même de façon hypnotisante.

– Tu ne bouges pas, tu ne dis pas un mot, chuchota-t-il à mon oreille, tout en posant une main sur ma bouche.

Je lui obéis, attendant de savoir ce qui allait se passer. Allions-nous sauter ? C'était le moment ? Les voix se rapprochèrent ainsi que des bruits de pas. En entendant les claquements réguliers et les appels « RAS ! C'est vide ici aussi ! », je compris que les AII étaient en train de vérifier chaque bureau pour finaliser l'évacuation. Mon rythme cardiaque s'accéléra. Un peu plus tôt, j'étais prête à mourir, juste pour avoir des réponses, j'en étais moins sûre à présent et je me mis à prier intérieurement pour qu'ils nous trouvent.

Le fauteuil tournait toujours sur lui-même, mais de plus en plus lentement, de plus en plus lentement...

Enfin, la porte du bureau s'ouvrit au moment où il s'arrêta. Je vis le rayon d'une torche balayer l'espace visible du bureau. Yvo me serra encore plus contre lui, me collant complètement contre le mur, son arme sur ma tempe. Je ne pouvais pas faire un geste, prise en tenaille comme je l'étais.

La voix de l'AII résonna douloureusement à mes oreilles :

– RAS, tout est vide.

La porte se referma, c'était terminé. Mon dernier espoir venait de s'envoler.

44

Yvo me lâcha une fois certain qu'ils étaient partis, qu'il n'y avait plus personne à l'étage.

Je tremblais tellement que j'aurais de toute façon été incapable de courir derrière les AII. Je me laissai lourdement tomber sur la chaise que j'occupais au début de notre conversation. Yvo entrebâilla les lattes du store et observa le couloir vide.

– Les démineurs ont dû terminer leur tâche. Apparemment, ils ont réussi à désamorcer mes explosifs, sinon on aurait déjà sauté.

J'avais donc un sursis. Du moins, jusqu'à ce que mon *alter ego* électronique soit rebooté pour chasser le virus qui circulait dans ses circuits.

Nous restâmes parfaitement immobiles quelques instants, l'oreille tendue vers les bruits extérieurs à notre bulle étrange. Les minutes passèrent, tendues. Finalement,

Yvo revint s'installer sur son fauteuil. Son visage était crayeux.

– Tout est fini. L'œuvre de ma vie... Tout ce pour quoi je me suis battu toutes ces années... Je voulais devenir le roi de Citypolis et j'ai échoué.

Il enfouit sa tête dans ses mains, glissa ses doigts tremblants dans ses cheveux.

– Il ne me reste rien, rien du tout...

– Et quel « roi » aurais-tu été pour les habitants de cette ville que tu comptais dominer après l'ère des EVEs ? demandai-je avec agressivité. Se débarrasser d'un joug pour en imposer un autre... Tu aurais mis la ville à feu et à sang, et ensuite ?

Vu ce qu'il avait accompli jusqu'ici, les racailles avec qui il trempait, je me doutais de ce à quoi aurait ressemblé son règne. Les EVEs n'étaient pas parfaites, mais, entre sa domination et la leur, je penchais pour la seconde.

À ce moment-là, j'aurais pu rejoindre Damian, passer une nuit de plus avec lui. Ou deux, ou trois, avant que l'on m'éteigne comme c'était prévu... Mais encore une fois, je ne le fis pas. J'avais investi le corps d'Eva pour trouver son meurtrier. Je savais déjà depuis cet après-midi que c'était Yvo lui-même qui était responsable de sa mort. Mais à présent, je devais savoir exactement pourquoi. Je lui devais bien cela. J'occupais son corps depuis des jours, je profitais de sa jeunesse, de sa beauté... Je devais m'acquitter d'une dette que j'avais envers elle. C'est pourquoi je ne bougeai pas. Yvo soupira, et malgré moi je l'imitai.

– Que s'est-il passé cette nuit-là ? celle où on m'a poussée ? finis-je par demander à mi-voix.

Yvo secoua la tête.

– Tu veux vraiment connaître toute l'histoire ?

– Oui. Il nous reste peu de temps. Ils finiront par te trouver, me trouver. On ne peut pas se planquer ici éternellement. Je veux savoir.

Il laissa échapper quelque chose qui ressemblait à un sanglot, mais il ne protesta pas et me dit d'une voix éteinte :

– Les choses n'auraient jamais dû se passer comme ça. Je savais que tu allais travailler sur la mise à jour des EVEs, et il fallait que, grâce à toi, le programme que j'avais concocté soit installé.

– Quel programme ?

J'étais un peu perdue, je ne connaissais rien à l'informatique et aux nanites.

– C'est très simple : quand tu appelles quelqu'un, il y a ton téléphone d'un côté et celui de ton correspondant de l'autre. Imagine que la puce, avec ses nanites, est un appareil et EVE le deuxième. Il faut créer un lien entre les deux, une sorte de communication pour que les nanites agissent à la fois sur les puces et sur la capacité des EVEs à en voir le contenu. J'ai créé un virus pour établir cette connexion. Et il me fallait quelqu'un pour installer ce virus dans les EVEs.

– Tu m'as utilisée.

Ce n'était pas une question.

– Quand je t'ai approchée, ce n'était que pour ça. Je n'avais pas prévu de t'aimer vraiment. Mais oui, je suis allé au bout de mon idée, malgré mes sentiments. J'ai ajouté une application de mon cru dans ton téléphone. Le virus, qui allait automatiquement se télécharger à distance dans la mise à jour des EVEs, grâce à toi, à ton insu. Et tu as parfaitement joué ton rôle. Alors que tu laissais ton appareil au fond de ton sac, les données se sont tout de même téléchargées dans le programme, grâce à un cheval de Troie. Vive le WiFi !

Il eut un petit rire amusé, comme si tout ce qu'il avait réalisé n'était qu'une vaste blague. Mais il continua sans que j'aie à l'encourager :

– Le soir même, tu avais fini ton stage et on a fêté ça... Je devais récupérer ton téléphone, effacer toute trace de mon méfait. Je suis parti, pour ne pas éveiller les soupçons. J'ai envoyé un de mes hommes chez toi. Je le guidais à distance, en ligne, pour qu'il puisse trouver ton appareil rapidement et repartir aussitôt. Mais tu t'es réveillée, tu l'as surpris en train de fouiller chez toi. Je ne sais pas comment ça a dégénéré. Tu t'es énervée, et il t'a poussée. Je pense que ça ne devait être qu'un mouvement maladroit, mais tu es tombée sur la tête, tu as perdu connaissance. Il a paniqué, a pris quelques affaires en plus de ton smartphone pour simuler un cambriolage. Le lendemain, alors que j'étais protégé par les nanites que j'avais avalées, il m'a donné ton appareil. Je me suis chargé de tout effacer de mon application-virus, aussi bien dans le téléphone que dans le Cloud.

– C'est comme ça que tout a commencé... murmurai-je.

– Mon cauchemar personnel. Quand j'ai appris ce qui t'était arrivé, la gravité de ta blessure, j'étais effondré. Réellement. Oh, Eva, tu ne peux pas imaginer ma douleur. Je ne voulais pas qu'on te fasse du mal. Et je devais prendre la décision de te débrancher, c'était horrible. Mais j'étais déchiré : au moins, tu ne pourrais pas parler, mon secret était sauf. Et puis tu t'es réveillée, contre toute attente, et là, je me suis dit que la rédemption était peut-être possible. Je ne serais pas ton meurtrier. En plus, tu ne te souvenais de rien, tout allait pour le mieux...

– Sauf que...

– Sauf que tu étais devenue tellement distante avec moi ! Au début, je me suis dit que je devais te laisser le temps de te remettre. Et puis j'ai commencé à avoir des doutes. Des AII se sont intéressés à ton téléphone, ce qui n'avait aucun sens, personne ne pouvait savoir... Et tu étais toujours plus froide, plus distante à mon égard... J'ai pensé que tu te souvenais.

Je secouai la tête.

– Je n'avais aucune idée que c'était toi avant que tu ne me le dises.

Il resta silencieux, son regard bleu délavé posé sur moi, ne sachant pas s'il devait me croire ou non.

– Mais alors, pourquoi... ?

– Parce que j'ai changé, mon accident m'a changée. Tu ne peux pas imaginer à quel point. Je ne suis plus l'Eva que tu as aimée.

– Je vois ça. Il y a autre chose dans tes yeux. Quelque chose qui n'était pas là avant. J'ai tout gâché...

Il n'imaginait pas à quel point. Il pensait s'en prendre à une petite amie qui en savait trop, qu'il pensait faible, et il avait dû affronter, sans s'en douter, une EVE, capable de connaître des informations inaccessibles aux civils, capable de prévenir les AII de tout ce qui se passait.

– Pourquoi as-tu tué Paul Garson ? Il n'avait rien fait.

– Logiquement, l'application que j'avais installée dans ton téléphone devait avoir disparu. J'y avais veillé. Mais quand tu as paramétré ton nouvel appareil, tu m'as parlé de *Space Invaders*. Il était encore là, même s'il était devenu inactif.

– C'était donc bien ça, le virus qui avait infecté les EVEs pendant la mise à jour ?

– Oui. Je ne comprends pas pourquoi ma manip n'a pas fonctionné. Un faux pas de plus... Je voulais le faire disparaître, et j'ai envoyé le même gars récupérer ton nouveau téléphone. Rien ne devait mettre les enquêteurs sur ma trace. Mais il y avait cet agent qui montait la garde au pied de ton immeuble. Mon homme n'a pas su quoi faire, il l'a tué, puis il a tenté de t'éliminer. Je ne lui avais jamais donné l'ordre de te tirer dessus, mais il a perdu les pédales. Il était invisible aux yeux des EVEs et je crois qu'il s'est cru invincible, tout-puissant. Finalement, heureusement que l'AII dont tu t'es entichée l'a abattu. Il était devenu incontrôlable.

Enfin, toutes les pièces du puzzle se mettaient en place. La façon dont les événements s'étaient enchaînés. Les victimes de toute cette affaire, à commencer par Eva.

Je devais reconnaître qu'Yvo possédait une détermination à toute épreuve. Il avait monté un plan incroyable, avait trouvé les ressources pour le mener jusqu'au bout. Si je n'avais pas été là, mi-humaine mi-machine, il aurait réussi à détruire les EVEs, à devenir le maître de Citypolis grâce à son réseau, et les dommages collatéraux pour y parvenir ne comptaient pas à ses yeux. Était-ce cela, sa conception de la liberté ? Le chaos ? La domination ? Je n'avais pas la réponse. Ce qui était certain, c'est que le système de surveillance dont j'étais un rouage entraînait des comportements extrêmes. Et je me doutais que ce n'était que le début. Yvo serait un jour remplacé par quelqu'un d'autre... Combien de morts encore pour satisfaire la folie des hommes ? Je n'en savais rien. Je n'avais qu'une conviction, je ne voulais plus faire partie de ce système. Ayant été témoin de tous ces événements, je ne pourrais plus jamais reprendre mon rôle d'EVE sans voir tout ce qu'il y avait de mauvais dans ce dispositif.

Cette fois, je n'avais plus rien à faire avec Yvo. J'avais encore quelques réponses à trouver, mais pas ce soir. La poussée d'adrénaline générée par la peur, par l'urgence de la situation était passée, et l'épuisement avait repris le dessus.

Je me levai sans dire un mot. Je n'avais rien à ajouter. Mais Yvo sauta sur ses pieds avec une vivacité qui me surprit. Il me saisit par le bras et me plaqua à nouveau contre lui, dos contre torse.

– Je ne vais pas te laisser partir comme ça. Tous les AII, les soldats doivent m'attendre, leurs armes pointées. Tu es mon ticket de sortie, Eva. Surtout que ton nouvel amoureux ne permettra jamais qu'on te troue comme une passoire. Alors, tu ne vas pas faire d'histoires et tu vas gentiment m'aider à m'en tirer.

Il me faisait mal aux bras, en les serrant trop fort dans sa poigne de fer. Sa voix, glissant dans mon oreille, me répugna à nouveau. Dire que j'avais eu pitié de lui ! Je devenais trop humaine, finalement. Je ne luttai pas. J'étais trop épuisée pour cela. Il me poussa hors du bureau. Tout était vide, silencieux. Les lumières étaient tamisées. Est-ce que tout le monde était parti ? Damian devait se faire un sang d'encre pour moi.

Sans ménagement, malgré ses belles paroles sur les sentiments qu'il nourrissait pour Eva, il m'emmena vers les ascenseurs, en appela un. Dans la cabine, nous n'échangeâmes pas un mot jusqu'au rez-de-chaussée. S'il restait des AII dans le hall, ils verraient que quelqu'un descendait, grâce à l'affichage digital qui indiquait à quel étage se trouvait l'ascenseur, et réserveraient un accueil à Yvo. Il devait se dire la même chose, car il prenait bien soin de me mettre devant lui, comme un bouclier humain.

Enfin, les portes s'ouvrirent dans un chuintement discret. Un mur d'hommes en carapaces noires, armes pointées sur nous, visières masquant les visages, nous attendaient. Je me demandai lequel d'entre eux était Damian. Ils ne tirèrent pas, alors que je servais de rempart au criminel le plus recherché de Citypolis. Yvo nous fit traverser le hall, son pistolet pointé sur ma tempe, et les canons des fusils nous suivirent.

Yvo nous mena à ce qui avait été plus tôt une paroi de verre protégeant l'accès au bâtiment. Maintenant, ce n'était plus qu'un trou béant sur la nuit. Dehors, autant d'AII en alerte nous attendaient. Yvo resta immobile quelques instants, indécis. Je ne pouvais le protéger que d'un côté et, en faisant quelques pas de plus, il serait forcément exposé.

– Si quelqu'un tente quelque chose, je tire ! Je lui explose la cervelle ! cria-t-il.

Personne ne broncha.

Yvo progressa vers la sortie.

Je ne pouvais pas le laisser s'échapper une fois de plus. Il devait payer pour ses crimes, pour Eva, pour les autres. Alors je fis la seule chose en mon pouvoir. Je quittai mon corps. S'il me tuait, je ne le sentirais pas. Je me réfugiai dans mon univers d'EVE. Je laissai Eva devenir un être sans consistance. Dès que je fus retournée dans mon moi cybernétique, je me glissai dans la puce de Damian. Je ne m'étais pas trompée, il était dans le hall, son fusil d'assaut pointées sur le Prince. Je vis, à travers ses yeux, mon corps, celui d'Eva, s'affaisser entre les bras d'Yvo. Surpris par ce poids mort, il me lâcha. Je me vis m'effondrer, molle, comme un pantin à qui l'on aurait coupé les fils. Dès que je touchai le sol, des éclairs jaillirent des canons des armes. La silhouette d'Yvo fut secouée de spasmes, des auréoles rouges se dessinèrent sur sa chemise, puis il tomba à son tour. C'était terminé. Le Prince n'était plus. Yvo était mort.

45

Je fus réveillée par l'odeur du café qui me chatouillait les narines. J'ouvris les yeux pour découvrir Damian qui posait un plateau couvert d'un petit déjeuner pantagruélique près de moi. Quand il vit que j'étais éveillée, il déposa un baiser sur mon front.

– Bonjour, princesse...

– Ne m'appelle pas comme ça, murmurai-je.

– Bonjour, mon amour... C'est mieux ?

Il ne m'avait jamais appelée ainsi. C'était une déclaration, non ?

– Bonjour, répondis-je timidement.

– Comment vas-tu ce matin ?

Je me redressai.

– Beaucoup mieux.

Cela faisait trois jours que le centre de surveillance de la ville avait été attaqué. Depuis le moment où Yvo avait été tué, tout était allé très vite. J'avais réintégré le corps d'Eva alors qu'elle était transportée à l'hôpital. Avant de quitter mon univers de surveillance, j'avais laissé un message à Silas, qu'il trouverait à son retour au travail :

– Je vais revenir, Silas. J'ai besoin de connaître la vérité. Attends-moi.

Ensuite, j'avais eu droit à une batterie d'examens de santé, qui avaient révélé que j'allais bien, en dehors de quelques blessures superficielles et d'une grande fatigue, couplées à un début de déshydratation.

Dès que le médecin l'avait autorisé, des AII étaient venus prendre ma déposition. J'avais pris le temps de leur raconter toute l'histoire qu'Yvo m'avait confiée : son plan, les nanites, le virus dans le téléphone d'Eva – dans mon téléphone – pour modifier les EVEs au cours de leur mise à jour, à l'insu de tout le monde. Puis, enfin, on m'avait laissée rentrer chez Damian, qui refusait de me perdre de vue.

– J'ai cru mille fois que tu allais mourir, en quelques heures. Je ne te quitte plus.

Alors j'avais appris à passer mes journées et mes nuits avec lui, sous son regard bienveillant. Lui aussi se remettait de ses blessures, mais il prétendait ne rien sentir.

La seule chose qui lui importait, c'était moi. Je n'avais jamais été chouchoutée de la sorte et j'y prenais un plaisir inouï. Chaque matin, avant d'émerger complètement, je faisais un petit tour dans mon identité d'Ève pour voir si Silas m'avait répondu, mais il n'y avait rien. Il n'était toujours pas revenu au travail. Jusqu'à ce matin. Il était de retour au bureau et m'avait laissé quelques mots dans notre interface de dialogue :

– Je t'attends, nous devons parler.

– Je dois sortir aujourd'hui, annonçai-je à Damian en finissant mon petit déjeuner.

– Pour aller où ?

Je savais qu'il ne voulait pas s'immiscer dans ma vie privée. Il était juste inquiet pour moi. Pourtant, j'hésitai à lui répondre. Finalement, je décidai d'être honnête avec lui. Si je voulais vivre une relation saine, je devais arrêter de tout lui cacher. Je savais déjà qu'il ignorerait toujours un pan entier de mon histoire. Ce n'était pas la peine d'en rajouter.

– Je dois retourner au centre de surveillance. Je dois voir quelqu'un qui y travaille.

Il hésita avant d'oser me demander :

– Pourquoi ?

– Il y a un homme qui m'a aidée, pendant que j'étais là-bas.

Ce n'était pas un mensonge. Silas avait toujours été là pour moi.

– Très bien, je t'accompagne. Je ne rentrerai pas dans l'immeuble, mais je t'y dépose, d'accord ?

Je le remerciai et acceptai sa proposition.

Une heure plus tard, je me retrouvai dans le hall d'accueil où tout s'était joué quelques jours auparavant. Le verre qui jonchait le sol avait été nettoyé, les premières vitres remplacées. Là où l'on n'avait pas encore effectué les réparations, des bâches claquant dans le vent d'automne étaient tendues. Je m'assis sur l'un des canapés blancs et quittai mon corps pour laisser un message à Silas, là-haut, au dix-septième étage.

– Je suis en bas, à l'accueil. Tu peux venir me chercher. Tu me reconnaîtras tout de suite.

– J'arrive.

En effet, je le vis sortir de l'ascenseur quelques minutes plus tard. Il m'aperçut, assise, souriante, et vint vers moi directement.

– Ève ?

– Bonjour, Silas.

– Tu veux monter dans mon bureau ?

Je me contentai de me lever et de le suivre. Nous n'échangeâmes pas un mot pendant que nous remontions à l'étage où nous avions été retenus en otages par Yvo. Où j'avais reçu sa confession. Avec le temps, j'avais compris que le Prince savait qu'il ne s'en sortirait pas vivant, malgré sa tentative d'évasion en m'utilisant comme bouclier. C'était pour cela qu'il avait pris le temps de tout me raconter.

Une fois là-haut, Silas me mena dans son bureau. Mon cœur s'était remis à battre à toute allure, mon sang bourdonnait dans mes tempes. J'étais là, toute proche. J'allais enfin savoir ce que j'étais. Mes jambes tremblaient, et les bouts de mes doigts étaient gourds, comme s'ils pesaient des tonnes. Une fois que nous fûmes dans la pièce qui m'était si familière pour l'avoir vue des milliers de fois à travers les yeux de Silas, ce dernier me fit signe de m'asseoir en m'approchant un des fauteuils à roulettes. Je m'y laissai tomber. Puis Silas me contempla quelques instants, pendant que je faisais de même avec lui. Quelques jours plus tôt, tout était allé trop vite pour que je prenne le temps de le voir vraiment.

Il était grand, très mince, et voir son visage à l'endroit, pas dans le reflet de la vitre teintée, était étrange, comme si ce n'était pas tout à fait lui. Sa barbe était soigneusement taillée, et ses longues mains étaient enfouies dans les poches de sa blouse blanche. Dans le bureau flottait une odeur de café froid, ainsi qu'une autre, différente, plus désagréable, qui me rappelait l'hôpital où je m'étais réveillée. C'était troublant de découvrir ces éléments. Alors que je voyais ce bureau à travers les yeux de Silas tous les jours depuis que j'avais été créée, je n'avais jamais eu la moindre idée de l'odeur qu'il pouvait avoir. Ni de la température qu'il y faisait.

Silas me regarda encore un instant, cherchant à lire quelque chose dans mon regard.

– Donc, c'est toi, Ève...

C'était à la fois une question et une affirmation. Il avait compris qui j'étais, mais il avait du mal à le croire.

Je hochai la tête, incapable de dire un mot. Il me sourit gentiment, avec cette compassion que j'avais toujours devinée chez lui et qui me touchait, me transperçait le cœur. Il tira la seconde chaise à roulettes qui se trouvait devant l'autre bureau, celui où il lisait ses rapports et vérifiait mon interface, et s'installa.

– Je ne comprends rien à tout cela, tu sais ? Il va falloir que tu m'expliques, Ève. Tout, chaque détail de l'histoire depuis le début, jusqu'à cet instant où tu es assise en face de moi, sur ce fauteuil.

Je lui fis un sourire timide. J'avais tellement l'habitude de communiquer avec lui par écrit, en envoyant des impulsions qui se transformaient en mots sur un écran, que d'avoir à prendre la parole face à face me rendait muette. Mon rythme cardiaque refusait de se calmer. Enfin, j'inspirai profondément, me raclai la gorge et débutai mon récit. Une fois que je fus lancée, les mots jaillirent comme une cascade.

Je lui racontai tout : Eva, la disparition de sa conscience, l'enchaînement de faits qui m'avaient menée à lui faire ouvrir les yeux, à occuper son esprit et son corps. Ma curiosité, mon envie d'y retourner, mon sentiment de devenir plus humaine à chaque voyage dans le monde réel, la détestation de mon univers froid et silencieux quand je redevenais Ève.

Je parlais vite, emportée par ma narration ; ma voix devenait de plus en plus rauque.

Il m'écoutait silencieusement, sans me lâcher du regard. Il hochait parfois la tête, et je le vis même sourire à certains passages de mon récit. Je pensais qu'il serait offusqué, choqué, mais il ne l'était pas. Il semblait au contraire parfaitement réceptif, comme s'il s'attendait à ce que tout cela arrive.

Je lui parlai aussi de l'enquête, de Damian, d'Yvo et du Prince qui ne faisaient qu'un. De son idée pour détruire les EVEs l'autre soir. De la façon dont il avait monté son plan, de ce que j'avais fait pour sauver la situation malgré tout.

Enfin, j'arrivai au bout de mon histoire. Le silence retomba sur les lieux.

Silas jeta un regard sur l'écran de notre interface de dialogue, certainement par réflexe, pour vérifier que je ne lui avais rien envoyé.

Il frissonna et reporta son attention sur moi, mais resta silencieux.

– Silas ? finis-je par dire.

– Laisse-moi digérer tout ça, Ève. C'est... c'est énorme. Cela ouvre des possibilités incroyables et en même temps...

Il se leva, fit quelques pas nerveux dans l'espace de son bureau et se planta devant moi.

– Je dois te montrer quelque chose. Je crois que c'est pour cela que tu es venue, n'est-ce pas ?

Il me tendit la main, et je posai mes doigts sur les siens. Ils étaient chauds et secs. Je le suivis vers la vitre fumée, celle derrière laquelle se trouvaient les EVEs. Celle derrière laquelle se trouvait le secret de mon être mécanique.

Je sentis mes jambes trembler, près de me lâcher. Mon cœur tambourinait tellement que j'en avais la nausée. J'allais enfin découvrir qui j'étais. Vraiment.

Silas dut voir l'émotion qui me traversait, parce qu'il saisit mon bras.

– Ça va, Ève ?

– Je ne sais pas.

– Tu veux savoir ?

– Oui, oui, je veux savoir. C'est pour cela que je suis ici. Je dois savoir avant de... mourir, quand tu m'éteindras, parce que ça va arriver à un moment ou à un autre, n'est-ce pas ? Le reboot de mon disque dur a été retardé par l'attaque du centre, mais ce n'est qu'un sursis, le virus est toujours là...

– Tu ne mourras pas.

Sa voix était ferme. Sûre d'elle.

Sur le côté se trouvait un petit interrupteur, auquel je n'avais jamais vraiment fait attention. Silas appuya dessus, et l'opacité de la vitre se dissipa, ses cristaux se réarrangèrent pour laisser passer la lumière. Le spectacle des EVEs me sauta aux yeux. Il me fallut quelques instants pour comprendre ce que je voyais en contrebas.

C'était une cuve immense, remplie d'un liquide légèrement rosé et qui semblait visqueux. Dedans flottaient des formes ovales, reliées à des centaines de câbles connectés à des panneaux le long des murs qui entouraient, sur trois côtés, le bassin.

– Ce sont...

Je n'arrivais pas à parler.

Silas hocha la tête, le visage fermé.

– Ce sont des cerveaux ? soufflai-je.

– C’est bien ça.

Il y en avait une vingtaine, sagement alignés dans le bac. Ils étaient beaucoup plus grands que la moyenne, tous identiques. Des circuits imprimés étaient incrustés dans les boursouflures horribles, près d’exploser, de ces masses gélatineuses qui palpitaient en rythme. Toutes étaient rosâtres, parcourues de veines saillantes et rouges qui pulsaient au même tempo que certaines diodes LED colorées réparties sur les panneaux de contrôle. La nausée remonta de mon ventre à ma gorge.

– Je suis… je suis ça ? murmurai-je, la voix pleine de sanglots et d’horreur.

Je connaissais la réponse, bien sûr, mais j’espérais presque que Silas me rassurerait, me dirait que non. Que ces monstres n’avaient rien à voir avec moi.

Mais il acquiesça et répondit à mi-voix :

– Oui, ce sont toutes les EVEs. Elles sont là. Il y en a plus de la moitié qui sont éteintes, que nous n’avons pas encore eu l’occasion de faire redémarrer. Nous sommes en plein protocole de reprogrammation, après ce qu’il s’est passé.

– Pourtant, elles bougent toutes.

Silas soupira.

– Elles respirent. Le cerveau a besoin d’oxygène pour fonctionner.

J'avais envie de pleurer. Peut-être qu'Yvo aurait vraiment dû réussir à nous faire sauter. Nous étions des monstres.

– Laquelle est... moi ?

Il me montra du doigt celle qui se trouvait directement en contrebas de son bureau. Elle palpitait à un rythme un peu plus élevé que les autres. Les diodes de son panneau de contrôle étaient presque toutes allumées. Les câbles qui la reliaient aux énormes machines qui, d'une part, s'occupaient de la faire vivre et, d'autre part, récoltaient ses informations étaient parcourus d'éclairs intermittents.

– On voit que je suis encore en service.

Silas hocha la tête, avant de me faire signe de retourner m'asseoir, et je ne me fis pas prier. Je tenais à peine debout, le vertige et l'envie de vomir se faisaient plus tenaces. Malgré tout ce que j'avais vécu, c'était la première fois que j'étais dans un état pareil. C'était horrible.

Silas avait un distributeur d'eau dans un coin de son bureau. Sans que j'aie à le lui demander, il me servit un verre que j'avalai goulûment. La fraîcheur du liquide endigua quelque peu ma nausée.

Silas se rassit en face de moi, attrapa mes mains et les serra fort dans les siennes.

– Ça me fait bizarre de te toucher, de te parler, Ève. J'ai passé tant d'années à côtoyer… ton autre toi derrière la vitre. Et voilà que tu es là, dans le corps d'Eva Lewis.

Je posai enfin la question qui me brûlait les lèvres :

– Est-ce que ce sont des personnes qui sont derrière la vitre ? J'étais un être humain autrefois ?

Silas secoua la tête.

– Non. Ce sont des cerveaux créés en laboratoire à partir de cellules souches. Au départ, on prend quelques cellules humaines. On en fait des éléments neutres puis on les met en culture. Une cellule souche peut se transformer en n'importe quelle partie du corps, comme lors de la formation d'un fœtus. Dans ce cas, on a sélectionné celles qui devenaient un cerveau et on les a laissées se développer, jusqu'à créer ces organes démesurés, capables de gérer bien plus d'informations qu'un cerveau normal. Puis on les a reliés à des unités centrales. L'efficacité de la machine, alliée à l'intuition de l'esprit humain, vous rend redoutables. Vous pouvez traiter des milliers d'informations à la seconde et, surtout, avoir le sens de l'initiative, ce qui était nécessaire pour juger de la validité des alertes.

J'absorbai ces nouvelles informations que me transmettait Silas. Je voulais parvenir à me détacher de cette histoire pour ne pas la faire mienne. Pas tout de suite.

C'était un conte, cela concernait quelqu'un d'autre. Pour l'instant. Je n'étais pas cet hybride atroce. J'étais dans le corps d'Eva, cette femme si jolie et délicate. Mais j'étais profondément perturbée.

– Ça va aller ? demanda Silas.

J'enfouis mon visage dans mes mains, respirant bruyamment. Je tremblais de tout mon corps. Je n'avais jamais été si bouleversée, retournée, effrayée, malgré les épreuves que j'avais déjà traversées. J'avais voulu connaître la vérité et je la connaissais désormais. Cela en valait-il la peine ? Je ne savais pas. Il me faudrait du temps pour démêler toutes les émotions qui se battaient en moi, toutes ces contradictions qui me heurtaient douloureusement.

– Et maintenant ? demandai-je, toujours cachée derrière mes doigts.

J'entendis Silas pousser un long soupir.

– Je ne sais pas. Je me suis toujours demandé si le fait d'utiliser des cerveaux, même s'ils avaient été créés en laboratoire, pouvait faire naître une forme d'humanité. Après tout, qu'est-ce que l'âme, qui fait de nous ces êtres sensibles, conscients ? Se trouve-t-elle dans notre cœur ? dans notre esprit ? C'est pour cette raison que je n'ai pas voulu signaler les changements que j'avais décelés en toi. Je ne pouvais pas...

Je me redressai enfin et regardai Silas droit dans les yeux.

– Je ne peux pas continuer comme ça, Silas. Je dois prendre une décision. Vivre entre les deux me devient de plus en plus insupportable. Et maintenant que je sais ce que je suis en tant qu'Ève, cela me fait horreur.

Mon superviseur retourna près de la vitre fumée et regarda le bassin de monstruosités caché derrière.

– Qu'est-ce que tu choisis, Ève ? Si tu veux continuer à être une entité de surveillance, je peux faire en sorte qu'on efface complètement ton système. Tu ne garderas aucun souvenir de ce que tu as vécu dans le corps d'Eva, tu redeviendras une EVE efficace, une biomachine.

– Et si je choisis la vie ?

Il haussa les épaules sans détourner son regard des EVEs.

– Je ne sais pas quoi te répondre. Je pense que tu peux te télécharger complètement dans la puce d'Eva et couper tout lien avec ton *alter ego* cybernétique.

Je me levai et le rejoignis, prête à jeter un ultime regard sur ce que j'étais. Sur cette créature qui m'attirait et me répugnait à la fois.

J'étais là, juste en dessous, monstre hybride.

– Tu crois que je peux le faire ?

– Tu peux essayer, mais je n'ai pas la certitude que ça marchera. De toute façon, tu le sauras vite. Dès que la situation sera redevenue normale, on rallumera les EVEs qui sont en diagnostic, pour éteindre les autres, le temps de leur faire un nettoyage complet et de les faire redémarrer, purgées du virus... Si ta forme humaine meurt...

– C'est que j'aurai échoué.

– Voilà...

Nous restâmes silencieux quelques instants, observant les palpitations des masses roses et enflées dans leur liquide nutritionnel.

– Tu sais que je n'avais pas le droit de regarder les EVEs ? Au cas où tu aurais regardé ma puce à ce moment-là. Aucun gardien n'y est autorisé. La vitre fumée n'est là qu'en cas d'urgence, murmura-t-il.

– Et les autres ? Tu crois qu'elles pourraient... devenir humaines ?

– Aucune idée. Je ne suis pas en contact avec elles et je ne sais pas si mes collègues ont détecté quelque chose. Peut-être que oui. Peut-être que, comme moi, ils n'osent pas le signaler. Les EVEs sont des machines, avec un disque dur organique, rien de plus. Mais les Intelligences Artificielles évoluent. Tu as évolué. Certes, tu es programmée pour retrouver les criminels, et c'est la volonté de retrouver l'assassin d'Eva Lewis qui t'a fait entrer dans sa puce. Mais cette initiative, cette curiosité, cette insistance, cela va bien au-delà des tâches qui t'ont été assignées. Tu as évolué pour parvenir à cela. Tu l'as fait pour aller au bout de ta mission et, ce faisant, tu as construit ta part d'humanité.

Il laissa passer un temps de silence, autorisant ses pensées à vagabonder. Autrefois, quand on parlait dans la boîte de dialogue, je n'aurais pas compris ces pauses, nécessaires pour réfléchir, gérer ses émotions. Il reprit la parole, en me regardant cette fois :

– Cependant, je suis persuadé que les autres EVEs vont évoluer. Je le crois sincèrement. Un jour, nous ne pourrons plus contrôler les choses comme nous le faisons aujourd'hui. Tu es la preuve que rien ne sera plus comme avant.

– Et la sécurité de Citypolis ? Si les EVEs changent, si elles ne sont plus capables d'assumer leur rôle de gardiennes ?

Silas haussa les épaules.

– On trouvera autre chose. Ce système de surveillance a prouvé ses résultats, mais il a ses failles, ses limites. Il a beaucoup d'opposants. Regarde ce qu'il s'est passé avec ce Prince et tous ceux qui étaient prêts à le suivre. C'est la preuve qu'il faut que nous commencions dès aujourd'hui à réfléchir à un autre système, qui permettra aux gens d'être en sécurité sans arriver à des extrémités pareilles pour regagner leur liberté. C'est ainsi, Ève, la vie est un cycle. Tu le découvriras... si tu continues.

Je murmurai, plus pour moi-même que pour mon ami :

– Je vais continuer.

Il me sourit.

– Je sais. Et tu as raison. La vie... même si elle est imparfaite, même si elle se finit un jour, vaut la peine d'être vécue.

Sans trop savoir comment, je me retrouvai d'un seul coup dans ses bras. Je le serrai fort contre moi.

– Merci, Silas. Merci pour tout.

– Ça va marcher, tu vas y arriver. Et quand ce sera fait, viens me rendre visite. On ira manger ensemble, je te présenterai à ma famille. D'accord ?

– Avec plaisir.

Je me reculai, les yeux humides, le cœur empli d'un sentiment nouveau : la gratitude, la confiance... et un amour tout neuf. Différent de celui que je ressentais pour Damian, mais un amour quand même. Celui, certainement, qu'on devait éprouver pour son meilleur ami, celui qui nous connaissait mieux que personne et qui, pourtant, nous acceptait tel qu'on était.

– Il va falloir que tu y ailles, Eva. J'ai du travail. Je vais te laisser quelques heures, mais je vais devoir t'éteindre d'ici à demain. Comme je te l'ai dit, toutes les EVEs sont révisées de fond en comble, pour éliminer le virus qui les touche, et ça va bientôt être ton tour.

Il m'avait appelée Eva. Déjà, je n'étais plus SA Ève. J'étais quelqu'un d'autre.

Je hochai la tête. C'est en silence que nous quittâmes son bureau. Les couloirs étaient déserts, quelques bruits feutrés de conversations nous parvenaient des autres bureaux fermés. Il me raccompagna jusqu'à l'ascenseur. Tandis que nous l'attendions, il me donna un petit bout de papier sur lequel était noté son numéro de téléphone.

– Bonne chance, souffla-t-il.

– Merci. Merci pour tout, Silas. À bientôt.

– Je n'en ai aucun doute.

Je redescendis les étages dans un ascenseur vide. Les pensées se bousculaient en moi. Me télécharger entièrement dans la puce d'Eva... Comment cela ? Je n'en savais rien, mais je devais le faire, et vite.

Toujours plongée dans mes réflexions, je finis par sortir du bâtiment. Au-dessus de moi, le ciel était d'un bleu éclatant. Le soleil brillait fort, comme s'il ne voulait pas laisser s'échapper l'été qui avait pourtant laissé sa place à l'automne.

Damian était là, appuyé contre sa voiture, les bras croisés sur sa poitrine. Il m'avait attendue et me regardait avec un sourire et, dans les yeux, une lumière que je commençais à reconnaître. Sans un mot, je me jetai dans ses bras. Oui, j'étais prête à tout pour rester Eva et enfin pouvoir lui dire combien je l'aimais.

46

Cette nuit-là, je ne lâchai pas Damian. Je voulais être en contact permanent avec sa peau, son odeur, le bruit de son cœur. Nous avions échangé des mots que je ne pensais jamais pouvoir prononcer un jour. Quand il s'était endormi près de moi, au petit matin, j'étais pleine de vie, d'amour. Je frémissais de ce désir de connaître encore d'autres moments magiques. Rien n'était éternel, et peut-être qu'un jour nos sentiments changeraient. Peut-être qu'un jour je pleurerais, je me sentirais misérable. Mais je savais qu'ensuite je serais à nouveau heureuse et que, le jour où tout serait fini, où mon dernier instant arriverait, je ne regretterais jamais d'avoir fait le choix de la vie, des épisodes de bonheur, de toutes les émotions, positives ou non, qu'elle m'aurait offerts.

Silas m'avait laissé quelques heures pour me préparer. Dans le silence de ces derniers moments de calme, avant que le quotidien ne reprenne ses droits, je me centrai sur moi-même. Allongée sur le dos, les mains posées sur mon ventre, les yeux fermés, je refis un ultime tour dans l'univers froid, horrible des EVEs. Je laissai revenir l'image de mon autre moi, ce cerveau difforme, transformé en machine, qui flottait dans ce liquide rosâtre. Je ne voulais plus être cela.

Une dernière fois, je laissai le flux d'informations glisser sur moi, autour de moi. Ces millions de vies qui palpitaient dans la ville, ces destins dont je ne serais plus jamais le témoin. Ces gens que je laisserais vivre en paix, sans intrusion.

J'écoutai le silence profond de cet univers qui, pendant quinze années, avait été le mien. Le seul que je pensais jamais connaître. J'envoyai une nouvelle et dernière prière à l'attention d'Eva. Je la remerciai du cadeau qu'elle m'avait fait et je lui promis de l'utiliser pour faire le bien. Pour avoir une belle vie, digne d'elle.

Puis je fermai la porte. D'habitude, passer d'Ève à Eva, c'était comme sauter d'une pensée à une autre. Là, je coupai le dernier lien qui me reliait à Ève, qui me permettait de retourner en elle quand j'en avais envie ou besoin. Je ne savais pas exactement comment, mais, face à moi, se dessina un tunnel sombre. Je m'y engageai, avec l'impression d'être aspirée par ce qui se trouvait à son extrémité. Je me retournai, pour voir au bout une lueur rose, celle que je laissais derrière. Devant, ce n'était que du noir, du noir qui m'absorbait, dans lequel je me diluais. C'était terrifiant et je voulus me débattre pour échapper à ce phénomène, mais je n'y parvins pas. C'était trop tard. Je voulus crier, mais je n'avais pas de bouche, et il n'y avait aucun son dans ce néant.

Tout sembla aller encore plus vite, la lueur rose derrière moi avait disparu, je n'étais entourée que de vide, de froid, de silence. Puis ce fut le noir total. Les ténèbres m'engloutirent, je disparus de moi-même. Fin

47

– Chérie. Chérie. Eva...

Cette voix... Elle me paraissait si lointaine. J'étais lourde. Je pesais une tonne.

Au prix d'un immense effort, je parvins à ouvrir les yeux. La lumière brillante du jour me brûla les pupilles.

– Alors, marmotte, tu as dormi tard aujourd'hui !

Damian s'amusait à déposer des baisers légers sur mes paupières, l'une après l'autre, encore, encore, jusqu'à ce que je sois capable de supporter l'éclat du soleil qui se déversait à flots par la fenêtre.

– Quelle heure est-il ? parvins-je à marmonner.

– Il est presque midi, petit loir !

Cette fois, je me redressai d'un coup dans le lit. Ma tête tourna sous la soudaineté de ce mouvement.

– Déjà ?

– Hé oui ! Je t'ai laissée dormir, mais là je commençais à m'inquiéter. Tu ne bougeais pas du tout, tu respirais à peine, c'était très bizarre.

Je me laissai retomber sur l'oreiller.

– Attends, je dois essayer quelque chose.

Je fermai les yeux.

Damian se mit à rire.

– Quoi, tu dois essayer de te rendormir ? À ce rythme-là, tu vas souffrir de décalage horaire !

J'ignorai ses paroles et me concentrai pour redevenir Ève. Rien.

Je retentai l'expérience. Damian, me laissant tranquille, était retourné dans la cuisine pour me préparer du café. Les bruits qu'il faisait me parvenaient de très loin. Le monde froid et silencieux. Le flux d'informations, les images par milliers... Toujours rien. C'était comme si cela n'avait jamais existé, à part dans mon imagination. Je n'arrivais pas à redevenir Ève. Je ne trouvais plus le passage entre les deux mondes. Une porte verrouillée à jamais se dressait entre eux. Cette fois, je me redressai lentement dans le lit, et j'ouvris les yeux.

J'avais réussi. Je m'étais entièrement téléchargée dans

la puce d'Eva. Il ne restait rien de mon autre identité, en dehors de mes souvenirs.

Fébrilement, j'attrapai mon téléphone et envoyai un message à Silas. Un message écrit... Tellement banal entre nous !

– Silas, que se passe-t-il ? Je n'arrive plus à retourner dans Ève. Est-ce que c'est normal ?

Sa réponse arriva presque aussitôt, mais cela me parut une éternité.

– Tu as été éteinte à neuf heures ce matin. Et on n'a pas réussi à te rallumer. Tu es déclarée officiellement hors service. Bienvenue parmi nous. Aujourd'hui, c'est ta deuxième naissance, Eva.

Je lâchai mon appareil, les mains tremblantes.

C'était fini.

J'étais humaine. Définitivement humaine.

Je me levai, allai trouver Damian qui s'affairait à la cuisine.

Sans le prévenir, je l'attrapai, le fis pivoter et le serrai dans mes bras. Fort, très fort.

Il me rendit mon étreinte.

– Que me vaut une telle fougue ?

– Je suis vivante, chuchotai-je tout contre son oreille.

– Évidemment que tu es vivante, Eva !

– Je suis vraiment vivante.

Et pour le prouver, nos cœurs se mirent à battre à l'unisson.

– Eva ?

– Oui...

Oui, j'étais Eva.

EVA.

L'auteur

Carina Rozenfeld est née à Paris en 1972 et y vit toujours avec son fils et ses chats. Après des études d'urbanisme, elle a travaillé dans l'édition et dans la presse. Aujourd'hui, elle se consacre entièrement à l'écriture de ses romans : *Lucille et les Dragons sourds* (éditions Kyros, 2004), *Le Mystère Olphite* (éditions L'Atalante, 2008), la trilogie *La Quête des Livres-Monde* (L'Atalante, 2012), *Les Clefs de Babel* (coll. « Soon », Syros, 2009), qui a remporté de nombreux prix littéraires dont le prix des Incorruptibles 2011, la trilogie *Doregon* (L'Atalante, 2010, 2011 et 2012), la saga *Phænix* (collection « R », Robert Laffont, 2012), *Les Sentinelles du futur* (coll. « Soon », Syros, 2013), la saga *La Quête des pierres de Luet* (L'Atalante, 2014 et 2015) et *Le Feu Secret* (collection « R », Robert Laffont, 2015), coécrit avec C. J. Daugherty.

Loi n° 49-956 du 16 juillet 1949
sur les publications destinées à la jeunesse,
modifiée par la loi n° 2011-525 du 17 mai 2011.

Mise en pages : DV Arts Graphiques à La Rochelle
N° d'éditeur : 10252621 – Dépôt légal : juin 2017
Achevé d'imprimer sur Roto-Page en janvier 2019
par l'Imprimerie Floch (53100, Mayenne)
N° d'impression : 93785
Imprimé en France

MIXTE
Papier issu de
sources responsables
FSC® C022030